metro

Colin Dexter
Die schweigende Welt
des Nicholas Quinn

metro wurde begründet
von Thomas Wörtche

Zu diesem Buch

Der fast taube Nicholas Quinn wird überraschend zum Mitglied des Verbands für Auslandsprüfungen der Oxford-Universität berufen. Quinn lebt sich schnell ein in die Welt der angesehenen Professoren, der Nachmittagssitzungen mit gutem Rotwein und der bequemen Ledersessel. Nur hat er kaum Gelegenheit, sich an seinem neuen Job zu erfreuen: Schon kurz nach seiner Ernennung wird Quinn vergiftet in seiner Wohnung aufgefunden. Ein Mord ohne die geringsten Anhaltspunkte – wie geschaffen für den brillanten Inspector Morse.

»Colin Dexter lässt den Kopf des Krimifreundes auf Hochtouren laufen.« *Norddeutscher Rundfunk*

Der Autor

Colin Dexter (1930–2017) studierte Klassische Altertumswissenschaft und war erst als Oberstufenlehrer und anschließend als Prüfer an der Oxford-Universität tätig. 1973 schrieb er *Der letzte Bus nach Woodstock*. Es folgten dreizehn weitere Fälle für Inspector Morse, die als Fernsehserie verfilmt wurden. Seine Werke wurden mehrfach ausgezeichnet, u. a. mehrmals mit dem CWA Gold Dagger. Für sein Lebenswerk wurde Dexter mit dem CWA Diamond Dagger und dem Order of the British Empire für Verdienste um die Literatur ausgezeichnet.

Mehr über den Autor und sein Werk auf *www.unionsverlag.com*

Colin Dexter

Die schweigende Welt des Nicholas Quinn

Ein Fall für Inspector Morse

Aus dem Englischen
von Ute Tanner

Unionsverlag

Die englische Originalausgabe erschien 1977 bei Macmillan, London.
Die deutsche Erstausgabe erschien 1986
im Rowohlt Taschenbuch Verlag GmbH, Reinbek.
Für die vorliegende Ausgabe hat Eva Berié die deutsche
Übersetzung nach dem Original überarbeitet.

Im Internet
Aktuelle Informationen, Dokumente und Materialien
zu Colin Dexter und diesem Buch
www.unionsverlag.com

Unionsverlag Taschenbuch 822
© by Macmillan, an imprint of Pan Macmillan,
a division of Macmillan Publishers International Limited 1977
Originaltitel: The Silent World of Nicholas Quinn
Übernahme der Übersetzung mit freundlicher Genehmigung
des Rowohlt Verlags, Reinbek
© by Unionsverlag 2018
Neptunstrasse 20, CH-8032 Zürich
Telefon +41 44 283 20 00
mail@unionsverlag.ch
Reihengestaltung: Heinz Unternährer
Umschlagfoto: Jorge Royan (Alamy Stock Foto)
Umschlaggestaltung: Sven Schrape und Peter Löffelholz
Satz: Sven Schrape, Berlin
Druck und Bindung: CPI – Clausen & Bosse, Leck
www.unionsverlag.com/produktsicherheit
ISBN 978-3-293-20822-3
7. Auflage, Februar 2025

Der Unionsverlag wird vom Bundesamt für Kultur mit einem
Verlagsförderungs-Strukturbeitrag für die Jahre 2021–2025 unterstützt.

Auch als E-Book erhältlich

Für Jack Ashley

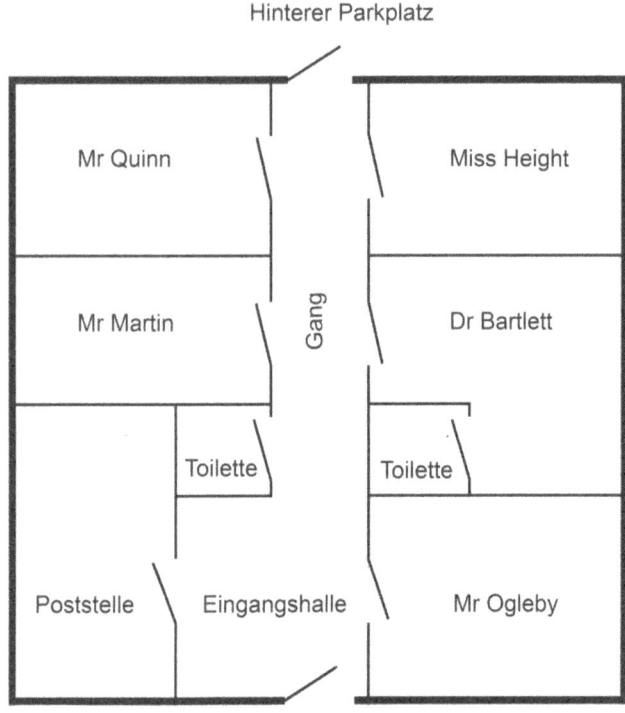

Hinterer Parkplatz

Mr Quinn

Gang

Miss Height

Mr Martin

Dr Bartlett

Toilette

Toilette

Poststelle

Eingangshalle

Mr Ogleby

Vorderer Parkplatz

PROLOG

Tja, was meinen Sie?« Der Präsident des Verbandes für Auslandsprüfungen wandte sich mit seiner Frage direkt an Cedric Voss, den Vorsitzenden des Geschichtsausschusses.

»Nein, nein, lassen Sie erst mal hören, was unser Geschäftsführer meint. Schließlich sind es ja die Hauptamtlichen, die in erster Linie mit dem Mann leben müssen.« In nicht ganz so illustrer Gesellschaft hätte Voss hinzugefügt, dass es ihm herzlich egal war, welcher der Kandidaten den Job bekam. So aber rückte er sich nur in der für ihn typischen schläfrigen Pose wieder in dem bequemen blauen Ledersessel zurecht und hoffte von Herzen, dass man endlich zum Schluss kommen konnte. Die Sitzung dauerte schon fast drei Stunden.

Der Präsident wandte sich an seinen Nachbarn zur Linken, einen kleinen Mann von Mitte bis Ende fünfzig mit randloser Brille und einem knabenhaft verschmitzten Zwinkern. »Dann schießen Sie mal los, Dr. Bartlett.«

Bartlett, Geschäftsführer des Verbandes für Auslandsprüfungen, warf einen freundlichen Blick in die Runde, ehe er sich seinen sauber geschriebenen Notizen zuwandte. Er war solche Sachen gewohnt. »Mir scheint, wir gehen – ganz allgemein gesprochen, alles in allem« (der Präsident und etliche der älteren Kollegen zuckten merklich zusammen) »und generell – darin einig, dass uns eine sehr gute Auswahlliste vorgelegen hat. Die Bewerber machten alle einen recht kompetenten Eindruck, die meisten verfügten über ausreichende Erfahrung für den Posten. Aber ...« Er zog wieder seine Notizen zurate. »Ja, also ganz ehrlich gesagt – ich würde mich nicht für eine der Frauen entscheiden. Die Bewerberin aus Cambridge war etwas – wie soll ich sagen – etwas schrill …« Er sah die Mitglieder der Auswahlkommission erwartungsvoll an, einige nickten lebhaft zustimmend. »Die andere schien mir doch eine Spur unerfahren, und einige ihrer Antworten haben mich – äh – innerlich nicht hundertprozentig überzeugt.« Auch jetzt war bei den schweigenden Zuhörern kein Zeichen von Widerspruch wahrzunehmen, und Bartlett streichelte recht zufrieden seinen runden Bauch.

»Kommen wir also zu den drei männlichen Bewerbern. Duckham? Ein bisschen vage, fand ich. Netter Junge, aber ich weiß nicht recht, ob er den Biss, das Durchsetzungsvermögen hat, das ich mir für unsere Geisteswissenschaften wünsche. Er steht in meiner Liste an dritter Stelle. Der Nächste wäre Quinn. Hat mir gefallen. Ehrlicher, intelligenter Bursche, entschiedene Ansichten, guter Kopf. Erfahrungen vielleicht nicht ganz ideal, und dann … Ja, um ganz ehrlich zu sein: Meiner Ansicht nach wäre seine – äh – Behinderung doch etwas zu belastend bei uns. Telefongespräche, Sitzungen und dergleichen, Sie wissen schon … Sehr bedauerlich, aber nicht wegzuleugnen. Ich habe ihn auf Platz zwei gesetzt. Bleibt Fielding. Vorbehaltlos mein Favorit. Verteufelt guter Lehrer, hervorragende Schülerleistungen, genau das richtige Alter, bescheiden, sympathisch. Historiker mit Einserexamen, Balliol. Glänzende Referenzen. Einen besseren Kandidaten könnten wir uns nicht wünschen, und ich spreche mich ohne Einschränkung für ihn aus, Herr Präsident.«

Der Präsident schloss recht ostentativ die Mappe mit den Bewerbungsunterlagen, nickte zustimmend und registrierte befriedigt weiteres Kopfnicken. Der Vorstand des Verbandes war vollständig vertreten, ein Dutzend angesehener Professoren aus Colleges der Universität Oxford, die sich zweimal im Semester im Hause des Verbandes einfanden, um die offiziellen Examensrichtlinien festzulegen. Keiner von ihn arbeitete hauptamtlich für den Verband, keiner kassierte – bis auf die Reisekosten – einen Penny für die Teilnahme an den Sitzungen. Doch die meisten arbeiteten aktiv in den verschiedenen Fachausschüssen mit, stellten sich im Hinblick auf die profitablen Prozeduren der landesweit einheitlichen Prüfungen auf einen Standpunkt aufgeklärten Eigennutzes und betätigten sich im Juni und Juli, wenn ihre Studenten in den Semesterferien waren, als Prüfer bei den Examen an den staatlichen Schulen. Von den hauptamtlichen Mitarbeitern des Verbandes nahm nur Bartlett *ex officio* und ohne Stimmrecht an den Beratungen dieses Lenkungsgremiums teil, und mit Bartlett waren sie jetzt dreizehn. Doch der Präsident war nicht abergläubisch. Jetzt sah er sich wohlwollend um. Alles bewährte, vertrauenswürdige Kollegen, nur ein oder zwei der Jüngeren kannte er noch nicht näher. Etwas zu lange Haare. Und einer hatte einen Bart. Auch Quinn hatte einen Bart … Ach was! Die Entscheidung musste jetzt sehr bald fallen, und wenn er Glück hatte, konnte er noch vor sechs wieder im Lonsdale College sein. Heute war das jährliche Galadinner der Collegemitglieder und … Auf zum Endspurt.

»Wenn ich also davon ausgehen darf, dass der Ausschuss mit der Berufung von Fielding einverstanden ist, brauchen wir nur noch über sein Anfangsgehalt zu sprechen. Er ist – warten Sie –, ja, er ist vierunddreißig, da dürfte die unterste Gehaltsgruppe für die B-Dozenten –«

»Darf ich noch etwas sagen, Herr Präsident?« Es war einer der jüngeren Hochschullehrer. Einer der Langhaarigen. Der mit dem Bart. Ein Chemiker von Christ Church.

»Selbstverständlich, Mr Roope, ich wollte keinesfalls den Eindruck erwecken …«

»Für Sie scheint festzustehen, dass wir alle die Ansicht des Geschäftsführers teilen. Für die anderen mag das ja zutreffen, aber nicht für mich, und ich dachte, der Sinn dieser Sitzung sei es gerade –«

»Aber natürlich, Mr Roope. Wie gesagt, es tut mir leid, wenn ich den Eindruck erweckt haben sollte, dass – äh – ja … Das lag natürlich nicht in meiner Absicht. Ich persönlich hatte das Gefühl, wir hätten einen Konsens erreicht, aber wenn Sie meinen …«

»Danke, Herr Präsident. Es tut mir leid, aber ich kann mich mit der Rangfolge, die unser Geschäftsführer aufgestellt hat, nicht einverstanden erklären. Mir ist Fielding, ehrlich gesagt, zu glatt, zu sehr ein Jasagertyp. Ich habe nichts gegen geschmeidige Persönlichkeiten, aber ein Mensch ganz ohne Ecken und Kanten ist auch nicht ganz das Wahre.« Ein belustigtes Gemurmel erhob sich, und die eben noch wahrnehmbare leichte Spannung ließ merklich nach. Einige der älteren Kollegen hörten sich Roopes Ausführungen jetzt mit entschieden mehr Interesse und Aufmerksamkeit an. »Was die anderen Bewerber betrifft, gehe ich mit dem Geschäftsführer – wenn auch nicht unbedingt mit seinen Begründungen – einig.«

»Sie würden also Quinn an die erste Stelle setzen?«

»Auf jeden Fall. Er hat vernünftige Ansichten zum Prüfungswesen, und er hat einen guten Kopf. Was aber noch wichtiger ist – er scheint ein anständiger Kerl zu sein, und heutzutage –«

»Diesen Eindruck hatten Sie bei Fielding nicht?«

»Nein.«

Der Präsident ignorierte das hörbar geflüsterte »Unfug!« des Geschäftsführers, dankte Roope für seine Bemerkungen und blickte sich vage auffordernd um. Doch zunächst kamen keine weiteren Äußerungen. »Möchte noch jemand – äh …«

»Ich finde es reichlich unfair, wenn wir aufgrund einiger weniger Vorstellungsgespräche tiefschürfende Charakteranalysen erstellen«, sagte der Vorsitzende des Englisch-Ausschusses. »Gewiss, wir müssen uns alle unsere Meinung über die Bewerber bilden, nur deshalb sitzen wir ja hier zusammen.

Aber ich bin, was die Rangfolge betrifft, derselben Ansicht wie unser Geschäftsführer.«

Roope lehnte sich zurück und blickte, einen gelben Bleistift zwischen den Zähnen balancierend, zur Decke.

»Noch jemand?«

Der Vizepräsident, der sich entsetzlich langweilte und es eilig hatte, hier herauszukommen, rutschte unruhig in seinem Sessel herum. Seine Aufzeichnungen bestanden aus einem kunstvoll komplizierten Schnörkelgebilde. Er bereicherte die schwungvolle Zeichnung um einen weiteren gekonnten Kringel, während er zu seinem ersten und letzten Diskussionsbeitrag ansetzte: »Beide sind offenbar gute Leute. Ich habe den Eindruck, dass es ziemlich egal ist, für welchen wir uns entscheiden. Wenn der Geschäftsführer Fielding haben will, bin ich für Fielding. Vielleicht könnten wir mal eben abstimmen?«

Etliche Ausschussmitglieder gaben gedämpft zustimmende Blöklaute von sich, und etwas missvergnügt schritt der Präsident zur Abstimmung. »Ich bitte um Handzeichen. Wer ist für Fielding?«

Sieben oder acht Hände hoben sich, doch dann ließ sich unvermittelt wieder Roope vernehmen, und die Hände senkten sich.

»Vor der Abstimmung hätte ich gern noch eine Auskunft von unserem Geschäftsführer. Bestimmt kann er mir auswendig sagen, was ich wissen will.«

Bartlett beäugte Roope mit frostiger Ablehnung, und einige Ausschussmitglieder hatten Mühe, Ärger und Ungeduld zu verbergen. Warum hatten sie nur Roope in dieses Gremium gewählt? Gewiss, er war ein glänzender Chemiker, und im Hinblick auf die Verpflichtungen des Verbandes, hatte man sich gesagt, war seine zweijährige Tätigkeit bei der Anglo-Arabian Oil Co. entschieden ein Plus. Aber er war zu jung, zu großspurig, zu laut und spektakulär. Wie ein ordinäres Schnellboot, das die ruhigen Gewässer der Verbandsregatta aufwühlte. Es war nicht sein erster Zusammenstoß mit dem Geschäftsführer. Und er arbeitete nicht einmal aktiv im Chemie-Ausschuss mit, machte keinen Finger für Prüfungen krumm. Er habe zu viel zu tun, behauptete er immer.

»Der Geschäftsführer wird sicherlich gern – äh – Worum geht es denn, Mr Roope?«

»Bekanntlich bin ich ja noch nicht allzu lange dabei, Herr Präsident, aber ich habe mir mal die Satzung des Verbandes angesehen und habe zufällig heute auch ein Exemplar mitgebracht.«

»Das fehlte noch«, brummelte der Vizepräsident.

»In Paragraf 23 – soll ich ihn vorlesen?«

Da die Hälfte der Anwesenden niemals die Satzung zu Gesicht bekommen, geschweige denn gelesen hatte, wäre es verfehlt gewesen, Vertrautheit mit dem Text vorzutäuschen, und der Präsident nickte widerstrebend.

»Hoffentlich nicht zu – äh – umfangreich, Mr Roope?«

»Nein, nein, ganz kurz. Ich zitiere: Der Verband wird sich bemühen, jederzeit im Auge zu behalten, dass er finanziell völlig auf öffentliche Mittel angewiesen ist und deswegen eine entsprechende Verantwortung gegenüber der Öffentlichkeit wie auch gegenüber seinen hauptamtlichen Mitarbeitern hat. Insbesondere verpflichtet er sich, einen kleinen Anteil behinderter Mitarbeiter einzustellen, sofern deren Behinderung der Ausführung der ihnen übertragenen Aufgaben nicht im Wege steht.« Roope klappte die schmale Akte zu und legte sie aus der Hand. »Und jetzt darf ich den Geschäftsführer bitten, uns mitzuteilen, wie viele behinderte Mitarbeiter zurzeit in unserem Verband tätig sind.«

Der Präsident wandte sich erneut an den Geschäftsführer, dessen gewohnte Liebenswürdigkeit offenbar wieder die Oberhand gewonnen hatte.

»Wir hatten mal einen Einäugigen in der Expedition ...«
Inmitten der ausbrechenden Heiterkeit ging der Vizepräsident,

der mit einer schwachen Blase geschlagen war, hinaus, während Roope ohne jede Spur von Humor nachfasste:

»Der aber vermutlich nicht mehr bei uns ist?«

Bartlett schüttelte den Kopf. »Leider nein. Es stellte sich heraus, dass er eine unbezähmbare Schwäche hatte. Er klaute Toilettenpapier. Rollenweise. Und wir …« Der Rest des Satzes ging in wieherndem Gelächter unter, und es dauerte eine Weile, bis der Präsident die Ordnung wiederhergestellt hatte. Er wies darauf hin, dass es sich bei Paragraf 23 natürlich nicht um eine satzungsmäßige Festlegung, sondern um eine marginale Empfehlung im Interesse eines normalen zivilisierten – äh – Zusammenlebens handelte. Doch da hatte er sich offenbar im Ton vergriffen. Er hätte besser daran getan, den Geschäftsführer noch die eine oder andere Anekdote über seine misslichen Erfahrungen mit den vom Leben Benachteiligten zum Besten geben zu lassen. Aber die Weichenstellung war nun mal erfolgt, der behinderte Bewerber war wieder im Rennen. Er holte weiter auf, als Roope geschickt nachstieß:

»Ich möchte ja nur Folgendes wissen, Herr Präsident: Ist in unseren Augen Mr Quinns Schwerhörigkeit eine wesentliche Belastung für die Aufgabe, für die er vorgesehen ist?«

Bartlett übernahm die Antwort. »Da wäre, wie gesagt, zunächst mal das Telefon. Vielleicht übersieht Mr Roope nicht ganz, wie viele Gespräche bei uns eingehen und von uns geführt werden. Ich bitte um Verzeihung, wenn ich darauf hinweise, dass ich mich da ein bisschen besser auskenne als er. Es ist ziemlich problematisch für einen Schwerhörigen –«

»Das nehme ich Ihnen nicht ab. Denken Sie mal an die vielen technischen Hilfsmittel, die es heutzutage gibt. Diese Dinger, die man hinter dem Ohr trägt zum Beispiel, wo das Mikrofon –«

»Ist Mr Roope persönlich mit jemandem bekannt, der schwerhörig ist und der –«

»Nein, aber –«

»Dann dürfte die Gefahr bestehen, dass er die damit verbundene Problematik unterschätzt, die –«

»Aber meine Herren!« Der Wortwechsel war zunehmend schärfer geworden, und der Präsident legte sich ins Mittel. »Wir sind uns wohl alle darüber einig, dass es hier durchaus Probleme gibt. Die Frage ist: Wie schwer wiegen sie?«

»Es geht ja nicht nur um das Telefon. Jedes Jahr finden Dutzende von Sitzungen statt, eine Sitzung wie diese hier zum Beispiel. Da sitzt einer auf derselben Tischseite, drei oder vier Plätze entfernt …« Bartlett geriet in Schwung und brachte sein Argument vor, ohne unterbrochen zu werden. Er wusste, dass er wieder festeren Boden unter den Füßen hatte. Auch bei ihm machte sich neuerdings eine leichte Schwerhörigkeit bemerkbar.

»Aber es dürfte die menschliche Intelligenz nicht überfordern, die Sitzordnung so zu gestalten, dass –«

»Natürlich nicht«, fuhr Bartlett dazwischen. »Und es dürfte die menschliche Intelligenz ebenfalls nicht überfordern, eine Batterie von Kopfhörern und Mikros und Gott weiß was aufzustellen, und notfalls können wir ja alle die Taubstummensprache lernen.«

Es wurde immer deutlicher, dass zwischen den beiden eine schwelende, sehr persönlich gefärbte Antipathie bestand, was die älteren Kollegen sich alle nicht so recht erklären konnten. Bartlett hatte normalerweise ein geradezu bewundernswert ausgeglichenes Temperament. Und er war noch nicht fertig. »Sie haben alle den Bericht der Klinik gelesen. Sie haben die Audiogramme gesehen. Es steht fest, dass Quinn sehr schwerhörig ist. *Sehr* schwerhörig.«

»*Uns* hat er offenbar alle hervorragend verstanden.« Roope sprach so leise, dass seine Worte Quinn, wäre er dabei gewesen, höchstwahrscheinlich entgangen wären. Aber den Anwesenden entgingen sie nicht, und es war klar, dass Roope einen Punkt für sich hatte verbuchen können. Einen dicken Punkt.

Der Präsident wandte sich wieder an den Geschäftsführer. »Hm. Eigentlich wirklich erstaunlich, dass er uns so gut verstanden hat, nicht?«

Eine Weile wurde planlos hin und her geredet, das Gespräch entfernte sich zunehmend von der noch immer ausstehenden Entscheidung. Mrs Seth, die Vorsitzende des Wissenschaftsausschusses, dachte an ihren Vater. Er hatte mit Ende vierzig, als sie noch zur Schule ging, sehr rasch sein Gehör verloren und war entlassen worden. Arbeitslosengeld und eine dürftige Behindertenrente von der Firma – gewiss, sie hatten versucht, seiner Lage Rechnung zu tragen, fair zu sein. Aber er war ein so klarer, logischer Denker gewesen. Und er hatte nie wieder eine Stellung gefunden. Sein Selbstvertrauen war unwiederbringlich dahin. Dabei hätte er bei sehr vielen Posten seine Sache besser gemacht als die meisten dieser schlappen Typen, die den Hintern auf einem Bürostuhl wetzten. Tiefer Kummer und heftiger Zorn ergriffen sie bei dem Gedanken an ihn.

Plötzlich merkte sie, dass abgestimmt wurde. Fünf Hände hoben sich fast unverzüglich für Fielding. Mrs Seth fand, wie der Geschäftsführer, dass er wohl der beste Kandidat war. Sie würde auch für ihn stimmen. Aber merkwürdigerweise blieb ihre Hand auf der Schreibunterlage liegen.

»Und wer ist für Quinn?«

Drei der Anwesenden, einschließlich Roope, meldeten sich, ein Vierter … Der Präsident zählte, links beginnend: »Eins, zwei, drei … vier …« Da kam die nächste Hand, und er fing noch einmal von vorn an. »Eins, zwei, drei, vier, fünf … Es sieht aus …« Und dann ging langsam und dramatisch Mrs Seths Hand nach oben.

»Sechs. Nun gut, Sie haben entschieden, meine Damen und Herren. Quinn wird den Posten bekommen. Das Stimmenverhältnis ist knapp, sechs zu fünf, aber am Ausgang der Abstimmung besteht kein Zweifel.« Er wandte sich ziemlich befangen nach links. »Sind Sie zufrieden, Dr. Bartlett?«

»Sagen wir so: Jeder hat seine eigenen Ansichten, und meine Ansichten decken sich nicht mit denen der Auswahl-kommission. Aber sie hat, wie Sie ganz richtig sagen, ihre Entscheidung getroffen, und ich muss sie akzeptieren.«

Roope lehnte sich zurück und sah wieder unbestimmt zur Decke hoch, den gelben Bleistift zwischen den Zähnen. Mochte er sich auch innerlich an seinem kleinen Triumph weiden – seine Miene blieb unbewegt, wirkte fast distanziert.

Zehn Minuten später gingen der Präsident und der Ge-schäftsführer nebeneinander die Treppe hinunter, die zum Erdgeschoss und zu Bartletts Büro führte. »Glauben Sie wirklich, dass wir einen schwerwiegenden Fehler gemacht haben, Tom?«

Bartlett blieb stehen und sah zu dem hochgewachsenen, grauhaarigen Theologen hoch. »Ja, Felix, das haben wir.«

Roope schob sich an ihnen vorbei. »Wiedersehen«, mur-melte er.

»Äh – guten Abend«, sagte der Präsident, während Bart-lett ziemlich betont schwieg und Roope nachsah, bis er ver-schwunden war. Erst dann ging er die letzten Stufen hinunter und betrat sein Büro.

Oberhalb der Tür war ein über zwei Schalter auf seinem Schreibtisch steuerbares zweifarbiges Signallämpchen ange-bracht, wie man es in Krankenhäusern hat. Der erste Schal-ter ließ ein rotes Licht aufleuchten und signalisierte, dass Bartlett eine Besprechung hatte und nicht gestört werden wollte. Der zweite Schalter aktivierte ein grünes Licht und bedeutete dem Einlass Begehrenden, er möge klopfen und näher treten. Wenn niemand die Schalter betätigte, brannte auch kein Licht, und man durfte folgern, dass das Büro nicht besetzt war. Seit Antritt seiner Stellung als Geschäftsführer des Verbandes für Auslandsprüfungen bestand Bartlett energisch darauf, dass jeder, der eine wichtige Angelegenheit mit ihm zu besprechen wünschte, gefälligst selbst für einen ungestörten und vertraulichen Ablauf des Gesprächs Sorge zu tragen habe. Seine Mitarbeiter akzeptierten diese Regelung und hielten sich in den meisten Fällen auch daran. Falls doch einmal – was selten vorkam – gegen diese Regel verstoßen wurde, ließ Bartlett eine für ihn ganz untypische Verärgerung erkennen.

Als er jetzt sein Zimmer betrat, schaltete er das rote Licht ein, öffnete ein Schränkchen und schenkte sich einen Gin mit trockenem Vermouth ein. Dann setzte er sich an den Schreibtisch und holte eine Schachtel Zigaretten heraus. In Sitzungen rauchte er nie, jetzt aber zündete er sich eine Zigarette an, inhalierte tief und nippte gemächlich an seinem Drink. Er würde morgen früh Quinn ein Telegramm schicken, jetzt war es dafür schon zu spät. Er griff noch einmal nach seiner Akte und las die Angaben über Quinn nach. Kein Zweifel, sie hatten sich für den Falschen entschieden. Und daran war nur Roope schuld, dieser verdammte Idiot.

Er räumte seine Papiere weg, schaffte Ordnung auf dem Schreibtisch und lehnte sich in seinem Sessel zurück. Um seine Lippen lag ein leises, eigentümliches Lächeln.

WARUM?

I

Während die anderen vier sich in die Halle des Cher-
well-Motels setzten, ging er zur Bar und bestellte den Ape-
ritif: Zwei Gin-and-Tonics, zwei halbtrockene Sherrys und
einen trockenen Sherry. Letzteren hatte er für sich geordert.
Er liebte trockenen Sherry.

»Schreiben Sie es auf die Rechnung des Verbandes für
Auslandsprüfungen, bitte. Wir wollen hier essen. Bitte sagen
Sie dem Ober Bescheid, wir sitzen da drüben.« Sein nord-
englischer Akzent schlug noch durch, allerdings nicht mehr
so merklich wie früher.

»Hatten Sie einen Tisch bestellt, Sir?«

Das »Sir« tat ihm gut. »Ja. Auf den Namen Quinn.« Er
griff sich eine Handvoll Erdnüsse und das Tablett mit den
Gläsern und setzte sich zu den anderen Historikern.

Es war seine dritte Sitzung seit Antritt seiner Stellung,
weitere würden folgen. Er machte es sich in dem niedrigen
Ledersessel bequem, trank sein Glas auf einen Zug halb leer
und sah auf den lebhaften Mittagsverkehr hinaus, der über
die A40 rollte. So ließ es sich leben. Ein gutes Essen, Wein,
Kaffee – und dann zurück in die Beratungen. Wenn er Glück
hatte, war um fünf Schluss, vielleicht schon früher. Die Vor-
mittagssitzung war konzentriert und anstrengend gewesen,
aber sie waren gut vorangekommen. Die Prüfungsbögen
über die Zeiträume von den Kreuzzügen bis zum englischen

Bürgerkrieg standen. In dieser Form würden sie im Sommer den Kandidaten für den Mittelschulabschluss im Fach Geschichte vorgelegt werden. Es fehlte nur noch die Fortsetzung – von den Hannoveranern bis zum Versailler Vertrag –, und in moderner Geschichte kannte er sich sehr viel besser aus. In der Schule war Geschichte sein Lieblingsfach gewesen, und seinen Leistungen auf diesem Gebiet verdankte er auch sein Stipendium für Cambridge. Doch nach der Vorprüfung war er auf Englisch umgestiegen, und an der Priestley Grammar School in Bradford, nur einige zwanzig Meilen von seinem Heimatdorf in Yorkshire entfernt, als Englischlehrer eingestellt worden. Rückblickend begriff er, was für ein Glücksfall es gewesen war, dass er auf Englisch umgesattelt hatte. In der Stellenausschreibung waren Lehrerfahrung in Geschichte und Englisch zur Bedingung gemacht worden, und er hatte sich durchaus eine Chance ausgerechnet. Dass er den Posten tatsächlich bekommen hatte, konnte er allerdings noch immer nicht so ganz fassen. Nicht, dass seine Schwerhörigkeit …

»Die Speisekarte, Sir.«

Quinn hatte den Ober nicht kommen hören, er bemerkte ihn erst, als sich die ausladende Karte in sein Gesichtsfeld schob. Ja, vielleicht war seine Schwerhörigkeit doch ein größeres Handicap, als er gedacht hatte. Bisher allerdings war alles erstaunlich gut gelaufen.

Wie die anderen lehnte er sich zurück und studierte die verwirrende Vielfalt der Möglichkeiten auf der Speisekarte. Teuer war fast alles, aber, wie er von seinen beiden früheren Besuchen wusste, von ausgezeichneter Qualität. Hoffentlich wählten die anderen nicht etwas zu Ausgefallenes. Bartlett hatte nach dem letzten Gelage diskret darauf hingewiesen, dass die Rechnung vielleicht eine Spur zu hoch gewesen sei. Die Tagessuppe und danach Schinken mit Ananas, überlegte er, das würde wohl selbst bei den derzeitigen angespannten

Verhältnissen den Verband nicht überstrapazieren. Und einen Schluck Rotwein durfte man sich auch noch leisten. Ein anderer Wein stand ohnehin nicht zur Diskussion, das wusste er inzwischen. In Oxford wurde ständig Rotwein getrunken – sogar zur Seezunge.

»Noch Zeit für eine zweite Runde, wie?« Cedric Voss, Vorsitzender der Historiker, schob sein leeres Glas über den Tisch. »Austrinken, Leute. Wir brauchen eine Stärkung für heute Nachmittag.«

Quinn griff sich brav die Gläser und ging zur Bar hinüber, wo soeben eine Gruppe gut betuchter Geschäftsleute eingefallen war. Dass er fünf Minuten warten musste, trug nicht dazu bei, den vagen Groll zu beschwichtigen, der sich in ihm regte.

Als er an den Tisch zurückkam, war der Ober gerade dabei, die Bestellungen aufzunehmen. Nachdem Voss in Erfahrung gebracht hatte, dass die Kirschen aus der Dose und die Erbsen aus der Tiefkühltruhe stammten und das Steak vom Wochenende war, nahm er von seiner ursprünglichen Wahl Abstand und entschied sich für Schnecken und Hummer, und Quinn zuckte innerlich zusammen, als er die Preise sah. Sie machten das Dreifache seiner bescheidenen Bestellung aus. Er hatte sich bewusst keinen zweiten Drink geholt (obgleich er mit dem größten Vergnügen noch drei oder vier gekippt hätte). Ziemlich unglücklich setzte er sich wieder hin und besah sich die große Luftaufnahme des Stadtkerns von Oxford, die an der Wand hing. Eigentlich recht eindrucksvoll. Die Komplexe von Brasenose und Queen's und …

»Trinken Sie nichts, Nicholas, alter Junge?« Es war das erste Mal, dass Voss ihn mit Vornamen anredete, und der Groll verflüchtigte sich schlagartig.

»Nein, ich –«

»Hat der alte Bartlett mal wieder über die Kosten gejammert? Das können Sie vergessen. Was glauben Sie, was es den Verband gekostet hat, ihn letztes Jahr in die Ölstaaten zu schicken? Einen ganzen Monat. Allein die Bauchtänzerinnen ...«

»Wein zum Essen, Sir?«

Quinn reichte die Weinkarte an Voss weiter, der sie mit professioneller Gier studierte. »Sind alle für Rot?« Es war mehr eine Feststellung als eine Frage. »Das ist ein guter Tropfen, alter Junge.« Er deutete mit seinem Wurstfinger auf einen der Burgunder. »Feiner Jahrgang.«

Quinn stellte fest (aber er hätte es ohnehin gewusst), dass es der teuerste Wein auf der Karte war, und bestellte eine Flasche.

»Mit einer werden wir nicht weit kommen ... Schließlich sind wir zu fünft ...«

»Anderthalb also?«

»Nein, mein Junge. Zwei. Oder was meinen Sie, meine Herren?«

Die anderen nahmen die Anregung nur zu gern auf.

»Zweimal die Nummer fünf«, bestellte Quinn ergeben. Der Groll begann wieder zu nagen.

»Und machen Sie bitte beide gleich auf«, ergänzte Voss.

Im Restaurant setzte sich Quinn an die linke Ecke. Rechts neben sich hatte er Voss, zwei Mitglieder der Gruppe direkt gegenüber, den Fünften am Kopf der Tafel. Diese Sitzordnung hatte sich als besonders günstig erwiesen. Zwar konnte er die Lippen von Voss kaum beobachten, aber aus dieser geringen Entfernung konnte er ihn noch verstehen. Die anderen sah er deutlich. Auch Lippenlesen hatte seine Grenzen, es nutzte ihm wenig, wenn jemand beim Sprechen nicht den Mund aufmachte oder die Hand vor die Lippen hielt, und wenn der Sprecher einem den Rücken zuwandte oder das Licht ausging, war sowieso alle Liebesmüh vergebens. Aber normalerweise war es ganz erstaunlich, was man mit dieser Fertigkeit anfangen konnte. Quinn hatte vor sechs Jahren damit begonnen und überrascht festgestellt, wie leicht es ihm fiel. Er musste wohl eine seltene Begabung dafür haben. Er war so viel weiter als die anderen im ersten Kurs, dass sein Lehrer schon nach zwei Wochen meinte, er sei wohl im zweiten Kurs besser aufgehoben, und auch da war er der Beste gewesen. Er konnte sich dieses Talent selbst nicht erklären. So, wie es Zeitgenossen gab, die besonders dafür geeignet waren, einen Fußball zu kicken oder Klavier zu spielen, hatte er eben die Begabung, anderen Menschen die Worte von den Lippen abzulesen. So einfach war das. Inzwischen hatte er sich darin so vervollkommnet, dass er sich manchmal einbilden konnte, wieder richtig zu hören. Ganz hatte er sein Hörvermögen ja auch noch nicht verloren. Die teure Hörhilfe am rechten Ohr (links war er völlig taub) verstärkte den Ton aus nächster Nähe so weit, dass er deutlich verstand, wie Voss, dem gerade die Schnecken serviert wurden, bemerkte:

»Wie sagte der alte Sam Johnson doch gleich? ›Wer keine Rücksicht auf seinen Bauch nimmt, dem ist auch sonst keinerlei Rücksicht zuzutrauen.‹ Oder so ähnlich.« Er stopfte sich eine Serviette in den Hosenbund und fixierte den Teller wie Dracula, der sich daranmacht, seine Zähne in eine Jungfrau zu schlagen.

Der Wein war gut, und Quinn hatte genau darauf geachtet, wie Voss ihn handhabte. Wunderbar machte er das, wirklich. Nachdem er sich in das Etikett vertieft hatte wie ein zurückgebliebenes Kind, das versucht, in die Geheimnisse des Alphabets einzudringen, testete er die Temperatur des Weins, indem er leicht und liebevoll die Hände um den Flaschenhals legte. Dann, als der Ober einen Zentimeter des rubinroten Saftes in sein Glas gegossen hatte, kostete er ihn nicht etwa, sondern erschnupperte vier- oder fünfmal argwöhnisch das Bukett wie ein dressierter Schäferhund, der nach Dynamit fahndet. »Nicht übel«, sagte er schließlich. »Schenken Sie ein.«

Quinn merkte sich die Prozedur, so würde er es beim nächsten Mal auch machen. »Und drehen Sie das verdammte Gedudel ein bisschen leiser«, brüllte Voss, als der Ober sich zurückzog. »Man kann ja sein eigenes Wort nicht verstehen.« Die Musik wurde um einige Dezibel zurückgenommen, und ein einsamer Esser von einem der benachbarten Tische kam herüber und bedankte sich. Quinn selbst hatte die Hintergrundmusik gar nicht wahrgenommen.

Als schließlich der Kaffee kam, fühlte sich Quinn ausgeglichener, aber auch ein bisschen benommen. Er wusste nicht mehr genau, ob nun Richard III. am Ersten Kreuzzug oder Richard I. am Dritten Kreuzzug teilgenommen oder ob überhaupt ein Richard bei einem der Kreuzzüge mitgemischt hatte. Das Leben war plötzlich wieder eine schöne, runde Sache. Er dachte an Monica. Vielleicht ging er mal bei ihr vorbei, nur ganz kurz, ehe die Nachmittagssitzung anfing. Monica … Es lag wohl am Wein.

Zwanzig vor drei trafen sie wieder in der Geschäftsstelle des Verbandes ein, und während die anderen gemächlich zum Sitzungszimmer hinaufstiegen, ging Quinn rasch den Gang entlang und klopfte leise an die hinterste Tür rechts, auf deren Schild der Name MISS M. M. HEIGHT stand. Er machte versuchsweise die Tür auf und sah hinein. Das Zimmer war leer. Aber unter einem Briefbeschwerer auf dem aufgeräumten Schreibtisch lag gut sichtbar ein Zettel, und er trat näher, um ihn zu lesen. *»Bin bei Paolo. Um drei zurück.«* Das war typisch für den Umgang hier im Büro. Bartlett störte es nicht, wenn seine Mitarbeiter kamen und gingen, wie sie wollten, sofern ihre Arbeit nicht liegen blieb. Allerdings bestand er strikt darauf (es war fast schon ein Tick), dass alle ihm stets hinterließen, wo sie zu erreichen waren. Monica war also beim Friseur. Auch nicht weiter schlimm, er hätte sowieso nicht gewusst, was er sagen sollte. Vielleicht war es sogar besser so, morgen früh sahen sie sich ja ohnehin wieder.

Er ging zu den anderen in den Sitzungsraum, wo Cedric Voss in seinem Sessel lag, die Augen halb geschlossen, ein stupides Grinsen auf den schlaffen, schläfrigen Zügen. »Wenn ich bitten darf, meine Herren … könnten wir wohl versuchen, den Hannoveranern unsere Aufmerksamkeit zu schenken?«

2

Um die Mitte des 19. Jahrhunderts hatten radikale Reformen in Oxford eingesetzt, und bis zur Jahrhundertwende waren durch zahlreiche Kommissionen, Gesetze und Verordnungen Änderungen eingeleitet worden, die das Leben in Stadt und Universität von Grund auf verändern sollten. In die Lehrpläne der Hochschule wurden die aufstrebenden Naturwissenschaften und neuere Geschichte aufgenommen. Das unter Benjamin Jowett in Balliol entstandene hohe akademische Niveau wurde allmählich auch in den anderen Colleges eingeführt. Die Einrichtung von Lehrstühlen brachte zunehmend Gelehrte von internationalem Ruf nach Oxford. Die Säkularisierung der Hochschullehrerposten begann, den traditionellen, religiös bestimmten Rahmen universitärer Disziplin und Administration zu sprengen. Junge Männer römisch-katholischen und mosaischen Glaubens und Angehörige anderer merkwürdiger Bekenntnisse wurden jetzt als Studenten zugelassen und nicht mehr *nolens volens* mit Cicero und Chrysostomus aufgezogen. Doch vor allem lag die Lehrtätigkeit an der Hochschule nicht mehr allein in den Händen zölibatärer, weltfremder Geistlicher, von denen etliche, wie zu Gibbons Zeit, wohl wussten, dass ihnen ein Gehalt zustand, darüber aber vergaßen, dass sie auch entsprechende Pflichten hatten. Viele der neu berufenen und auch einige der alteingesessenen Hochschullehrer verzichteten auf die Annehmlichkeiten der Junggesellenräumlichkeiten im College, verehelichten sich, kauften ein Haus für sich, ihre Frau, ihre Sprösslinge und Dienstboten in unmittelbarer Nähe des alten geistigen Zentrums von Holywell und High Street, Broad Street und St. Giles. Insbesondere breiteten sie sich nördlich der breiten, baumbestandenen St. Giles aus – dort, wo die Woodstock Road und die Banbury Road zu den Feldern von Nord-Oxford hinausgehen, in Richtung des Dörfchens Summertown.

Wer heute Oxford besucht und sich von der St. Giles nach Norden wendet, ist beeindruckt von den meist aus der zweiten Hälfte des 19. Jahrhunderts stammenden imposanten Häusern in der Woodstock Road und in der Banbury Road und ihren Querstraßen. Von den verwitterten gelben Gesimsen um die weiß gestrichenen Fensterrahmen abgesehen, sind diese dreigeschossigen Häuser aus hübschem rötlichen Backstein. Die steilen Dächer haben kleine rechteckige Ziegel in einem eher orangeroten Ton, zahlreiche Schornsteine erheben sich über den Giebelfenstern. Dass solche Häuser heutzutage noch von einer einzigen Familie bewohnt werden, kommt nur ganz selten vor. Dazu sind sie zu groß, zu kalt, zu teuer im Unterhalt, die Umlagen sind zu hoch, die Gehälter (angeblich) zu niedrig, und die rapide im Aussterben begriffene Spezies der Hausangestellten verlangt einen Farbfernseher im Wohnzimmer. Die meisten Häuser sind deshalb in Mietwohnungen aufgeteilt, zu Hotels umgebaut, von Ärzten, Zahnärzten, Sprachschulen für Ausländer, Fachbereichen der Universität und Krankenhäusern übernommen – und in einem großen, gut ausgestatteten Gebäude in der Chaucer Road ist der Verband für Auslandsprüfungen untergebracht.

Das Haus ist etwa zwanzig Meter von der verhältnismäßig ruhigen Straße zurückgesetzt, die die belebten Durchgangsstraßen Banbury Road und Woodstock Road verbindet, und neugierigen Blicken durch eine Reihe von Rosskastanien entzogen. Von vorn ist es über eine gekieste Auffahrt zu erreichen, an der etwa ein Dutzend Wagen parken können. Doch das Personal der Geschäftsstelle ist neuerdings so angewachsen, dass dieser Platz inzwischen nicht mehr ausreicht, und die Auffahrt ist nach links verlängert worden und führt zu einem kleinen betonierten Hof an der Rückseite, wo die akademischen Mitarbeiter ihre Wagen abstellen.

In dem Verband sind fünf Akademiker als hauptamtliche Mitarbeiter tätig, vier Männer und eine Frau. Jeder betreut in erster Linie das Fachgebiet, das er oder sie studiert und später gelehrt hat. Denn als eherne Regel gilt, dass kein Akademiker Chancen hat, eine Stellung bei dem Verband zu bekommen, wenn er nicht mindestens fünf Jahre Erfahrung im Schuldienst vorweisen kann. Die Namen der fünf Akademiker stehen in dicken blauen Buchstaben auf dem Briefbogen des Verbandes. Und auf solchen Bögen tippen am Freitag, dem 31. Oktober (dem Tag nach Quinns Beratungen mit den Historikern), in einem großen umgebauten Schlafzimmer im ersten Stock vier der fünf Sekretärinnen Briefe an die Direktoren und Direktorinnen jener Schulen im Ausland (eine erlesene, aber wachsende Schar), die bei der staatlichen Prüfung ihre Kandidaten für den Realschulabschluss und die Hochschulzulassung dem Wohlwollen und dem Fachverstand des Verbandes anvertrauen. Die vier jungen Frauen bearbeiten die Tasten ihrer Schreibmaschine mit unterschiedlichem Geschick. Häufig beugt sich eine vor, um einen Tippfehler oder einen Buchstabendreher zu beseitigen. Gelegentlich wird ein Blatt aus der Maschine gerissen, das Kohlepapier gerettet, aber Brief und Durchschläge werden wütend in den Papierkorb gepfeffert. Die fünfte Sekretärin, die sich bisher in *Woman's Weekly* vertieft hatte, legt sie jetzt beiseite und schlägt ihren Stenoblock auf. Irgendwann muss man ja mal anfangen. Automatisch greift sie zum Lineal und streicht sauber den dritten Namen auf dem Briefkopf durch. Dr. Bartlett hat angeordnet, dass die Sekretärinnen jedes Blatt von Hand zu verbessern haben, bis die neuen Briefbögen geliefert worden sind – und Margaret Freeman tut meist, was ihr gesagt wird.

T. G. Bartlett, Dr. phil., M. A., Geschäftsführer
P. Ogleby, M. A., Stellvertretender Geschäftsführer
G. Bland, M. A.
Miss M. M. Height, M. A.
D. J. Martin, B. A.

Unter den letzten Namen tippt sie: »N. Quinn, M. A.« So heißt ihr neuer Boss.

Nachdem Margaret Freeman gegangen war, öffnete Quinn einen seiner Aktenschränke und holte die Entwürfe der Prüfungsbögen für Geschichte heraus. Noch ein, zwei Stunden, dann konnten sie in Druck gehen. Alles in allem war er mit seinem Leben recht zufrieden. Das Diktieren (eine für ihn völlig neue Tätigkeit) war gut gelaufen; allmählich kam er dahinter, wie man es anstellt, seine Gedanken unmittelbar in gesprochene Worte umzusetzen, ohne sie erst aufschreiben zu müssen. Und er war sein eigener Herr. Bartlett verstand sich auf die Kunst des Delegierens, und sofern nicht ganz grobe Schnitzer vorkamen, ließ er seine Mitarbeiter völlig selbstständig schalten und walten. Ja, Quinn hatte Spaß an seinem neuen Job. Nur die Telefone machten ihm Kummer und brachten ihn, wie er selbst zugab, immer wieder in die größte Verlegenheit. In jedem Büro standen zwei Apparate, ein weißer für interne Verbindungen, ein grauer für Amtsgespräche. Da hockten sie nun, dick und drohend, rechts von Quinn, und er betete darum, dass sie Ruhe gaben, denn noch immer konnte er das Gefühl der Panik nicht bezwingen, das in ihm aufstieg, wenn ihr leises, fernes Schnarren ihn zwang, den einen oder anderen Hörer abzunehmen (er wusste nie, welchen). Doch an diesem Vormittag blieben beide Apparate still, und Quinn übertrug ruhig und konzentriert die vereinbarten Änderungen in die Prüfungsbögen. Um Viertel vor eins war er mit vier der Fragebögen fertig und stellte angenehm überrascht fest, wie rasch der Vormittag vergangen war. Er schloss die Unterlagen ein (Bartlett war in Sicherheitsfragen unheimlich pingelig) und überlegte, ob Monica wohl mit ihm auf einen Drink und ein Sandwich ins *Horse and Trumpet* gehen würde – ein Pub, dessen Namen er beim ersten Hören als »Whoreson Strumpet« missverstanden hatte. Monicas Büro war direkt gegenüber. Er klopfte leise und machte die Tür auf. Sie war nicht da.

Im Pub schob sich ein hochgewachsener Mann mit strähnigem Haar vorsichtig an den voll besetzten Tischen vorbei bis in die hinterste Ecke. In der linken Hand hatte er einen Teller mit Sandwiches, in der rechten ein Glas Gin und einen Krug Bier. Er setzte sich neben eine Frau von Mitte dreißig. Sie rauchte und war sehr attraktiv. Schon ein paarmal hatten taxierende Blicke der Männer von den Nachbartischen sie gestreift.

»Prost.« Er hob sein Glas und steckte die Nase in den Schaum.

»Prost.« Sie trank einen Schluck Gin unds drückte die Zigarette aus.

»Hast du an mich gedacht?«, fragte er.

»Ich hatte zu viel um die Ohren, um überhaupt an irgendjemanden zu denken.« Das klang nicht sehr ermutigend.

»Aber ich habe an dich gedacht.«

»Ach ja?«

Es gab eine Pause.

»Es muss ein Ende haben, das müsste dir eigentlich klar sein.« Erst jetzt sah sie ihm gerade ins Gesicht. Er war merklich betroffen.

»Gestern hast du gesagt, dass es dir Spaß gemacht hat«, sagte er sehr leise.

»Es hat mir verdammt viel Spaß gemacht. Darum geht es doch nicht«, sagte sie ungeduldig und etwas zu laut.

»Pst! Sollen das alle hören?«

»Du bist wirklich kindisch. So kann es nicht weitergehen. Wenn die bis jetzt noch nichts gewittert haben, sind sie blind. Wir müssen Schluss machen. Du bist schließlich verheiratet. Bei mir ist es nicht so kritisch, aber –«

»Könnten wir nicht einfach –«

»Nein, Donald. Ein für alle Mal, nein. Ich habe es mir lange überlegt, und … Es muss einfach aufhören. Tut mir leid, aber …«

Es war wirklich riskant, und am meisten fürchtete sie, Bartlett könnte ihnen auf die Spur kommen. Der mit seiner viktorianischen Einstellung …

Sie gingen wortlos ins Büro zurück, aber Donald Martin war nicht ganz so untröstlich, wie er tat. Ähnliche Gespräche hatten sie schon ein paarmal geführt, und wenn er den richtigen Augenblick abpasste, spielte sie nur zu gern wieder mit. Solange sie kein anderes Ventil für ihren sexuellen Frust hatte, gab es für ihn immer wieder eine Chance, und wenn sie erst mal zusammen in Monicas Bungalow waren, hinter verschlossener Tür, bei zugezogenen Vorhängen – Gott, war sie eine heiße Nummer. Er wusste, dass Quinn sie mal zu einem Drink ausgeführt hatte, aber das störte ihn nicht weiter. Oder? Als sie zehn nach zwei die Geschäftsstelle betraten, fragte er sich zum ersten Mal, ob er sich nicht doch ein kleines bisschen an dem so harmlos aussehenden Quinn

mit seiner Hörhilfe und den großen, unschuldigen Kinder-
augen stören müsste.

Philip Ogleby hörte Monica in ihr Büro gehen und verschwendete an diesem Tag keinen Gedanken mehr an sie.
Sein Zimmer war das erste auf der rechten Gangseite, neben
ihm war Bartletts Büro, dann, ganz am Ende, das von Monica. Er leerte seine zweite Tasse Kaffee, schraubte die Ther-
mosflasche zu und legte eine alte Nummer der *Prawda* aus
der Hand. Ogleby war seit vierzehn Jahren beim Verband
und seinen derzeitigen Kollegen ebenso ein Buch mit sieben Siegeln, wie er es den vorhergehenden gewesen war. Er
war Junggeselle und mittlerweile dreiundfünfzig Jahre alt,
hatte ein hageres Asketengesicht und eine stets bekümmert-
resignierte Miene. Das ihm verbliebene Haar war grau,
und die ihm verbleibenden Lebensjahre versprachen womöglich noch grauer zu werden. In jungen Jahren hatte er
sich für zahlreiche und teilweise recht ausgefallene Themen
begeistert – Moriskentanz, viktorianische Laternenpfähle,
Schwertlilien, Dampflokomotiven und römische Münzen.
Als er sein Examen in Cambridge mit Auszeichnung gemacht und gleich eine Stellung als Mathematiklehrer an
einer angesehenen Privatschule bekommen hatte, schien
eine beneidenswert glänzende Laufbahn vor ihm zu liegen.
Doch schon damals hatte es ihm an Ehrgeiz gefehlt. Und mit
neununddreißig war er nur deshalb auf seinem derzeitigen
Posten gelandet, weil er das vage Gefühl gehabt hatte, sich
zu lange auf eingefahrenen Gleisen bewegt zu haben, und es
deshalb einmal mit einer anderen Art von Trott versuchen
wollte. Es gab nicht mehr viel im Leben, was ihm Freude
machte; das Reisen gehörte dazu. Zwar waren die sechs Wochen Jahresurlaub für seinen Geschmack bei Weitem nicht
lang genug, dafür erlaubte ihm sein durchaus ansehnliches
Gehalt, in der knapp bemessenen Zeit neue, ungewöhnliche

Wege zu gehen. Erst im vergangenen Sommer war er vierzehn Tage in Moskau gewesen. Er war Bartletts offizieller Stellvertreter; außerdem betreute er die Fächer Mathematik, Physik und Chemie. Da von seinen Kollegen niemand (nicht einmal die Sprachwissenschaftlerin Monica Height) sich in den ausgefalleneren Sprachen so gut auskannte wie er, befasste er sich, so gut es eben gehen wollte, auch mit Walisisch und Russisch. Seinen Mitarbeitern gegenüber verhielt er sich ausgesprochen indifferent. Selbst Monica behandelte er wie ein toleranter Ehemann seine Schwiegermutter. Die Kollegen akzeptierten ihn so, wie er war: geistig ihnen allen überlegen, verwaltungstechnisch unheimlich tüchtig, gesellschaftlich eine Null. Nur noch einen Menschen in Oxford gab es, der um die andere Seite seines Wesens wusste.

Zwanzig nach fünf wählte Bartlett Apparat 5.

»Sind Sies, Quinn?«

»Hallo?«

»Könnten Sie mal eben in mein Büro kommen?«

»Entschuldigen Sie, ich verstehe nicht ganz …«

»Hier Bartlett«, schrie dieser in den Hörer.

»Ach so, Pardon. Ich verstehe Sie so schlecht, Dr. Bartlett, am besten komme ich eben mal bei Ihnen vorbei.«

»Darum hatte ich Sie ja gerade gebeten.«

»Bitte?«

Bartlett legte auf und seufzte schwer. Es war völlig sinnlos, mit Quinn zu telefonieren.

Quinn klopfte und trat ein.

»Nehmen Sie Platz, Quinn, ich möchte eine Kleinigkeit mit Ihnen besprechen. Als Sie gestern Ihre Sitzung hatten, habe ich den anderen Einzelheiten über unsere – äh – Festivität in der nächsten Woche erzählt.«

Quinn konnte ihm recht gut folgen. »Sie meinen das Treffen mit den Ölscheichs, Sir?«

»Ganz recht. Bitte bedenken Sie, dass die Sache für uns wichtig ist. Der Verband hat in den letzten Jahren knapp ohne Verlust abgeschlossen, und ohne unsere Beziehungen zu einigen der neuen Ölstaaten wären wir sehr schnell pleite, das steht fest. Wir haben uns mit unseren Schulen drüben in Verbindung gesetzt, und die haben uns gebeten, wir sollten uns mal Gedanken über einen neuen Lehrplan für Geschichte machen – zunächst bis zum Realschulabschluss. So in der Richtung Suezkanal, Lawrence von Arabien, Kolonialismus, äh – kulturelles Erbe, Ausbeutung von Bodenschätzen, na, Sie wissen schon. Ist ja auch wirklich wichtiger als Königin Elizabeth, wie?«

Quinn nickte unbestimmt.

»Mir geht es jetzt um Folgendes: Lassen Sie sich die Sache bis zur nächsten Woche mal durch den Kopf gehen, ja? Bringen Sie ein paar Ideen zu Papier. Nicht zu ausführlich, nur in Umrissen. Und die geben Sie mir dann.«

»Ich werde mein Bestes tun, Sir. Aber könnten Sie bitte einen Punkt noch einmal wiederholen? Sagten Sie ›Königin Lisas Bett‹?«

»Königin Elizabeth, Mann!«

»Ja, so. Natürlich.« Quinn lächelte blässlich und ging äußerst kleinlaut hinaus. Wenn sich nur Bartlett ein bisschen mehr Mühe mit seinen Mundbewegungen geben würde.

Bartlett machte die Augen halb zu, verzog die Lippen, als habe er Essig geschluckt, und fletschte die Zähne. Wieder dachte er an Roope. Was war der Mann doch für ein Idiot gewesen.

3

Den ganzen Oktober über war der Gesundheitszustand des englischen Pfundes ein allgemein interessierendes, wenn auch betrübliches Gesprächsthema. Feierlich (und bis auf die zweite Stelle hinter dem Komma) wurde in Funk und Fernsehen über seine effektive Abwertung gegenüber dem Dollar und anderen europäischen Währungen berichtet: Das Pfund hatte einen schlechten Vormittag gehabt, hatte sich aber im späteren Börsenverlauf wieder leicht erholt. Das Pfund hatte einen besseren Vormittag gehabt, war aber später seinen europäischen Konkurrenten gegenüber in Bedrängnis geraten. Es schien, dass sich das Pfund gelegentlich auf seinem Krankenlager aufrichtete, um der Welt zu beweisen, dass Berichte über sein Ableben etwas übertrieben waren, aber fast immer überanstrengte es sich dabei, und bald lag es wieder danieder, erlitt einen Rückfall bis hin zum fast totalen Zusammenbruch, um sich dann doch wieder aufzurappeln, den besorgten ausländischen Finanziers zuzublinzeln und ein, zwei Punkte auf dem internationalen Geldmarkt nach oben zu klettern.

Obgleich also in diesem Herbst die Lücke in der Zahlungsbilanz immer größer wurde, obgleich sich die riesigen Öldefizite nur durch massive Anleihen beim Weltwährungsfonds ausgleichen ließen, obgleich sich die Zahl der Arbeitslosen in nie da gewesene, schwindelnde Höhen erhob, obgleich die Konkursgerichte Zulauf wie nie zuvor hatten, obgleich ausländische Investoren zu der Überzeugung kamen, dass London nicht mehr der geeignete Anlageplatz für ihre ständig anwachsenden Überschüsse war – trotz und alledem bewahrten sich unsere ausländischen Freunde ihren unerschütterlichen Glauben an die Leistungsfähigkeit und Wirksamkeit des britischen Schulsystems und infolgedessen auch an die Integrität und Fairness des Systems staatlicher Prüfungen. Ach je.

Viele Menschen strebten am Abend des 3. November, einem Montag, in Oxford ihren Hotelzimmern zu: Handlungsreisende und kleine Geschäftsleute, Besucher aus dem Ausland und Besucher aus dem Inland. Alle hatten ihre Unterkunft mit Blick auf ihre Spesen und Zuschüsse, den Umfang ihrer Reiseschecks oder ihrer Urlaubskasse gewählt. Es waren billige Hotels und vornehme Hotels, meist aber eher billige, obschon die – weiß Gott! – noch teuer genug waren – Zimmer, in denen die Wassertanks die ganze Nacht über stöhnten und gurgelten, Zimmer, in denen die Schiebefenster klemmten und die Dielenbretter unter dem dünnen Bodenbelag knarrten. Die fünf Emissäre des Scheichtums Al-jamara hingegen waren bestens versorgt. Sie waren in den schönsten Zimmern, die das *Sheridan* zu bieten hatte, untergekommen. Am frühen Abend hatten sie üppig getafelt, bescheiden gebechert und großzügig Trinkgelder verteilt, dann waren sie nach oben gegangen und hatten sich in die frisch bezogenen Betten gelegt. Häusliche Probleme, persönliche Probleme, gesundheitliche Probleme – das eine oder das andere oder alle miteinander mochten als leichter Hauch die stillen Wasser ihrer Träume kräuseln, Geldprobleme aber hatten sie nicht. In den Nachkriegsjahren war hochwertiges Öl in großen, leicht zugänglichen Lagern unter ihrem scheinbar unfruchtbaren Sandboden gefunden worden, und ein wohlwollender, relativ gewissenhafter Despot, ein Onkel von Scheich Ahmed Dubal, hatte nicht nur amerikanisches Kapital zur Ausbeutung der Ölquellen beschafft, sondern das Leben der meisten Bewohner von Al-jamara unermesslich bereichert. Straßen, Krankenhäuser, Einkaufszentren, Schwimmbäder und Schulen waren nicht nur geplant, sondern tatsächlich gebaut worden. In dieser zunehmend verwestlichten Gesellschaft war eine bessere Schulbildung für ihre Kinder das große Anliegen der wohlhabenden Bürger. Die ersten Kontakte zum Verband für Auslandsprüfungen lagen jetzt fünf Jahre zurück.

Die auf zwei Tage angesetzte Besprechung begann am Dienstag, dem 4. November, um halb elf. Zum Begrüßungskaffee gab es eifriges Händeschütteln, zahlreiche Vorstellungen, viele lächelnde Mienen und allgemeines Wohlwollen. Die Araber trugen fast identische dunkelblaue Anzüge mit blendend weißen Hemden und sachlich nüchternen Krawatten. Quinn hatte dem Tag mit einigem Zittern und Zagen entgegengesehen, merkte aber bald zu seiner großen Erleichterung, dass die Araber ein wunderbar präzises, fließendes Englisch sprachen, das zwar gelegentlich durch einen idiomatischen Ausrutscher beeinträchtigt wurde, aber klar und – für Quinn – fast lächerlich leicht zu verstehen war. Alles in allem gingen die beiden Tage rasch und angenehm vorüber: Plenarsitzungen, Einzelgespräche, allgemeine Diskussion, Diskussion im kleinen Kreis, lebhafte Unterhaltungen, gutes Essen, Kaffee, Sherry, Wein. Das Unternehmen war ein großer Erfolg.

Für den Mittwochabend hatten die Araber die Disraeli-Suite des *Sheridan* für eine Abschiedsfeier reserviert, und alle Ehefrauen oder Freundinnen sowie das Führungsgremium des Verbandes waren zu der Festivität eingeladen. Scheich Ahmed höchstselbst, prächtig anzusehen in seinen arabischen Gewändern, nahm neben der strahlenden Monica Height Platz, die einen sehr schicken blassvioletten Hosenanzug trug. Donald Martin an der Seite seiner unscheinbaren Frau in ihrem zerknitterten weißen Rock und mit den Schuppen auf dem schwarzen Pullover wurde ständig elender zumute. Der Scheich hatte ganz offensichtlich die schöne

Monica für die Dauer des Abends mit Beschlag belegt. Immer wieder ließ er sein weißgoldenes Lächeln aufblitzen, wenn er sich vertraulich zu ihr hinüberbeugte. Aufmerksam, geschmeichelt, einladend gab sie das Lächeln zurück. Auch Quinn beobachtete die beiden, während er seinen Krabbensalat aß. Der Scheich redete ununterbrochen, aber ob seine Worte allein Monica galten, hätte Quinn nicht sagen können.

»Wie formulierte es doch einer Ihrer Landsleute:

Austern sind amourös,
Hummer ist heiß,
Aber Krabben – o Herr …«

Monica lachte und flüsterte dem Scheich etwas ins Ohr, was Quinn nicht mitbekam. Es war töricht gewesen, dass er sich je Hoffnungen gemacht hatte. Und dann folgte ein weiterer kurzer Wortwechsel, und jetzt wusste er, dass pianissimo geflüstert worden war. Er spürte sein Herz schneller und heftiger schlagen. Nein, da hatte er sich wohl doch geirrt …

Gegen Mitternacht war die Gesellschaft auf ein Drittel ihres ursprünglichen Umfangs geschrumpft. Philip Ogleby, der mehr als alle anderen getrunken hatte, wirkte wie der einzig Nüchterne unter den Gästen. Auch die Martins waren vor einiger Zeit gegangen. Monica und Scheich Ahmed tauchten nach einer unerklärten Abwesenheit von einer guten halben Stunde plötzlich wieder auf. Bartlett redete etwas zu laut, und seine große, sehr um ihn besorgte Frau hatte ihn bereits mehrmals darauf hingewiesen, dass er nach dem Genuss von Gin dazu neigte, verwaschen zu sprechen. Einer der Araber verhandelte ernsthaft mit einer Barfrau. Von den Gästen bewiesen nur der Präsident des Verbandes, Voss und Roope noch einiges Stehvermögen.

Um halb eins fand Quinn, dass es höchste Zeit war, die

Party zu verlassen. Ihm war heiß und ein bisschen übel. Er ging zur Herrentoilette und legte den Kopf an den kühlen Wandspiegel. Morgen früh hatte er bestimmt einen grauenhaften Kater. Und er musste noch zu seiner Junggesellenwohnung in Kidlington zurückfahren. Warum war er nicht so vernünftig gewesen, sich ein Taxi zu bestellen? Er ließ sich kaltes Wasser über Gesicht und Handgelenke laufen, fuhr sich mit dem Kamm durch die Haare und fühlte sich etwas besser. Er würde sich verabschieden und machen, dass er wegkam.

Als er die Suite wieder betrat, waren nur noch wenige Gäste da, und er kam sich fast wie ein störender Eindringling vor. Er versuchte, Bartletts Blick aufzufangen, aber der war in ein Gespräch mit Scheich Ahmed vertieft. Quinn sah sich ein paar Minuten einigermaßen ratlos um, dann setzte er sich und schaute wieder zu seinen Gastgebern hinüber. Das Gespräch mit Bartlett dauerte an. Jetzt kam Ogleby dazu, dann trat Roope zu ihnen, Bartlett und Ogleby entfernten sich, dafür gesellten sich der Präsident und Voss, schließlich Monica zu ihnen. Wie hypnotisiert beobachtete Quinn die wechselnden Formationen. Er versuchte zu erfassen, worüber sie sprachen. Schuldbewusst und fasziniert zugleich beobachtete er ihre Lippen und folgte ihrem Gespräch, als stünde er direkt neben ihnen. Einige Bemerkungen, das spürte er, fielen nur im Flüsterton, aber für ihn waren die meisten Worte so deutlich zu verstehen, als riefe man sie durch ein Megafon. Er erinnerte sich, wie er einmal (damals hatte er noch recht gut gehört) den Hörer abgenommen und unfreiwillig das Gespräch eines Mannes mit seiner Geliebten belauscht hatte, die ein heimliches Treffen verabredeten, wie er mit laszivem Kitzel ihre geplante Unzucht vorweggenommen hatte …

Er erschrak, als Bartlett ihn jetzt ansah und, gefolgt von Scheich Ahmed, zu ihm trat.

»Haben Sie sich gut amüsiert, alter Junge?«

»Ja, sehr. Ich – ich wollte mich nur noch bei Ihnen beiden bedanken ...«

»Es war uns ein großes Vergnügen, Mr Quinn.« Ahmed lächelte weißgolden und streckte die Hand aus. »Wir hoffen, Sie recht bald wiederzusehen.«

Quinn trat auf die St. Giles hinaus. Er hatte nicht bemerkt, wie scharf er in den letzten Minuten von einem der letzten Gäste beobachtet worden war, und war deshalb sehr überrascht, als er eine Hand auf seiner Schulter spürte. Er wandte sich zu dem Mann um, der ihm zu seinem Wagen gefolgt war.

»Auf ein Wort, Quinn«, sagte Philip Ogleby.

Am nächsten Tag um halb eins sah Quinn von der Arbeit hoch, mit der er sich den Vormittag über redlich, aber ziemlich vergeblich herumgeschlagen hatte. Er hatte das Klopfen nicht gehört, aber jemand öffnete die Tür. Es war Monica.

»Wenn du magst, darfst du mich auf einen Drink einladen, Nicholas.«

4

Am Freitag, dem 21. November, bestieg ein etwa dreißigjähriger Mann in Paddington den Zug nach Oxford. Er fand ohne große Mühe ein leeres Abteil erster Klasse, setzte sich behaglich zurecht und zündete sich eine Zigarette an. Seiner Aktentasche entnahm er einen an ihn gerichteten, ziemlich dicken Umschlag (»Wenn unzustellbar, bitte an den Verband für Auslandsprüfungen zurück!«) und holte mehrere umfangreiche Berichte heraus. Er angelte einen Kugelschreiber aus der Brusttasche und begann, sich sporadische Notizen zu machen. Da er Linkshänder war und die eng beschriebenen Blätter nur einen schmalen, überdies noch rechts angeordneten Rand hatten, war das ein recht mühsames Geschäft, besonders nachdem der Intercity in den nördlichen Vororten volle Fahrt machte. Der Regen schlug in schrägen Streifen an die schmutzigen Scheiben, immer schneller haschten die Telegrafenstangen nach den Drähten, während er abwesend auf die kahle Herbstlandschaft hinausblickte. Auch als er sich mit einem energischen Ruck wieder den lästigen Unterlagen zuwandte, fiel ihm die Konzentration schwer. Kurz vor Reading ging er in den Speisewagen und trank einen Scotch, dann einen zweiten. Danach fühlte er sich besser.

Um vier steckte er die Papiere wieder in den Umschlag, strich seinen Namen, C. A. Roope, aus und schrieb auf den Umschlag: T. G. Bartlett. Bartlett war ihm menschlich unsympathisch (was er auch nicht verhehlen konnte), aber er war ehrlich genug, um seine Erfahrung und seine sichere Hand in Verwaltungsangelegenheiten zu respektieren. Roope hatte versprochen, heute Nachmittag die Unterlagen bei der Geschäftsstelle abzugeben. Bartlett würde nie das Protokoll einer Vorstandssitzung herausgehen lassen, ehe der Entwurf allen Teilnehmern vorgelegen hatte. Und Roope musste zugeben, dass sich diese Pedanterie in vielen Fällen durchaus bewährt hatte. Für heute war die lästige Aufgabe jedenfalls bewältigt. Roope ließ die Aktentasche zuschnappen und sah wieder hinaus in den Regen. Die Fahrt war schneller vorüber, als er zu hoffen gewagt hatte, und wenig später tauchten zu seiner Rechten hinter den Regenschleiern die grauen Türme Oxfords auf, und der Zug fuhr in den Bahnhof ein.

Roope ging durch die Unterführung, stellte sich geduldig an der Sperre an und überlegte kurz, ob er sich überhaupt die Mühe machen sollte. Dabei wusste er, dass er für sich die Frage schon entschieden hatte. Er nahm die Rückfahrkarte zweiter Klasse aus der Brieftasche und reichte sie dem Bahnsteigschaffner. »Sie bekommen noch Geld von mir. Ich bin zurück erster gefahren.«

»Ist der Schaffner nicht durchgekommen?«

»Nein.«

»Tja, dann ist die Sache doch eigentlich erledigt, oder?«

»Bestimmt?«

»Ich wünschte, alle Fahrgäste wären so ehrlich wie Sie, Sir.«

»Na gut, wenn Sie meinen …«

Roope nahm ein Taxi und gab dem Fahrer ein großzügiges Trinkgeld, als er ihn vor dem Verbandsgebäude absetzte. In den oberen Stockwerken umliegender Bürohäuser schimmerten blassgelbe Lichtflächen, und die Umrisse der Baumriesen vor der Geschäftsstelle zeichneten sich schwarz vor einem dunkel werdenden Himmel ab. Es goss in Strömen.

Charles Noakes, seines Zeichens Hausmeister beim Verband für Auslandsprüfungen, war ein relativ junger und hilfsbereiter Vertreter seiner Gattung. Noch hatte seine Seele durch jahrelangen Ärger um das Schließen von Fenstern, das Bohnern von Fußböden, die Bedienung der Zentralheizung und die Einstellung der Einbruchsicherung keinen Schaden genommen. Als Roope das Haus betrat, wechselte er gerade eine Leuchtstoffröhre im unteren Gang aus.

»Tag, Noakes. Ist Dr. Bartlett da?«

»Nein, Sir, er war den ganzen Nachmittag nicht im Haus.«

»Ach so.« Roope klopfte bei Bartlett und sah ins Zimmer. Das Licht brannte. Aber darauf konnte man, wie Roope wusste, nichts geben. Das Einschalten einer Leuchtstoffröhre, behauptete Bartlett, verbrauche ebenso viel Energie wie stundenlanger Betrieb, und deshalb blieb in der Geschäftsstelle »aus Gründen der Wirtschaftlichkeit« in allen Räumen das Licht ständig eingeschaltet. Einen Moment glaubte Roope ein Geräusch zu hören, aber dann war es wieder still. Auf dem Schreibtisch lag ein Zettel: »Freitagnachmittag. Bin nach Banbury. Vielleicht gegen fünf zurück.«

»Was hab ich Ihnen gesagt, Sir? Er ist nicht da.« Noakes war von der kleinen Leiter gestiegen und stand vor der Tür.

»Macht nichts, dann spreche ich kurz mit einem der anderen.«

»Da werden Sie nicht viel Glück haben, Sir. Soll ich mal nachsehen, wer noch da ist?«

»Nein, lassen Sie nur, das mache ich selber.«

Er klopfte und sah in Oglebys Zimmer. Keine Spur von Ogleby.

Er versuchte es bei Martin. Keine Spur von Martin.

Er hatte gerade bei Monica Height geklopft und senkte lauschend den Kopf, als der Hausmeister in dem gut beleuchteten und gut gebohnerten Gang erschien. »Sieht so aus, als ob bloß noch Mr Quinn da ist, Sir. Jedenfalls steht sein Wagen hinten. Die anderen sind wohl schon weg.«

Jaja, wenn die Katze fort ist, dachte Roope. Er machte die Tür zu Monicas Büro auf und sah hinein. Das Zimmer wirkte unheimlich aufgeräumt, der Schreibtisch war leer, der Ledersessel ordentlich daruntergeschoben.

Bei Quinn versuchte der Hausmeister sein Glück, und Roope trat hinter ihn, als er die Tür öffnete. Ein grüner Anorak lag über einem der Sessel, und die oberste Schublade eines Aktenschrankes mit zahlreichen gelben Mappen stand offen. Auf der Schreibtischplatte lag unter einem billigen Briefbeschwerer eine Nachricht von Quinn für seine Sekretärin, aber Quinn selbst war nicht zu sehen.

Roope hatte oft genug davon gehört, dass Bartlett seinen Mitarbeitern ans Herz legte, in Prüfungsangelegenheiten strikte Geheimhaltung zu wahren und unbedingt eine Nachricht über ihren jeweiligen Aufenthaltsort zu hinterlassen.

»Immerhin hat er uns einen Zettel dagelassen, wozu die anderen sich offenbar nicht haben aufraffen können.«

»Über das da wäre aber der Chef bestimmt nicht sehr glücklich.« Noakes schloss mit ernster Miene den Schrank und ließ das Schloss einschnappen.

»Ziemlicher Pedant in solchen Sachen, der gute Bartlett, was?«

»Er ist überhaupt ziemlich pedantisch, Sir.« Aber irgendwie hatte Roope den Eindruck, dass Noakes, wäre er genötigt, Partei zu ergreifen, sich auf Bartletts Seite schlagen würde.

»Sie glauben also nicht, dass er zu pingelig ist?«

»Nein, Sir. Ich meine, hier kommen doch alle möglichen Leute rein, bei so Sachen kann man nicht vorsichtig genug sein.«

»Recht haben Sie, Noakes.«

Die Bestätigung tat dem Hausmeister wohl, und er ging ein bisschen aus sich heraus. »Eins muss ich ja sagen, Sir, für seine Feuerübung hätte er sich auch eine wärmere Woche aussuchen können.«

»Feuerübungen habt ihr hier auch?« Roope griente. Seit seiner Schulzeit hatte er keine Feuerübung mehr mitgemacht.

»Heute, Sir. Punkt zwölf. Eine Viertelstunde hat er uns alle draußen stehen lassen. Gemein kalt wars. Ich weiß, dass es hier drin ein bisschen zu warm ist, aber …« Noakes war drauf und dran, sich des Längeren über seinen ungleichen Kampf mit der antiquierten Heizung in der Geschäftsstelle auszulassen, aber Roope war offenbar weit mehr an Bartlett interessiert.

»Eine Viertelstunde? Bei diesem Wetter?«

Noakes nickte. »Na schön, er hatte uns Anfang der Woche Bescheid gesagt, wir hatten also unsere Mäntel an und alles, und zum Glück hats da gerade mal nicht geregnet, aber –«

»Warum denn bloß so lange?«

»Wir haben doch jetzt einen Haufen Mitarbeiter, und jeder musste seinen Namen auf der Liste abhaken. Wie in der Schule. Und dann hat uns der Chef 'ne kleine Rede gehalten …«

Aber Roope hörte nicht mehr zu. Er konnte schließlich nicht den ganzen Abend hier stehen und mit dem Hauswart reden. Langsam setzte er sich wieder in Bewegung. »Trotzdem komisch, nicht? Heute Vormittag sind alle noch vollzählig angetreten, und heute Nachmittag ist kein Mensch mehr da.«

»Stimmt schon, Sir. Kann ich sonst noch was für Sie tun?«

»Nein, nein, ist nicht weiter tragisch. Ich wollte Bartlett nur den Umschlag geben. Ich leg ihn auf seinen Schreibtisch.«

»Sobald die Röhre drin ist, mach ich mir oben 'ne Tasse Tee. Möchten Sie auch eine, Sir?«

»Nein, ich muss weiter. Trotzdem schönen Dank.«

Roope benützte die Herrentoilette am Eingang. Jetzt merkte er auch, wie warm es im Haus war. Wie in einer Sauna.

Bartlett hatte vor einer Gruppe von Schulleitern und Schulleiterinnen eine Rede über die eingetretenen Änderungen bei staatlichen Prüfungen gehalten und die letzte Frage autoritativ (aber mit einer Prise Humor) etwa zur gleichen Zeit beantwortet, als Roope das Taxi bestiegen hatte, das ihn zur Geschäftsstelle brachte. Dann setzte er sich in seinen dunkelbraunen Vanden Plas, der sein ganzer Stolz war, und fuhr im Sechzigmeilentempo die etwa zwanzig Meilen zurück nach Oxford. Er wohnte in Botley, auf der Westseite der Stadt, und während der Fahrt überlegte er, ob er noch einmal im Büro vorbeischauen oder gleich nach Hause fahren sollte. Aber in Kidlington geriet er in den üblichen Abendstau, und während er sich über den Kreisverkehr am Nordrand von Oxford quälte, beschloss er, gleich Richtung Heimat abzubiegen. Vielleicht fuhr er später, nach der Rushhour, noch einmal zur Geschäftsstelle.

Als er kurz nach fünf heimkam, sagte ihm seine Frau, dass mehrere Anrufe für ihn eingegangen seien. Und während sie ihm noch Einzelheiten berichtete, läutete das verflixte Telefon schon wieder. Nicht zum ersten Mal fand sie, dass eine Geheimnummer etwas durchaus Erstrebenswertes wäre.

Am Samstag, dem 22. November, wurde (wie an den meisten Samstagen) die Alarmanlage früh um halb neun, eine Stunde später als an Wochentagen, abgestellt. In den Wintermonaten wurde am Samstag nur manchmal gearbeitet, und an diesem Samstag war das Haus allem Anschein nach völlig leer. Ogleby kam zu Fuß und schloss leise auf. Der Geruch nach Bohnerwachs weckte in ihm verlockende Erinnerungen an seine frühen Schultage, aber er hatte jetzt an anderes zu denken. Er sah nacheinander in alle Räume im Erdgeschoss, um sich davon zu überzeugen, dass niemand da war, was er aber ohnehin spürte. Im Haus hing eine unheimlich hallende Leere, die durch das leise Türenschlagen nur noch vertieft wurde. Er betrat sein Büro und wählte eine Nummer.

»Guten Morgen, Chef. Hoffentlich habe ich Sie nicht aus dem Bett geholt? Freut mich. Ich habe eine ganz dumme Frage. Können Sie mir sagen, wann am Samstag die Alarmanlage abgestellt wird?

Um halb neun? Ja, dachte ich mir, aber ich wollte mich doch noch mal vergewissern. Komisch, ich hatte mir irgendwie eingebildet, das sei irgendwann mal geändert worden. Nein, verstehe. Entschuldigen Sie bitte die Störung. Ist die Sitzung in Banbury gut gelaufen? Bestens. Tja, dann mache ich mich jetzt auf den Weg.«

Ogleby ging in Bartletts Zimmer. Er sah sich rasch um

und holte dann seine Schlüssel heraus. Von Botley bis zur Geschäftsstelle fuhr man mindestens zwanzig Minuten, er hatte also eine gute halbe Stunde zur Verfügung. Aber Ogleby war ein vorsichtiger Mensch und genehmigte sich nur zwanzig Minuten.

Fünfundzwanzig Minuten später – er saß inzwischen an seinem Schreibtisch – hörte er, wie jemand das Haus betrat. Gleich darauf ging die Tür auf.

»Sie sind also reibungslos hereingekommen, Philip?«

»Ja, danke. Kein Alarm auf der Wache.«

»Gut.« Bartlett blinzelte hinter seiner Brille. »Ich – äh – habe auch noch ein paar Sachen zu erledigen.« Er machte die Tür wieder zu und ging in sein Büro. Er wusste natürlich, was gespielt wurde. Für einen klugen Mann wie Ogleby war die Ausrede mit der Alarmanlage äußerst dürftig. Aber wonach hatte er gesucht? Bartlett öffnete seine Schränke und zog die Schublade heraus, aber alles war in Ordnung, offenbar war nichts gestohlen worden. Und überhaupt – was hätte hier das Stehlen gelohnt? Er lehnte sich zurück und runzelte nachdenklich die Stirn. Die Sache war doch recht beunruhigend. Er ging noch einmal die paar Schritte bis zu Oglebys Zimmer, aber Ogleby war schon weg.

5

Morse sah in den großen Spiegel vor sich und begutachtete darin den Reflex des hinter ihm erhobenen Handspiegels, in dem hinwiederum er die Okzipitalregion eines in seinen Augen bedeutenden Hauptes betrachten konnte. Er nickte, ohne eine Miene zu verziehen, während der Handspiegel an die linke Nackenseite rückte, nickte erneut, als er nach rechts überwechselte, lehnte die vorgeschlagene Verwendung eines weißen, schmierig aussehenden Haarbalsams ab, der griffbereit auf dem Ablagebrett vor ihm stand, erhob sich wie ein enthülltes Standbild, nahm das ihm entgegengestreckte Zellstofftuch, rubbelte energisch über Gesicht und Ohren und griff nach seiner Brieftasche. Wieder einmal geschafft. Er fühlte sich nie wohl, wenn sein Haar ihm in unordentlich lockiger Fülle über den Kragen zu wachsen begann, während der Haarwuchs auf dem Kopf leider neuerdings zu wünschen übrig ließ. Er gab dem Friseur ein großzügiges Trinkgeld und trat auf die Summertown hinaus. Es war zwar nicht mehr so kalt wie in den letzten Tagen, dafür nieselte es leicht, und er beschloss, mit dem Bus zu seiner möblierten Wohnung nach Nord-Oxford zu fahren. Es war Dienstag, der 25. November, 10.15 Uhr.

Dass ihn im Präsidium irgendetwas Welterschütterndes erwartete, war unwahrscheinlich, und er musste sowieso zu Hause vorbei. Es war ein Ritual für Morse. Als Rekrut hatten ihn die von der Army gestellten kratzigen Unterhemden, kratzigen Hemden und kratzigen Hosen fast verrückt gemacht. Seine Mutter hatte ihm eingeredet, er habe eine besonders empfindliche Haut, und das hatte er verinnerlicht. Zu Hause zog er Hemd und Unterhemd aus, ließ warmes Wasser ins Waschbecken laufen und tauchte den Kopf hinein. Ein reiner Genuss. Er wusch sich zweimal die Haare, trocknete Gesicht und Ohren gründlich ab, rubbelte den Rücken mit einem Handtuch, trocknete das Haar, spülte die kurzen schwarzen Härchen, die sich am Waschbeckenrand festgesetzt hatten, weg, holte sich ein sauberes Unterhemd und ein frisches Hemd. Dann kämmte er sich liebevoll vor dem Badezimmerspiegel.

Aber heute Vormittag lief es nicht ganz so wie sonst. Er war gerade dabei, die zweite Portion Pflegeshampoo abzuspülen, als das Telefon läutete. Er fluchte hingebungsvoll. Wer zum Teufel –

»Gut, dass ich Sie zu Hause antreffe, Sir. Im Büro hatte niemand Sie gesehen.«

»Na und? Ich habe mir die Haare schneiden lassen. Ist doch wohl kein Verbrechen.«

»Können Sie gleich herkommen, Sir?« Lewis war plötzlich ganz ernst geworden.

»In fünf Minuten. Was gibts denn?«

»Wir haben einen Toten, Sir.«

»Von wo rufen Sie an?«

»Vom Revier, Sir. Kennen Sie die Pinewood Close?«

»Nein.«

»Ist vielleicht besser, wenn Sie erst hier vorbeikommen.«

»Okay, warten Sie auf mich.«

Auch Chief Superintendent Strange erwartete ihn. Ungeduldig stand er auf den Stufen zum Revier der Thames Valley Police in Kidlington, als Morse seinen Lancia parkte und heraussprang.

»Wo haben Sie denn gesteckt, Morse?«

»Entschuldigen Sie, Sir, ich hab mir die Haare schneiden lassen.«

»Sagen Sie das noch mal.«

Morse schwieg. In den hellgrauen Augen stand nicht die Spur von schlechtem Gewissen oder Ärger.

»Schöne Reklame für die Polizei. Da werden brave Bürger umgelegt, die Anspruch auf den Schutz und die Fürsorge der Ordnungskräfte haben, und der einzige verfügbare Chief Inspector lässt sich die Haare schneiden.«

Morse hielt den Mund.

»Hören Sie zu, Morse, Sie übernehmen den Fall, ist das klar? Sie können Lewis haben, wenn Sie wollen.« Strange wandte sich ab, dann fiel ihm noch etwas ein. »Und kein weiterer Haarschnitt, bis Sie die Sache hier geklärt haben. Das ist ein Befehl.«

»Vielleicht brauche ich bis dahin auch gar keinen, Sir.« Morse zwinkerte Lewis vergnügt zu und ging voraus ins Büro. »Wie siehts von hinten aus?«

»Sehr ordentlich, Sir. Wirklich gut geschnitten.«

Morse lehnte sich in dem schwarzen Ledersessel zurück und strahlte Lewis an. »So, und jetzt schießen Sie los.«

»Ein gewisser Quinn, Sir. Wohnte im Erdgeschoss einer Zweifamilienhaushälfte in der Pinewood Close. Schon eine ganze Weile tot, so wies aussieht. Gift, würde ich sagen. Er arbeitet –« (»arbeitete«, brummelte Morse) »– beim Verband für Auslandsprüfungen in der Woodstock Road. Einer seiner Kollegen, der sich um ihn Sorgen machte, ist hingegangen und hat ihn gefunden. Bei mir ist der Anruf um Viertel vor zehn gelandet, ich bin gleich mit Dickson hin und hab mich mal kurz umgesehen. Dickson habe ich dagelassen, und ich bin wieder hergekommen, um Sie anzurufen.«

»Und was weiter, Lewis?«

»So wie ich Sie kenne, hab ich mir gedacht, ich soll vielleicht den Typ festnehmen, der ihn gefunden hat.«

Morse grinste. »Ist er hier?«

»Im Vernehmungszimmer. Ich hab schon eine Aussage von ihm, aber ehe er das Protokoll unterschreibt, müssen wir es wohl noch mal aufpolieren. Sie wollen sicher mit ihm sprechen.«

»Ja, aber das hat Zeit. Haben wir einen Wagen?«

»Wartet draußen, Sir.«

»Die Spurensicherung haben Sie hoffentlich noch nicht in Marsch gesetzt?«

»Nein, damit habe ich auf Sie gewartet.«

»Gut. Kümmern Sie sich um das Protokoll, wir treffen uns in zehn Minuten draußen.«

Morse führte zwei Telefongespräche, kämmte sich noch einmal und war sehr mit sich und der Welt zufrieden.

Etliche Gesichter waren hinter Tüllgardinen in den Erdgeschossfenstern zu sehen, als das Polizeifahrzeug in die Pinewood Close einfuhr, ein unbedeutendes Sträßchen, in dem acht vor etwa einem halben Jahrhundert errichtete Doppelhäuser in eine leicht verschlissene Würde hineingealtert waren. Die Zäune, die die Grundstücke umgaben, hielten sich zumeist nur noch mühsam aufrecht, die wackligen Latten hätten dringend einen neuen Schutzanstrich gebraucht, die Querverstrebungen waren morsch, regennass und angeschimmelt. Nur den beiden Eckhäusern der Reihe hatte der ursprüngliche Bauherr genug Platz für eine Garage gegönnt. Vor dem linken Eckhaus hatte der stämmige Constable Dickson Posten bezogen. Er trat auf dem regennassen Beton vor der ungestrichenen Fertiggarage von einem Fuß auf den anderen, während er sich mit der etwa fünfzigjährigen Besitzerin unterhielt, die außerdem noch ein halbes Dutzend Häuser in der Nachbarschaft ihr Eigen nannte. Mochten auch die Einkünfte aus den zahlreichen Liegenschaften nicht unbeträchtlich sein – ihre Garderobe ließ keinesfalls auf Wohlstand schließen. Sie hatte keine Strümpfe an und zog, als Morse und Lewis aus dem Wagen stiegen, einen schäbigen alten Mantel fester über der schmuddelig weißen Bluse zusammen.

»Da kommen die Studierten«, sagte Dickson halblaut und trat vor, um den Chief Inspector zu begrüßen. »Das ist Mrs Jardine, Sir. Das Haus gehört ihr, und sie hat uns eingelassen.«

Morse nickte freundlich, nahm den Sicherheitsschlüssel von Dickson entgegen und schickte den Constable mit Mrs Jardine zwecks Aufnahme des Protokolls zum Wagen. Er selbst blieb eine Weile schweigend stehen, den Rücken zum Haus, und sah sich um.

Ein dichter Gürtel kleiner Bäume und verschiedenartiger Büsche schirmte die Häuser von der Durchgangsstraße ab und vermittelte fast so etwas wie einen Hauch von Exklusivität. Doch die kleine Straße selbst war ungepflegt, auf dem Gehsteig verlief eine lange, ungleichmäßige schwarze Narbe; an dieser Stelle waren erst neulich wieder einmal die Leute von der Kanalisation am Werk gewesen. Im Rinnstein lag eine dicke Schicht nasses Laub, und die Straßenlaterne vor Nummer 1 war einem Steinwurf zum Opfer gefallen. Die Tür des Hauses nebenan öffnete sich einen Spaltbreit, und eine Frau mittleren Alters linste neugierig zum Ort des Geschehens hinüber.

»Guten Morgen«, sagte Morse munter.

Blitzartig schlug die Tür zu, und Morse wandte seine Aufmerksamkeit der Garage zu. Die Tür war zwar nur angelehnt, aber er berührte nichts, sondern begnügte sich mit einem raschen Blick durch die oberen Glasscheiben. In der Garage stand ein dunkelblauer Morris 1300. Zwischen Wand und Fahrertür blieben nicht mehr als dreißig Zentimeter Platz. Er ging zur Haustür und steckte den Schlüssel ins Schloss. »Bloß gut, dass er keinen Cadillac fährt, Lewis.«

»Fuhr«, korrigierte Lewis leise.

Beim Betreten von Pinewood Close Nummer 1 stand man direkt in einer engen Diele; am Fuß der Treppe links war eine Reihe von Kleiderhaken angebracht. Morse deutete auf die Tür zu seiner Rechten. »Ist es dort?«

»Nächste Tür, Sir.«

Die Tür war geschlossen. Morse holte einen Kugelschreiber heraus und drückte vorsichtig damit die Klinke herunter. »Hoffentlich haben Sie nicht überall Ihre Fingerabdrücke verteilt, Lewis.«

»Ich habe die Tür genauso aufgemacht wie Sie, Sir.«

In dem Zimmer brannte noch Licht, die orangefarbenen Vorhänge waren vorgezogen, der Gasofen brannte auf kleiner Flamme, und auf dem Teppich lag in embryonaler Stellung die Leiche eines jüngeren Mannes. Rechts und links vom

Kamin standen zwei alte, aber gemütlich aussehende Sessel. Neben dem Sessel rechts standen auf einem niedrigen, frisch polierten Beistelltisch eine fast volle Flasche trockener Sherry und ein fast leeres billiges Sherryglas. Morse beugte sich vor und schnupperte an der hellen, klaren Flüssigkeit. »Wussten Sie, Lewis, dass etwa achtzehn Prozent unserer männlichen und etwa vier Prozent der weiblichen Bevölkerung Zyankali dem Geruch nach nicht erkennen können?«

»Es ist also Gift?«

»Riecht danach. Pfirsichblüten, Bittermandel … wie Sie wollen.«

Das Gesicht des Toten war ihnen zugewandt, und Morse kniete sich hin und sah ihn an. Ein wenig angetrockneter Schaum haftete an dem verzerrten Mund, und das bärtige Kinn war im Tod fest angespannt. Die Pupillen der geöffneten Augen waren sehr weit, die Hautfarbe von einem fleckig morbiden Blau. »Die klassischen Symptome, Lewis. Hier könnten wir fast auf die Leichenschau verzichten. Kaliumzyanid. Aber die Jungs von der Spurensicherung müssen ja jeden Augenblick hier sein.« Er stand auf und trat an den Vorhang, der bei einer offenbar schon länger zurückliegenden Wäsche eingelaufen war und oben leicht auseinanderklaffte. Von hier aus sah Morse in den schmalen Garten mit einem fleckigen, armseligen Rasen und einem kleinen Gemüsebeet am hinteren Ende. Links fehlte ein Stück Zaun. Der Anblick schien ihm keine nützlichen Erkenntnisse zu vermitteln, denn er wandte sich wieder dem Zimmer selbst zu. An der Wand gegenüber vom Kamin standen etwa ein Dutzend mit dicker Schnur gebündelte Bücherpakete und ein Sideboard aus dunklem Mahagoni, dessen linke Tür offen stand und das eine kleine Kollektion verschiedenartiger Becher und Gläser sowie eine ungeöffnete Flasche Whisky enthielt. Alles war auffallend sauber und ordentlich. Ein kleiner Papierkorb stand in der flachen Nische links vom Kamin.

Ihm entnahm Morse ein zusammengeknülltes Stück Papier, das er behutsam auf dem Sideboard glatt strich.

Mr Quinn, ich bin heute Nachmittag nicht mit Putzen fertig geworden, weil Mr Evans krankgeschrieben ist und ich ihm ein Rezept vom Arzt holen muss. Ich komme nach sechs noch mal vorbei und mach fertig, wenn es Ihnen recht ist. A. Evans (Mrs)

Morse gab den Zettel Lewis. »Interessant.«

»Was meinen Sie, wie lange er tot ist, Sir?«

Morse sah noch einmal auf Quinn herunter und zuckte die Schultern. »Zwei, drei Tage, schätze ich.«

»Erstaunlich, dass ihn nicht schon eher jemand gefunden hat.«

»Hm. Er hatte nur diese Räume im Erdgeschoss, sagen Sie?«

»Mrs Jardine hat das gesagt. Oben wohnt sonst ein junges Ehepaar, aber sie liegt im Radcliffe, weil sie gerade ein Baby bekommen hat, und er macht Nachtschicht in Cowley und schläft zurzeit bei seinen Eltern in Oxford.«

»Hm.« Morse wandte sich zum Gehen, blieb aber unvermittelt noch einmal stehen. Die Unterseite der Tür war laienhaft mit einem Hobel bearbeitet worden, damit sie genug Spiel hatte, um über den Teppich zu gleiten, mit dem Erfolg, dass jetzt ein merklicher Luftzug durch den Spalt drang, in dem die kleinen blauen Gasflammen von Zeit zu Zeit in hellerem Gelb aufzüngelten.

»Komisch, Lewis. Wenn ich hier wohnen würde, hätte ich mir nicht den Sessel ausgesucht, der direkt im Zug steht.«

»Gerade für den scheint er sich aber entschieden zu haben.«

»Das ist noch sehr die Frage, Lewis.«

Es klingelte an der Haustür, und Morse schickte Lewis hin. »Die Jungs können gleich loslegen.« Er ging in die

Küche. Auch hier war alles in schönster Ordnung. Auf einem Tisch mit roter Kunststoffplatte stand ein Vorrat offensichtlich frisch erstandener Lebensmittel. Sechs Eier in einem Plastikbehälter, ein halbes Pfund Butter, ein halbes Pfund englischer Cheddar, zwei schöne Steaks in Folie und eine braune Papiertüte mit Champignons. Daneben lag ein Kassenzettel des *Quality*-Supermarkts. In den grauen Augen von Morse blitzte es auf.

»Lewis!«

Alles andere schien weniger interessant: Spüle, Gasherd, Kühlschrank, zwei Küchenhocker und neben der Hintertür ein kleiner Vorratsschrank, mit dem der Platz unter der Treppe genutzt wurde. Lewis, der mit dem Polizeiarzt gesprochen hatte, kam zur Tür. »Sir?«

»Wie läufts da drin?«

»Gift, sagt der Doktor.«

»Es ist doch etwas Wunderbares um die ärztliche Kunst, Lewis. Aber wir haben im Augenblick noch andere Sorgen. Machen Sie doch bitte eine Bestandsaufnahme aller Lebensmittel im Kühlschrank und im Vorratsschrank.«

»Hm.« Lewis drängte sich der Gedanke auf, ein Kriminalbeamter seines Ranges und mit seinen Erfahrungen sei eigentlich über solche Anfängeraufgaben erhaben. Aber er arbeitete nicht zum ersten Mal mit Morse, und man mochte über den Chief Inspector sagen, was man wollte – mit belanglosen oder überflüssigen Aufgaben verschwendete er nur selten seine oder anderer Leute Zeit. Jawohl, er würde sofort damit anfangen, hörte er sich sagen.

»Ich fahre ins Revier zurück, Lewis. Bleiben Sie bitte hier, bis ich wieder da bin.«

Als Morse herauskam, standen Dickson und Mrs Jardine neben dem Polizeifahrzeug. »Sie fahren mich zum Revier zurück, Dickson.« Er wandte sich an Mrs Jardine. »Sie haben uns sehr geholfen. Herzlichen Dank. Sie haben einen Wagen?«

Mrs Jardine nickte und verzog sich. Sie war enttäuscht, weil ihre kleine Rolle in der Ermittlung offensichtlich schon zu Ende war und der ziemlich wortkarge Typ, der wohl die Leitung hatte, nicht mehr als eine beiläufige Frage an sie gerichtet hatte. Aber dann wandten sich ihre Überlegungen eher praktischen Problemen zu. Würden sich Mieter um die Räume reißen, die dieser nette junge Mr Quinn nur so kurze Zeit bewohnt hatte: So was mochten die Leute nicht. Aber als sie die Außenbezirke Oxfords erreicht hatte, tröstete sie sich bereits mit dem Gedanken, dass die Toten schnell vergessen werden. Doch, sie würde die Wohnung bestimmt bald wieder vermieten können. Nach einem Monat sah das alles schon ganz anders aus.

Morse las die Aussage dem jungen Mann vor, der ziemlich zappelig an dem kleinen Tisch im Vernehmungsraum Nummer 1 saß.

»Ich kannte Nicholas Quinn seit einem Vierteljahr. Er hat am 1. September dieses Jahres seinen Posten als akademischer Mitarbeiter im Verband für Auslandsprüfungen angetreten.

Am Montag, dem 24. November, erschien er nicht zum Dienst und hat sich auch nicht telefonisch abgemeldet. Es kommt vor, dass ein Mitarbeiter einen oder zwei Tage freinimmt, aber der Geschäftsführer, Dr. Bartlett, besteht in solchen Fällen darauf, dass er darüber informiert ist. Am Montag hatte keiner meiner Kollegen Mr Quinn gesehen, und niemand wusste, wo er war. Heute Vormittag, am Dienstag, dem 25. November, kam Dr. Bartlett in mein Büro und sagte, Mr Quinn sei heute auch nicht zum Dienst erschienen. Er habe versucht, ihn anzurufen, es habe sich aber niemand gemeldet. Er bat mich, bei Mr Quinn vorbeizufahren, was ich tat. Ich traf gegen halb zehn dort ein. Die Haustür war abgeschlossen, und auf mein Klingeln reagierte niemand. Ich sah, dass Mr Quinns Wagen in der Garage stand, und ging zur Hintertür. In dem Zimmer im Erdgeschoss brannte Licht, und die Vorhänge waren vorgezogen, aber durch einen Spalt konnte ich ins Zimmer sehen. Ich erkannte, dass auf dem Boden vor dem Kamin jemand lag und sich nicht rührte. Und da wusste ich, dass etwas Ernstes vorgefallen war. Ich rief sofort von einer öffentlichen Telefonzelle auf der Hauptstraße die Polizei an und wurde gebeten, vor dem Haus zu warten. Dann traf Sergeant Lewis mit einem Constable ein, sie stellten fest, wem das Haus gehörte, und etwa zehn Minuten später kam die Hauswirtin mit einem Schlüssel. Die Polizei begab sich dann für kurze Zeit ins Haus, und als Sergeant Lewis herauskam, sagte er, ich solle mich auf einen Schock gefasst machen. Er sagte, Mr Quinn sei tot.«

»Sind Sie bereit, das zu unterschreiben?« Morse schob das Protokoll über den Tisch.

»Die Wendung ›begab sich‹ stammt nicht von mir.«

»Das müssen Sie uns nachsehen, Sir. Die Polizei ›geht‹ grundsätzlich nicht. Wir ›begeben uns‹.«

Donald Martin akzeptierte die Erläuterung mit einem schwachen Lächeln und unterschrieb mit einem etwas zittrigen Schnörkel. »Wie gut haben Sie Mr Quinn gekannt, Sir?«

»Eigentlich nicht sehr gut. Er ist erst seit —«

»Ja, das steht in Ihrer Aussage. Aber warum hat der Geschäftsführer Sie und nicht einen der anderen Kollegen hingeschickt?«

»Das weiß ich auch nicht.«

»Was haben Sie hier im Haus erwartet?«

»Ich habe mir gedacht, dass er vielleicht krank ist und sich deshalb nicht melden konnte.«

»Es gibt ein Telefon im Haus.«

»Ja, aber er könnte doch … Es könnte ein Herzanfall oder so was gewesen sein.«

Morse nickte. »Verstehe. Wissen Sie zufällig, wo seine Eltern wohnen?«

»Irgendwo in Yorkshire, glaube ich. Aber bestimmt hat die Geschäftsstelle –«

»Ja, natürlich. Hatte er eine Freundin?«

Martin spürte den Blick der strengen grauen Augen, die auf ihn gerichtet waren, und hatte plötzlich einen sehr trockenen Mund. »Nicht dass ich wüsste.«

»Kein hübsches Mädel im Büro, an der er Gefallen gefunden hatte?«

»Ich glaube nicht.« Die Pause war minimal, aber sie genügte, um Morse' Fantasie in leichte Schwingungen zu versetzen.

»So was solls ja geben, nicht? Er war Junggeselle?«

»Ja.«

»Sind Sie verheiratet, Sir?«

»Ja.«

»Hm. Vielleicht haben Sie vergessen, wie es sich allein lebt.« Morse wäre es lieber gewesen, wenn Martin ihm über den Mund gefahren wäre und gesagst hätte, er solle nicht so einen Blödsinn reden, aber Martin sagte nichts dergleichen.

»Ich weiß nicht recht, worauf Sie hinauswollen, Inspector.«

»Lassen Sies gut sein, das weiß ich manchmal selber nicht.« Er stand auf. Martin folgte seinem Beispiel und knöpfte seinen Mantel zu. »Jetzt fahren Sie am besten wieder ins Büro zurück, sonst macht man sich dort noch Sorgen um Sie. Sagen Sie dem Geschäftsführer, dass ich mich so bald wie möglich mit ihm in Verbindung setzen werde. Er soll Mr Quinns Büro abschließen.«

»Sie wissen wohl nicht …«, begann Martin leise.

»Doch, einiges wissen wir schon. Leider. Er ist mit ziemlicher Sicherheit ermordet worden.« Das unheimliche Wort schien noch eine Weile im Raum zu hängen, in dem es mit einem Schlag gespenstisch still geworden war.

6

In den vergangenen zehn Jahren hatte der Verband für Auslandsprüfungen seine Netze über den halben Erdball ausgeworfen, und für seine rund hundert Stützpunkte im Ausland war der 25. November, ein Dienstag, für die Wiederholung der Englischprüfungen für den Realschulabschluss, die sogenannten O-Levels, festgesetzt worden. Für die Mehrheit der ausländischen Prüflinge war dieser Vormittag die ersehnte zweite Chance. Eine gute Englischnote war sowohl für eine künftige Stellung als auch für eine weiterführende Ausbildung so wichtig, dass es kaum einen unter den Kandidaten gab, der den beiden Prüfungsthemen (Aufsatz und inhaltliches Verstehen) nicht den nötigen Respekt entgegenbrachte. Nur die wenigen, die bei dem Termin im Sommer krank gewesen waren, machten die Prüfung zum ersten Mal. Die Übrigen waren die, die beim ersten Anlauf aufgrund angeborener Unfähigkeit oder monumentaler Faulheit versagt hatten und die Prüfer erst noch davon überzeugen mussten, dass sie im Umgang mit der englischen Sprache ein einigermaßen annehmbares Niveau erreicht hatten.

An diesem Vormittag wies in Übereinstimmung mit den Vorschriften der zuständigen Prüfungsstellen um 11.55 Uhr das Aufsichtspersonal in Genf, in Ost- und Westafrika, in Bombay und am Persischen Golf die Prüflinge darauf hin, dass in fünf Minuten Abgabeschluss für die Arbeiten war. Die Kandidaten sollten noch einmal nachsehen, ob sie auf jeden Bogen ihren vollständigen Namen und ihre Kennnummer geschrieben hatten, und sollten die Blätter in der richtigen Reihenfolge abgeben. Einige wenige Prüflinge schrieben noch fieberhaft und zumeist vergebens. Die anderen sahen noch einmal ihre Texte durch, ordneten die Blätter, rückten sich leicht entspannt zurecht und grinsten ihren Mitprüflingen zu, die an den jeweils eineinhalb Meter voneinander entfernt stehenden Tischen in Klassenräumen oder Turnhallen saßen.

Schlag zwölf forderte in einem klimatisierten, europäisch eingerichteten Klassenraum im Scheichtum Al-jamara ein junger Engländer, der zum ersten Mal bei einer Prüfung Aufsicht führte, zum Einstellen der Arbeit auf. Vor ihm saßen nur fünf Schüler, alles Araber, die alle schon vor einigen Minuten aufgehört hatten zu schreiben. Einer der Jungen (kein Schüler dieser Anstalt, sondern der Sohn eines der Scheichs) war schon länger fertig. Er hatte die Arme übereinandergeschlagen und sich mit einem selbstzufriedenen Lächeln auf den dunklen, semitischen Zügen zurückgelehnt. Er gab als Letzter der fünf Prüflinge seine Arbeit ab, ohne ein Wort zu sagen.

Der junge Engländer machte sich mit großer Sorgfalt an das Ausfüllen des Prüfungsprotokolls. Zum Glück war keiner der Kandidaten der Prüfung ferngeblieben, sodass er auf die komplizierten Bestimmungen des Abschnittes »Abwesende« nicht einzugehen brauchte. Er trug Namen und Kennnummer der fünf Prüflinge in die entsprechenden Spalten ein und nahm sich die Anwesenheitsliste vor, um sie zusammen mit den Arbeiten in den amtlichen gelben Umschlag zu stecken. Dabei fiel sein Blick kurz auf die Arbeit von Muhammad Dubal, Kennnummer 5. Er sah sofort, dass sie sehr gut war – sehr viel besser als die der anderen vier. Aber vermutlich hatte der Sohn des Scheichs teuren Privatunterricht gehabt. Nun ja, vielleicht ließen sich auch die Leistungen seiner Schüler bis zum nächsten Sommer noch ein bisschen steigern.

Im Hinausgehen befeuchtete er mit der Zunge die Umschlagklappe und ging zum Sekretariat der Schule hinüber.

Kurz nach zwölf traf Morse wieder in der Pinewood Close ein. Er machte keine Anstalten, die neugierige Menge zu zerstreuen, die sich in der schmalen Straße drängte, denn dass die Öffentlichkeit so häufig für den Wunsch gestraft wurde, die seltenen Unglücksfälle und Katastrophen, die sich in ihrer Nachbarschaft abspielten, hautnah mitzuerleben, hatte er nie so recht verstanden. (Er hätte sich genauso danach gedrängt.) Er schob sich an den drei Polizeifahrzeugen und dem Krankenwagen vorbei und betrat das Haus. Drinnen drängelten sich fast so viele Leute wie draußen.

»Traurige Sache, der Tod«, sagte Morse.

»*Mors, mortis,* Femininum«, brummelte der alternde Polizeiarzt.

»Erinnern Sie mich bloß nicht.« Morse nickte trübsinnig.

»Lassen Sies gut sein, Morse, wir leben alle langsam, aber sicher dem Tod entgegen.«

»Wie lange ist er tot?«

»Könnten vier, fünf Tage sein. Nicht weniger als drei jedenfalls.«

»Sehr hilfreich ist das nicht.«

»Ich müsste ihn mir näher ansehen.«

»Schätzen Sie doch mal.«

»Inoffiziell?«

»Inoffiziell.«

»Freitagnacht oder Samstagmorgen.«

»Zyankali?«

»Zyankali.«

»Glauben Sie, dass es lange gedauert hat?«

»Nein. Ziemlich sichere Sache, wenn man die richtige Dosis intus hat.«

»Minuten?«

»Viel schneller. Ich muss mir natürlich Flasche und Glas ansehen.«

Morse wandte sich an die anderen beiden Beamten, die eifrig mit Pinsel und Pulver hantierten.

»Schon was gefunden?«

»Überall seine Fingerabdrücke, wie es scheint.«

»Kein Wunder.«

»Aber auch noch andere.«

»Vermutlich von der Putzfrau.«

»Auf der Flasche ist nur eine Sorte von Abdrücken, Sir, und auf dem Glas auch.«

»Hm.«

»Können wir die Leiche wegschaffen?«

»Jederzeit. Nein, halt – seine Taschen sollten wir uns wohl noch ansehen.« Er wandte sich an den Arzt. »Machen Sie das, Doc?«

»Seit wann sind Sie zimperlich, Morse? Haben Sie übrigens gewusst, dass er ein Hörgerät trug?«

Eine Minute vor zwei stand Morse auf und sah Lewis an.

»Zu einem Glas reichts noch, wenn Sie sich ein bisschen ranhalten.«

»Danke, nicht für mich, Sir, mir langts.«

»Das Geheimnis eines glücklichen Lebens besteht darin, Lewis, dass man weiß, wann man aufhören muss, und dann noch ein kleines bisschen weitergeht.«

»Na schön, aber nur noch ein kleines.«

Morse ging zur Theke und lächelte die Kellnerin sonnig an. Aber in Wirklichkeit war er keineswegs in Hochstimmung.

Er wusste, dass Bier – insbesondere Bier in großen Mengen – seine Fantasie ankurbelte. Doch heute reagierte sie seltsam träge. Nach dem Abtransport der Leiche hatte er sich noch eine Weile in dem Vorderzimmer im Erdgeschoss aufgehalten, das Quinn als Schlaf- und Arbeitszimmer benutzt hatte. Er hatte Schubladen aufgezogen, Papiere und Aktenordner durchgesehen, das Bett halb abgezogen. Aber das alles war eine ziellose, eher beiläufige Übung gewesen, und er hatte an Belastendem nicht mehr gefunden als den

Playboy vom Vormonat. Er saß noch auf der Matratze und begutachtete Busen und Pos reihenweise, als Lewis hereinkam, der inzwischen mit seiner langwierigen Inventur fertig geworden war.

»Was Interessantes, Sir?«

»Nein.« Morse hatte schuldbewusst die Zeitschrift wieder auf den Schreibtisch gelegt und seinen Mantel zugeknöpft.

Im Gehen war sein Blick auf den grünen Anorak gefallen, der an einem Kleiderhaken in der schmalen Diele hing.

7

Bartlett konstatierte überrascht und etwas enttäuscht, dass der Mann getrunken hatte. Schon den ganzen Nachmittag hatte er auf den Anruf gewartet, doch erst um halb vier hatte Morse sich gemeldet. Seit der Mittagspause saßen sie zu viert in Bartletts Büro (draußen brannte das rote Lämpchen) und sprachen mit gedämpfter Stimme über das erschütternde Geschehen. Anschaulich hatte Martin immer wieder über die Einzelheiten seiner Entdeckung berichtet und noch in dieser dunklen Stunde ein gewisses gedämpftes Vergnügen daran gefunden, plötzlich – was noch nie vorgekommen war – im Mittelpunkt des Interesses zu stehen. Doch immer wieder war das Gespräch auf die verwirrende Frage gekommen, wer wann Quinn zum letzten Mal lebend gesehen hatte. Dass es am Freitag gewesen war, darüber herrschte Einstimmigkeit, aber wann und wo genau, daran schien sich niemand erinnern zu können. Oder war nicht bereit, darüber zu sprechen.

Monica Height besah sich den Inspector genau, als er hereinkam, und sagte sich, dass sein Blick den ihren bei der knappen Vorstellung Sekundenbruchteile länger als unbedingt nötig festgehalten hatte. Auch seine Stimme gefiel ihr. Und als er ihr mitteilte, dass sie alle getrennt vernommen werden würden, und zwar entweder von ihm oder von Sergeant Lewis, der stumm unter der Tür stand, hoffte sie, dass sie zu Morse kommen würde. Da hätte sie sich keine Sorgen zu machen brauchen – Morse hatte sie im Geiste schon vereinnahmt. Aber erst musste er hören, was Bartlett ihm zu sagen hatte.

»Sie haben hoffentlich Quinns Zimmer abgeschlossen, Sir?«

»Ja, gleich, als ich Ihre Nachricht erhalten habe.«

»Tja, dann sollten Sie mich vielleicht erst einmal über Ihren Verband informieren. Was Sie hier machen, wie Sie es machen, alles, wovon Sie meinen, dass es uns ein Stückchen weiterhelfen könnte. Dass Quinn umgebracht wurde, ist so gut wie sicher, und meine Aufgabe ist es festzustellen, wer ihn umgebracht hat. Es ist natürlich denkbar, dass der Mord überhaupt nichts mit Ihrem Verband oder mit den Leuten hier zu tun hat. Wahrscheinlicher allerdings ist, dass ich in diesen Räumen irgendwo eine Spur finde. Und deshalb werde ich Sie leider alle ein paar Tage belästigen müssen. Das ist Ihnen klar, nicht?«

Bartlett nickte. »Wir werden uns nach Kräften bemühen, Sie zu unterstützen, Inspector. Es steht Ihnen frei, hier nach Gutdünken zu ermitteln.«

»Danke, Sir. So, und jetzt – was können Sie mir sagen?«

In der nächsten halben Stunde lernte Morse einiges dazu. Bartlett erläuterte ihm Zweck, Aufgaben und Organisation des Verbandes und schilderte, was das Personal in den einzelnen Stadien der Durchführung staatlicher Prüfungen zu tun hatte. Und Morse war zu seiner eigenen Verwunderung überrascht und beeindruckt. Überrascht von den unerwartet komplexen Vorgängen, vor allem aber beeindruckt von der außerordentlichen Tüchtigkeit des Geschäftsführers, dieses kleinen Pickwickiers, der da hinter seinem Schreibtisch saß.

»Und was können Sie mir zu Quinn selbst sagen?«

Bartlett holte eine Akte hervor. »Das habe ich eigens für Sie herausgesucht, Inspector. Es ist Quinns Bewerbung um den Posten bei uns. Das wird Ihnen mehr sagen, als ich es könnte.«

Morse überflog den Inhalt: Lebenslauf, Zeugnisse, drei Referenzen, Bewerbungsbögen; auf dem oberen Rand hatte Bartlett vermerkt: Eingestellt ab 1. September. Doch wieder blieb in Morse' Kopf alles leer und stumm. Die Räder der Maschine waren in Bewegung geraten, aber sie wollten nicht greifen. Er klappte die Akte zu, murmelte entschuldigend etwas von »später in Ruhe lesen« und sah Bartlett an. Wie würde dieser klar denkende, extrem tüchtige Mann die Mordermittlung angehen? Es sah aus, als könne Bartlett fast seine Gedanken lesen.

»Dass er schwerhörig war, wussten Sie, Inspector?«

»Schwerhörig? Ja, richtig.« Der Polizeiarzt hatte es erwähnt, aber Morse hatte nicht weiter darauf geachtet.

»Wie er mit seiner Behinderung fertigwurde, hat uns alle sehr beeindruckt.«

»Wie stark schwerhörig war er?«

»In ein paar Jahren wäre er vermutlich ganz ertaubt, das war jedenfalls die Prognose.«

Jetzt endlich flackerte in Morse' Augen eine Spur von Interesse auf. »Ein bisschen wundert man sich dann schon, dass Sie ihn eingestellt haben.«

»Gewundert hätten *Sie* sich vermutlich, Inspector, aber in einem anderen Sinne. Man merkte ihm seine Schwerhörigkeit kaum an – vom Umgang mit dem Telefon abgesehen, der war doch etwas problematisch. Aber sonst war er erstaunlich, wirklich.«

»Haben Sie ihn – äh – vielleicht eingestellt, *weil* er schwerhörig war?«

»Aus Mitleid, meinen Sie? Nein, nein. Der – äh – Ausschuss fand, dass er einfach der beste Bewerber war.«

»Welcher Ausschuss?«

War da eine Spur von Zurückhaltung in Bartletts Miene? Morse hätte es nicht beschwören können. Fest stand nur, dass die Zähne des kleinsten Rädchens gegriffen hatten.

»Es gibt zwölf Ehrenamtliche in dem Ausschuss. Und – äh – natürlich meine Wenigkeit.«

»Die Ehrenamtlichen sind –«

»Es ist im Grunde eine Art Aufsichtsrat.«

»Sie arbeiten nicht hier?«

»Aber nein. Es sind alles Hochschullehrer. Zweimal im Trimester kommen sie hier zusammen, um nachzuschauen, ob wir unsere Sache ordentlich machen.«

»Haben Sie die Namen bei der Hand?«

Morse las interessiert die Liste, die Bartlett ihm überreichte. Neben den Namen der Ehrenamtlichen standen ausführliche Angaben über Hochschule, College, akademische Grade und andere Ehrungen. Ein Name sprang ihm förmlich ins Gesicht. »Die meisten kommen von Oxford, wie ich sehe.«

»Liegt nahe, nicht?«

»Und ein oder zwei aus Cambridge.«

»Hm … ja.«

»War Quinn nicht am Magdalene College in Cambridge?« Morse griff nach der Akte, aber Bartlett lieferte ihm die Bestätigung.

»Wie ich sehe, war Mr Roope an demselben College.«

»Tatsächlich? Ist mir noch gar nicht aufgefallen.«

»Dabei entgeht Ihnen doch sonst so leicht nichts, wenn ich das sagen darf.«

»Ich assoziiere Roope wohl immer mit Christ Church. Er ist als Fellow dorthin berufen worden.« Bartlett sah aus, als könne er kein Wässerchen trüben, und Morse überlegte, ob er sich vielleicht vorhin geirrt hatte.

»Was hat Roope für ein Fachgebiet?«

»Er ist Chemiker.«

»Ach ja?« Morse versuchte, die Erregung in seiner Stimme zu unterdrücken, merkte aber, dass es ihm nicht recht gelingen wollte. »Wissen Sie zufällig, wie alt er ist?«

»Noch ziemlich jung, um die dreißig.«

»Also etwa Quinns Alter?«

»Ja, ungefähr.«

»Nur noch eine Frage.« Er sah auf die Uhr und stellte fest, dass es schon Viertel vor fünf war. »Wissen Sie noch, wann Sie Quinn zum letzten Mal gesehen haben?«

»Irgendwann am letzten Freitag. Ehe Sie kamen, haben wir alle überlegt, wann wir ihn zuletzt gesehen haben. Komisch, nicht? Es ist unheimlich schwer, das genau festzumachen. An dem Freitag habe ich ihn mit Sicherheit am späten Vormittag gesehen. Über den Nachmittag könnte ich keine so genaue Aussage abgeben. Ich hatte um drei eine Sitzung in Banbury. Ob ich ihn davor noch gesehen habe, weiß ich nicht.«

»Wann haben Sie das Büro verlassen?«

»Gegen Viertel nach zwei.«

»Sie fahren offensichtlich sehr schnell.«

»Ich habe einen schnellen Wagen.«

»Es sind etwa zweiundzwanzig, dreiundzwanzig Meilen, nicht wahr?«

Bartlett zwinkerte. »Wir haben alle unsere kleinen Schwächen, Inspector, aber ich gebe mir die größte Mühe, nicht schneller als erlaubt zu fahren.«

Das hoffe er, hörte Morse sich sagen und fand, dass es höchste Zeit war, sich Monica Height vorzunehmen. Aber vorher musste er noch etwas Dringendes erledigen. »Wo ist die nächste Toilette? Ich muss unbedingt …«

»Hier, bitte.« Bartlett stand auf und öffnete eine Tür, rechts von seinem Schreibtisch. Dahinter befand sich ein Kabinettchen mit Toilette und einem kleinen Waschbecken.

Und während Morse beglückt seine drückende Blase ent-
leerte, musste Bartlett an die gewaltigen Wassermassen des
Niagara denken.

Schon nach wenigen Minuten in Monica Heights Gesellschaft war Morse klar, dass diese für die Männer des Verbandes eine ständige Versuchung gewesen sein musste. Das
apfelgrüne Kleid mit dem Blumenmuster betonte ihre üppige Figur. Sie trug wenig Make-up, aber ein aufreizendes
Parfum. Auf wen hatte sie unwiderstehlich gewirkt? Auf
Martin vielleicht? Auf Quinn? Sogar ich, dachte Morse, ein
empfänglicher Mann mittleren Alters … Aber er drängte den
Gedanken in den Hintergrund. Wie stand es mit Ogleby?
Oder mit Bartlett? Eine interessante Überlegung. Morse erinnerte sich an den Abschnitt aus Gibbon über eine der
Prüfungen für junge Novizen. Man stecke den Prüfling die
ganze Nacht über mit einer nackten Nonne in einen Sack
und warte ab, ob … Morse schüttelte heftig den Kopf und
fuhr sich mit der Hand über die Augen. Immer dasselbe nach
reichlichem Bierkonsum …

»Dürfte ich wohl mal meine Tochter anrufen, Inspector?« (Tochter?) »Ich bin meist um diese Zeit schon auf dem
Heimweg, und sie wird sich wundern, wo ich abgeblieben
bin.« Morse hörte zu, während sie am Telefon erklärte, wo
sie steckte.

»Wie alt ist Ihre Tochter, Miss – äh – Miss Height?«

Sie lächelte verständnisinnig. »Schon in Ordnung, Inspector. Ich bin geschieden, und Sally ist sechzehn.«

»Sie müssen sehr jung geheiratet haben.« (Sechzehn!)

»Ich war so töricht, mit achtzehn zu heiraten, Inspector.
Sie waren da bestimmt viel vernünftiger.«

»Ich? Ja, sicher … das heißt, nein, ich bin nicht verheiratet.« Wieder trafen sich ihre Blicke, und Morse hatte den
Eindruck, dass er im Begriff war, sich auf ein gefährliches

Spiel einzulassen. Es wurde Zeit, dass er der schönen Monica ein paar wichtige Fragen stellte.

»Wann haben Sie Mr Quinn zum letzten Mal gesehen?«

»Komisch, dass Sie ausgerechnet diese Frage stellen. Wir haben gerade …« Es war wie eine bis zum Überdruss bekannte Schallplatte. Sie hatte ihn am Freitagvormittag gesehen, ja, das wusste sie ganz genau. Aber am Freitagnachmittag? Daran konnte sie sich nicht recht erinnern. Das war schwierig. Der Freitag lag ja schließlich inzwischen … wie lange … ja, fünf Tage zurück. (Wie hatte der Polizeiarzt gesagt? Könnten vier, fünf Tage sein.)

»Mochten Sie Mr Quinn?« Morse beobachtete sie scharf und hatte den Eindruck, dass sie auf diese Frage nicht hinreichend vorbereitet war.

»Ich kenne ihn natürlich noch nicht lange. Zwei oder drei Monate, nicht? Aber ich mochte ihn, ja. Sehr sympathischer Mensch.«

»Mochte er Sie?«

»Was meinen Sie damit, Inspector?«

Ja, was meinte er damit? »Ich dachte nur … na ja, ich meinte eben …«

»Wollen Sie wissen, ob er mich attraktiv gefunden hat?«

»Das hat er bestimmt – ob er wollte oder nicht.«

»Wie nett Sie das sagen, Inspector.«

»Hat er Sie auch ausgeführt?«

»Ein- oder zweimal hat er mich in der Mittagspause auf einen Drink ins Pub eingeladen.«

»Und Sie sind mitgegangen?«

»Warum nicht?«

»Was hat er getrunken?«

»Sherry, glaube ich.«

»Und Sie?«

Wieder fuhr sie sich mit der Zunge über die Lippen. »Ich habe einen etwas kostspieligeren Geschmack.«

»Wohin sind Sie gegangen?«

»Ins *Horse and Trumpet.* Hier an der Ecke. Sehr gemütlich, würde Ihnen gefallen.«

»Vielleicht sehen wir uns mal dort.«

»Warum nicht?«

»Sie haben einen kostspieligen Geschmack, sagten Sie?«

»Da finden wir schon eine Lösung.«

Wieder trafen sich ihre Blicke, und in Morse' Kopf läute-
ten die Alarmglocken. Er stand auf. »Tut mir leid, dass ich
Sie so lange aufgehalten habe, Miss Height. Bitte entschuldigen Sie mich bei Ihrer Tochter.«

»Die kommt schon zurecht. Sie ist neuerdings viel zu
Hause, sie muss in ein paar Fächern die Prüfungen für den
Realschulabschluss wiederholen, und wenn sie nicht gerade
eine Arbeit schreibt, braucht sie nicht zum Unterricht zu
kommen.«

Morse stand an der Tür, der Abschied fiel ihm sichtlich
schwer. »Wir sehen uns sicher noch.«

»Hoffentlich, Inspector.« Ihre Stimme war leise, angenehm und – ja, verdammt noch mal – sexy.

Endlich, dachte Lewis erleichtert. Er saß seit zwanzig Minuten mit Bartlett, Ogleby und Martin in der Halle. Alle drei
hatten ihre Mäntel und Taschen mit, mochten aber offenbar nicht gehen, ehe Morse das Startzeichen gegeben hatte.
Quinns Tod hatte die Stimmung verdüstert, und sie hatten sich wenig zu sagen. Ogleby war Lewis sympathisch gewesen, aber er hatte nichts Wesentliches von ihm erfahren.
Ja, sagte Ogleby, er erinnere sich, Quinn am Freitagvormittag gesehen zu haben, nicht aber am frühen Nachmittag.
Alle anderen Fragen, die Lewis ihm stellte, hatte er allem
Anschein nach offen und ehrlich beantwortet, aber an In-
formationswert hatten sie nichts hergegeben. Ganz anders
war das Gespräch mit Martin verlaufen. Nach Einsetzen der

verzögerten Schockwirkung war er verkrampft und nervös und hatte behauptet, er könne sich nicht erinnern, Quinn am Freitag überhaupt gesehen zu haben.

Morse bedankte sich etwas linkisch für die Unterstützung der Mitarbeiter und ließ sich von Bartlett bestätigen, dass nichts dagegen einzuwenden war, wenn er und Lewis noch im Haus blieben. Der Hausmeister war ohnehin bis halb acht da, und auch danach standen ihnen selbstverständlich alle Räume offen, solange sie es wünschten. Ehe Bartlett aber die Schlüssel zu Quinns Büro und seinen Aktenschränken aus der Hand gab, hielt er Morse mit schulmeisterlicher Miene einen kleinen Vortrag über die streng vertrauliche Beschaffenheit der Unterlagen, die sie dort vorfinden würden. Diese Tatsache sei äußerst wichtig, und sie sollten sich daher immer vor Augen halten, dass … Ja, ja, ja. Hab ich ein Glück, dass Bartlett nicht mein Chef ist, dachte Morse. Für den scheint es ja schon eine Sünde wider den Heiligen Geist zu sein, wenn man vor dem Austreten mal einen Aktenschrank offen lässt.

Morse schlug vor, einmal um den Block zu gehen, und Lewis stimmte bereitwillig zu. Das Haus war überheizt, und die kühle, saubere Nachtluft tat gut. An der Ecke Woodstock Road kamen sie am *Horse and Trumpet* vorbei, und Morse sah automatisch auf die Uhr.

»Macht einen netten Eindruck, Lewis. Waren Sie schon mal drin?«

»Nein, Sir, und Bier hatte ich heute auch schon genug. Eine Tasse Tee wär mir lieber.« Zu seiner Erleichterung machten die Pubs erst zehn Minuten später auf. Lewis berichtete Morse über seine Gespräche, Morse seinerseits informierte Lewis über das, was er von den anderen erfahren hatte. Beide hatten offenkundig nicht das eindeutige Gefühl, einem Mörder ins Gesicht gesehen zu haben.

»Hübsche Person, was?«

»Bitte?«

»Jetzt tun Sie bloß nicht so unschuldig, Sir!«

»Na ja, wenn man auf den Typ steht …«

»Immerhin haben Sie sich offenbar die Dame reserviert.«

»Ein bisschen Spaß muss der Mensch ja auch mal haben.«

»Eigentlich erstaunlich, dass Sie bei ihr nicht mehr rausgekriegt haben. Ich hab den Eindruck, dass sie, wenns drauf ankommt, am wenigsten Hemmungen hat.«

»Würde mich nicht wundern, wenn sie das auch auf anderen Gebieten so hält.«

Manchmal, fand Lewis, drückte sich Morse wirklich unnötig zweideutig aus.

8

Quinns Büro war geräumig und gut eingerichtet. Zwei blaue Ledersessel waren ordentlich unter den Schreibtisch geschoben. Die Schreibtischplatte war leer. Im Eingangskorb lagen ein paar Briefe, der Ausgangskorb war gähnend leer, die große Schreibunterlage war am Rand mit Namen, Nummern und bedeutungslosen Schnörkeln in schwarzem Kugelschreiber bekritzelt. An zwei Wänden stapelten sich Geschichtsbände und Ausgaben englischer Klassiker bis an die Decke, die gelben, roten, grünen und weißen Rücken verliehen dem hellen, freundlichen Raum weitere Farbtupfer. Drei dunkelgrüne Aktenschränke standen an der dritten Wand, an der vierten hingen ein Schwarzes Brett aus Holz und Reproduktionen von Atkinson Grimshaws Gemälden der Docks von Hull und Liverpool. Nur der weiße Teppich, der fast den ganzen Boden bedeckte, zeigte deutliche Abnutzungserscheinungen, und als Morse sich majestätisch in Quinns Sessel niederließ, stellte er fest, dass der unter dem

Schreibtisch stehende leere Papierkorb eine fast kahle Stelle kaschierte. Zu seiner Rechten standen auf einem Tischchen mit schwarzer Platte zwei Telefonapparate, ein weißer und ein grauer, daneben ein Stapel von Telefonbüchern.

»Nehmen Sie sich die Schränke vor, Lewis, ich versuchs mal im Schreibtisch.«

»Suchen wir was Bestimmtes, Sir?«

»Nicht, dass ich wüsste.«

Lewis beschloss, sich auf die ihm eigene methodische Art vorzukämpfen. Zumindest versprach es eine fesselndere Aufgabe zu werden als die Inventarisierung von Reispuddingdosen.

Er erkannte sehr bald, wie viel Mühe und Arbeit in der Erstellung der Fragebögen für staatliche Prüfungen steckten. Das oberste Schubfach in dem ersten Schrank, den er sich vornahm, war bis oben hin mit dicken gelben Mappen gefüllt, die Kopien von Entwürfen, ersten Fahnenabzügen, ersten, zweiten, dritten Korrekturexemplaren für das Fach Englisch in den O-Levels enthielten. »Da könnte ich ja selber rasch noch zu einem guten Abschluss kommen, Sir.«

Morse murmelte etwas davon, dass die Fragen das Papier nicht wert seien, auf dem sie gedruckt waren, und setzte die einigermaßen lustlose Durchsicht von Quinns oberstem Schubfach fort. Welterschütternde Entdeckungen waren da nicht zu erwarten: Büroklammern, Heftstreifen, Gummibänder, vier Kugelschreiber, ein Lineal, eine Schere, zwei Geburtstagskarten (»Viele liebe Grüße, Monica« – schau einer an …), eine Schachtel gelber Bleistifte, ein Bleistiftspitzer, etliche Briefe der Universitätskasse, die Übernahme von Rentenansprüchen durch das hochschuleigene Pensionssystem betreffend, ein Brief vom Zentrum für Gehörlose mit der Mitteilung, dass der Unterricht in Zukunft nicht mehr in Oxpens, sondern an der Headington Tech stattfinden würde. Morse stocherte noch eine Weile aufs Geratewohl herum, dann drehte er sich um und besah sich die Büchersammlung. Ihm gegenüber waren die Autoren mit M. Er griff nach Marvells *Gesammelten Gedichten.* Das Buch öffnete sich von selbst bei dem Gedicht »An seine spröde Geliebte«, und Morse las erneut die Zeilen, die mittlerweile schon länger, als ihm lieb war, zu seinem geistigen Gepäck gehörten:

»Gar fein und still ist es am Grabesort,
doch gibt es, glaub ich, keine heiße Liebe dort.«

Ja, Quinn lag im Leichenschauhaus, und auch Quinn hatte Hoffnungen und Träume gehabt, wie jeder Sterbliche. Er schob das Buch in die Lücke zurück und wandte sich ziemlich ernüchtert dem zweiten Schubfach zu.

Sie arbeiteten eine Dreiviertelstunde schweigend, und Lewis wurde zunehmend deprimierter. »Glauben Sie wirklich, dass sich das hier lohnt, Sir?«

»Wieso? Haben Sie Durst?«

»Ich weiß einfach nicht, wonach ich suchen soll.«

Morse schwieg, und auch Lewis sagte nichts mehr.

Um sieben war Lewis mit dem zweiten Schrank fertig. Er schloss den dritten auf, griff sich wieder einen Armvoll dicker Mappen und machte sich erneut ans Werk. Der erste Ordner enthielt Kopien von Briefen über einen Zeitraum von zwei Jahren, alle mit dem Zeichen GB/MF, sowie die Antworten von Mitgliedern des Englisch-Ausschusses mit der Anrede »Lieber George«.

»Das muss Quinns Vorgänger gewesen sein, Sir.«

Morse nickte beiläufig und machte sich wieder über den schwarzen Schreibtischkalender her, den einzigen Gegenstand, der auch nur andeutungsweise interessant zu werden versprach. Doch Quinn hatte offenbar nicht den Ehrgeiz gehabt, es Evelyn oder Pepys gleichzutun; außer Datum und Uhrzeit verschiedener Sitzungen fand sich kaum eine persönliche Eintragung. »Geburtstag« (unter dem 23. Oktober) und »Ein Pfund Schulden bei Donald« schienen die einzigen

Zugeständnisse an eine ansonsten außerordentlich schwach entwickelte autobiografische Ader zu sein. Weil ihm nichts Besseres einfiel, zählte Morse müßig die Sitzungen. Es waren zehn innerhalb von zwölf Wochen, fast alle zur Überarbeitung von Prüfungsbögen. Keine schlechte Leistung. Dazu kam noch eine Besprechung mit dem Englisch-Ausschuss am 30. September und eine zweitägige Sitzung mit EMA am 4. und 5. November.

»Was verbirgt sich hinter EMA, Lewis?«

»Keine Ahnung.«

»Raten Sie doch mal.«

»Elternverband minderbemittelter Analphabetenkinder.«

Morse grinste und klappte den Kalender zu. »Sind Sie bald durch?«

»Noch zwei Fächer.«

»Bringt das noch was?«

»Dann habe ich es wenigstens hinter mir.«

»Okay.« Morse lehnte sich in dem Sessel zurück, die Hände hinter dem Kopf verschränkt, und sah sich noch einmal um. Mit einem Paukenschlag hatten die Ermittlungen nicht gerade begonnen, aber sie standen ja auch noch ganz am Anfang. Er würde zwischendurch mal im Präsidium anrufen. Der graue Apparat schien der für Amtsgespräche zu sein. Morse zog ihn zu sich heran. Aber er hatte kaum nach dem Hörer gegriffen, als er schon wieder auflegte. Unter dem orangefarbenen Postleitzahlenverzeichnis lag ein Brief, der seiner Aufmerksamkeit bisher entgangen war. Er kam von der Frederic Delius School, Bradford, und war vom Montag, dem 17. November.

Lieber Nick,
vergiss mich nicht, wenn Du Deine Prüfungsteams fürs nächste Jahr zusammenstellst. Das Formular ist wohl inzwischen wieder bei Dir gelandet. Gryce wollte mit der

Referenz erst nicht so recht rausrücken, aber wie Du siehst,
bin ich ›ein Mann mit soliden wissenschaftlichen Grundlagen
und beträchtlicher Lehrerfahrung im Realschul- und Ober-
schulbereich‹. Was will man mehr? Martha lässt herzlich
grüßen, wir hoffen sehr, dass Du Dich Weihnachten mal
wieder in Deinem alten Revier sehen lässt. Da wir ihren und
meinen Eltern doch nicht gleichzeitig gerecht werden können,
werden wir sie alle beide nicht besuchen und zu Hause
bleiben. Übrigens hat sich unser alter Nörgelfritze um den
Schulleiterposten der neuen Gesamtschule beworben. O tempora!
O mores! In alter Frische, Dein Brian.

Der Brief war mit schwarzem Kugelschreiber abgehakt, und
Morse sah ihn sich einen Augenblick nachdenklich an. Hatte
Quinn seinen Freund angerufen? War es vielleicht ein früherer Kollege? Und falls ja, wann hatte er ihn angerufen? Es
konnte sich lohnen, der Sache nachzugehen.

Doch es war Lewis, der ganz aus Versehen die Mine los-
trat, die den Fall hochgehen ließ. Als er gerade die letzte La-
dung Akten wieder in den Schrank stopfte, fiel sein Blick auf
einen zerknautschten Umschlag, der sich in der Gleitschiene
des Schubfachs verhakt hatte. Er klaubte ihn heraus und
holte ein Briefblatt hervor. »Ich kann Ihnen verraten, was
sich hinter EMA verbirgt, Sir.« Morse nahm ihm ohne son-
derliche Begeisterung den Brief ab. Es war eine vom 3. März
datierte, sichtlich mit dem Zweifingersuchsystem getippte
Mitteilung auf dem Briefkopf des Erziehungsministeriums
Al-jamara.

Lieber George,
herzliche Grüße an alle in Oxford. Schönen Dank für Dein
Schreiben und für das Sommerprüfungs-Päckchen.
Melde- und Gebührenformulare sind angeblich bereit
zum endgültigen Versand an den Verband für Freitag,

den 20., oder allerspätestens, wie man mir sagt, den 21.
Hier klappts jetzt besser, doch ist dem Chaos noch immer Tür
und Tor geöffnet, wenn man nicht aufpasst. Aber in zwei, drei
Jahren werden wirs Euch schon zeigen. Bitte
sieh zu, dass Änderungen der Prüfungsordnung nicht sofort
vorgenommen werden, das könnte das Projekt total vernichten.
Schöne Grüße …

Das war alles – bis auf die unleserlich gekrakelte Unterschrift. Morse besah sich stirnrunzelnd den Umschlag, der an
G. Bland, M. A., gerichtet und in dicken roten Druckbuch-
staben als privat und vertraulich gekennzeichnet war. Aber
dann erhellte sich seine Miene wieder, und er gab wortlos
Lewis den Brief zurück. Es wurde Zeit, dass sie hier Schluss
machten. Müßig klappte er noch einmal den Schreibtischkalender auf und besah sich das Kalendarium auf der inneren
Umschlagseite. Und plötzlich stockte ihm das Blut in den
Adern. Seinem leisen, dringlichen Ton hörte Lewis sogleich
die innere Erregung an.

»Wann ist der Umschlag abgestempelt, Lewis?«

»Am 3. März.«

»Dieses Jahres?«

Lewis sah noch einmal hin. »Ja, Sir.«

»Schau mal einer an.«

»Was ist denn?«

»Freitag, der 20., steht in dem Brief, Lewis. Aber welcher
Freitag, der 20.?« Er sah wieder auf das Kalendarium. »Nicht
März. Nicht April. Nicht Mai, nicht Juni. Nicht Juli. Und
die Bemerkung muss sich auf die Meldeformulare für die
Prüfungen vom letzten Sommer beziehen.«

»Man kann sich ja auch mal im Datum irren, Sir, vielleicht
hat jemand das Kalendarium vom letzten Jahr …«

Aber Morse hörte nicht hin. Er griff noch einmal nach dem
Brief und konzentrierte sich minutenlang stumm darauf.

Dann nickte er langsam vor sich hin und lächelte ein wenig. »Gratuliere, Lewis, Sie haben es wieder mal geschafft.«

»Habe ich das, Sir?«

»Ich will nicht behaupten, dass wir der Identität des Mörders von Nicholas Quinn sehr viel näher gekommen sind. Aber warum er ermordet worden ist, Lewis, wissen wir inzwischen. Das müsste schon ein ganz dummer Zufall sein …«

»Ich fürchte, das müssen Sie mir schon ein bisschen genauer erklären, Sir.«

»Schauen Sie sich den Brief noch einmal an, Lewis. Können Sie mir eines verraten: Warum ist eine scheinbar so triviale Epistel als privat und vertraulich gekennzeichnet?«

Lewis schüttelte den Kopf. »Stimmt schon, groß was Wichtiges steht nicht drin, aber –«

»Es steht sogar etwas sehr Wichtiges drin, alter Freund, das ist es ja gerade. Wir lesen von links nach rechts, stimmts? Aber manche dieser komischen Ausländer sollen ja von oben nach unten lesen …«

Lewis nahm sich den Brief noch einmal vor. Er machte große Augen. »Sie sind doch wahrhaftig ein schlauer Fuchs, Sir.«

»Na ja, manchmal vielleicht«, räumte Morse ein.

Fünf Minuten nach halb acht klopfte der Hausmeister ehrerbietig und steckte den Kopf zur Tür herein. »Ich will ja nicht stören, Sir, aber –«

»Warum tun Sies dann?«, blaffte Morse, und die Tür ging leise wieder zu. Die beiden Kriminalbeamten sahen sich über den Schreibtisch hinweg an – und feixten zufrieden.

WANN?

9

Morse hatte seit jeher nicht das geringste Interesse an fachlichen Einzelheiten der Pathologie, und am Mittwochvormittag las er den ihm vorliegenden Bericht mit dem wählerischen Auge des Pornophilen, der sich die saftigsten Obszönitäten herauspickt. »Die kleinste bisher tödlich wirkende Dosis war ½ Drachme der pharmakopöischen Säure oder 0,6 g anhydrische Blausäure … im Körper nach dem Tod rasch umgewandelt, in Verbindung mit Schwefel …« Ja, hier kam es: »… und alle Zeichen deuten bei dieser Obduktion darauf hin, dass der Tod praktisch auf der Stelle eingetreten sein muss. Aufgrund des Fehlens von Kratzern und Abschürfungen sind Spekulationen über die Möglichkeit eines Transports der Leiche müßig …« Interessant. Morse übersprang wieder ein Stück. »… deutet auf einen Zeitraum zwischen 72 und 120 Stunden vor Entdeckung des Toten hin. Mit größerer Genauigkeit kann die Zeitspanne in diesem Fall nicht angegeben werden …« Ist doch bei allen deinen Fällen dasselbe, brummelte Morse vor sich hin. Es wunderte ihn nach wie vor, warum trotz der geradezu atemberaubenden Fortschritte der Medizin Aussagen zur Todeszeit noch immer so erschreckend unbestimmt waren. Denn das war die entscheidende Frage: *Wann* war Quinn gestorben? Wenn man Aristoteles glauben durfte (und warum eigentlich nicht?), lag die Wahrheit vermutlich in der Mitte, also bei etwa vierundneunzig Stunden. Demnach war Quinn am Freitagmittag vom Leben zum Tod befördert worden.

War das möglich? Morse legte den Bericht beiseite und überdachte noch einmal das wenige, was er über Quinns Aufenthaltsort am vergangenen Freitag wusste. Vielleicht hätte er Quinns Kollegen fragen sollen, wo sie am Freitag gewesen waren, und nicht, wann sie Quinn zuletzt gesehen hatten. Aber er hatte ja noch reichlich Zeit und würde sie sich bald sowieso noch einmal vorknöpfen. Eines zumindest war klar. Wer sich an Quinns Sherryflasche zu schaffen gemacht hatte, war auch ein wenig, nein, sehr gut sogar in Giften bewandert. Und wer … Morse holte das dicke Standardwerk von Glaister und Rentoul über *Medizinische Jurisprudenz und Toxikologie* heraus und schlug unter »Kaliumzyanid« (S. 566) nach. Beim Überfliegen der Untertitel lächelte er vor sich hin. Der Verfasser des Untersuchungsberichtes war ihm zuvorgekommen. Einige Sätze waren fast wörtlich abgekupfert. Aber warum eigentlich nicht? Zyankali hatte sich im Laufe der Jahre bestimmt nicht wesentlich verändert. Er dachte an Hitler und seine Clique in dem Berliner Bunker. Das war auch Zyankali gewesen. Selbstmord durch Zyankali. Wie war das? Es kam oft vor, dass Morse den Wald vor Bäumen nicht sah, aber in diesem Augenblick begriff er, dass es eine durchaus einleuchtende Lösung für seinen Fall gab: Quinn hatte Selbstmord begangen. Aber eine echte Lösung war das im Grunde auch nicht. Denn wenn er selbst Hand an sich gelegt hatte, weshalb, um alles in der Welt …

Lewis war einigermaßen verblüfft, als Morse ihn eine halbe Stunde später mit zu sich nach Nord-Oxford nahm. Er war vor zwei Jahren zum letzten Mal da gewesen und war angenehm überrascht, wie relativ sauber und ordentlich die Wohnung aussah. Morse verschwand, steckte aber nach einer Weile den Kopf zur Tür herein und sagte, Lewis solle sich schon etwas einschenken.

»Schönen Dank, nicht für mich, Sir. Aber wenn Sie was möchten …«

»Ja, einen Sherry. Und nehmen Sie sich auch einen.«

»Ich würde lieber …«

»Herrgott, jetzt tun Sie endlich mal, was Ihnen gesagt wird, Mann.«

Lewis war die jähen Stimmungsumschwünge seines Vorgesetzten inzwischen gewohnt und regte sich nicht weiter darüber auf. Die Hausbar war gut bestückt. Er holte zwei kleine Gläser heraus, schenkte aus einer Flasche zwei Sherry medium dry ein, setzte sich in einen Sessel und harrte der Dinge, die da kommen sollten.

Er nippte geziert an seinem Sherry, als Morse wieder auftauchte, sich das zweite Glas griff, es an die Lippen hob und wieder absetzte. »Ist Ihnen klar, Lewis, dass Sie jetzt ein toter Mann wären, wenn jemand Gift in den Sherry getan hätte?«

»Sie aber auch.«

»Nein, ich habe meinen nicht angerührt.«

Lewis stellte langsam sein inzwischen halb geleertes Glas ab. Allmählich wurde ihm der Zweck der Übung klar. »Und auf der Flasche und auf dem Glas wären meine Fingerabdrücke gewesen …«

»Und wenn ich beides vor unserem Umtrunk sorgsam abgewischt hätte, hätte ich nur meinen Sherry in den Ausguss zu schütten und das Glas abzuwaschen brauchen – und die Sache wäre gelaufen.«

»Aber erst musste jemand in Quinns Wohnung kommen, um den Sherry zu vergiften.«

»Nicht unbedingt. Vielleicht hat jemand Quinn den Sherry geschenkt.«

»Kein Mensch verschenkt offene Flaschen. Eine einmal geöffnete Sherryflasche wieder zu verschließen, muss eine elende Plackerei sein, ich glaube, das geht gar nicht.«

»Vielleicht war es auch gar nicht nötig«, sagte Morse

nachdenklich. Einen Augenblick stand er da, ohne sich zu rühren, und sah blicklos in die Nebel der Vergangenheit, wo eine ferne Erinnerung an der Schwelle seines Bewusstseins zauderte, aber nicht näher treten mochte. Da war etwas mit einer hübschen jungen Frau gewesen … aber die Gestalt verschmolz mit anderen jungen Frauen, von denen es früher so viele gegeben hatte. Es würde ihm schon wieder einfallen, man musste nur an etwas anderes denken. Er leerte sein Glas auf einen Zug und schenkte sich nach. »Schmeckt ein bisschen wie Limo, nicht?«

»Wie geht es jetzt weiter, Sir?«

»Ich glaube, wir müssen uns etwas vorsehen. Kann sein, dass wir da in eine große Sache hineingeraten sind, und gerade deshalb dürfen wir nichts übereilen. Ich möchte wissen, was die Leute in der Geschäftsstelle getrieben haben, aber ich möchte nicht, dass sie es merken.«

»Wäre es nicht besser …«

»Nein. Es wäre auch nicht fair.«

Lewis geriet langsam ins Schleudern. »Sie glauben, dass einer der vier Quinn umgebracht hat?«

»Was glauben Sie?«

»Ich weiß nicht, Sir. Aber wenn Sie denen schon im Voraus einen Tipp geben …«

»Ja?«

»Die bereiten sich doch vor, erfinden irgendwas.«

»Genau darauf warte ich ja.«

»Aber wenn einer von ihnen Quinn ermordet hätte …«

»Wäre er natürlich mit einem Alibi bei der Hand, meinen Sie?«

»Ja.«

Morse schwieg einen Moment, dann wechselte er unvermittelt das Thema. »Haben Sie mich am vergangenen Freitag gesehen, Lewis?«

Lewis machte den Mund auf und machte ihn wieder zu.

»Lassen Sies raus. Wir arbeiten schließlich im gleichen Haus.«

Lewis gab sich die größte Mühe, aber es wollte ihm einfach nicht einfallen. Der Freitag lag so lange zurück. Was hatte er am Freitag gemacht? Hatte er Morse gesehen?

»Begreifen Sie jetzt, was ich meine, Lewis? Gar nicht so einfach, wie? Wir sollten ihnen eine Chance geben.«

»Aber wie ich schon sagte, Sir – Quinns Mörder hat sich für Freitag bestimmt was Gutes ausgedacht.«

»Genau.«

Lewis gab sich geschlagen. Es gab vieles an seinem Chef, was er nicht verstand. Die Frage, die Morse ihm stellte, ehe er die Haustür hinter ihnen schloss, machte die Sache nicht besser. »Und wieso sind Sie so fest davon überzeugt, dass Quinn am Freitag ermordet worden ist?«

Margaret Freeman, eine schmale, ziemlich unscheinbare, ledige junge Frau, war seit etwas über drei Jahren für den Verband tätig. Sie war Mr Blands Sekretärin gewesen und wurde daher automatisch an Mr Quinn weitergereicht. In der vergangenen Nacht hatte sie kaum geschlafen, und erst, als es schon dämmerte, war es ihr gelungen, ihres Grauens einigermaßen Herr zu werden. Aber Morse (der sich einbildete, für derlei Dinge Verständnis zu haben) wunderte sich trotzdem, als sie nach nur wenigen Minuten behutsamer Befragung zusammenbrach und sich in Tränen auflöste. Ja, am Freitagvormittag hatte sie Quinn ganz bestimmt gesehen. Er hatte ihr gegen Viertel vor elf einen ganzen Stapel Briefe diktiert, und damit war sie bis in den späten Nachmittag hinein beschäftigt gewesen. Die Briefe hatte sie dann in Quinns Zimmer gebracht und in den Eingangskorb gelegt. Am Freitagnachmittag hatte sie ihn nicht gesehen, hatte aber den Eindruck gehabt, er sei im Haus gewesen, denn sie konnte sich ziemlich genau daran erinnern, dass Quinns grüner Anorak über einem der Sessel gelegen hatte. Ach ja, richtig, da war noch der Zettel für sie gewesen, mit ihren Initialen – M. F. – gekennzeichnet und einer kurzen Mitteilung (»Dr. Bartlett verlangt, dass man immer hinterlässt, wo man ist, Sir.«), aber sie konnte sich nicht mehr genau besinnen ... irgendwas wie ... nein ... Irgendwas von »Weggehen«. Vielleicht »Bin bald zurück« oder so. Aber die Erinnerung war und blieb vage.

Morse hatte sie zur Befragung in Quinns Büro geholt. Als sie weg war, zündete er sich eine Zigarette an und dachte nach. Interessant, dass der Zettel nicht mehr da war. Quinn musste zurückgekommen sein, den Zettel zerknüllt haben ... Aber der Papierkorb war leer gewesen. Das Putzfrauengeschwader! Immerhin, am Freitagvormittag gegen elf oder Viertel nach elf hatte Quinn noch gelebt, das war zumindest ein Anhaltspunkt.

Lewis wurde damit beauftragt, den Hausmeister aufzusuchen und festzustellen, wo der Müll der Geschäftsstelle landete. Und ausnahmsweise hatte er Glück. In einer kleinen Ladezone neben dem Haus warteten zwei große schwarze Plastiksäcke mit Altpapier auf die nächste Abholung, und in Papier wühlte es sich bedeutend angenehmer als in Mülltonnen. Außerdem ging es ziemlich schnell. Die meisten Papiere waren nur mittendurch gerissen und nicht zusammengeknüllt. Meist handelte es sich um veraltete Formulare und Entwürfe komplizierterer Briefe. Eine Nachricht von Quinn an seine Sekretärin fand sich nicht, was Lewis enttäuschte, denn das war ja der Sinn seiner Fahndungsaktion gewesen. Dafür entdeckte er mehrere gleichlautende Briefe von Bartlett, die einen vielversprechenden Eindruck machten. Er ging damit in Quinns Büro, wo aus dem Hörer, den Morse ans Ohr gelegt hatte, das Besetztzeichen kam. Lewis strich einen der Briefe glatt, und Morse legte den Hörer auf und las:

Montag, 17. Nov.
Mitteilung an alle Mitarbeiter
FEUERÜBUNG
Am Freitag, dem 21. November, wird mittags um zwölf Feuer-
alarm gegeben. Alle Mitarbeiter haben sofort die Arbeit einzu-
stellen, elektrische Öfen, Lampen und andere elektrische Geräte
auszuschalten, das Haus durch die Vordertür zu verlassen und
sich auf den vorderen Parkplatz zu begeben. Unter keinen Um-
ständen darf jemand im Gebäude bleiben. Die Arbeit wird erst
wieder aufgenommen, nachdem alle sich draußen eingefunden
haben. Da mit nassem, kaltem Wetter zu rechnen ist, wird den
Mitarbeitern geraten, Mäntel usw. mitzunehmen, obgleich die
Übung nicht länger als zehn Minuten in Anspruch nehmen
dürfte. Ich erwarte in dieser Angelegenheit Ihre volle Unter-
stützung.
gez. T. G. Bartlett, Geschäftsführer

»Ein weitblickender Mensch, was?«

»Scheint aber recht tüchtig zu sein.«

»Kein Typ, der irgendwas dem Zufall überlässt.«

»Was wollen Sie damit sagen, Sir?«

»Ich überlege mir, warum er mir nichts von der Feuerübung erzählt hat.«

»Vielleicht, weil Sie ihn nicht danach gefragt haben.«

»Möglich. Erkundigen Sie sich mal, ob eine Anwesenheitsliste verlesen wurde. Wer weiß, vielleicht können wir
Quinns Exekution von Viertel nach elf auf Viertel nach zwölf
verlegen.«

Über Bartletts Tür brannte das rote Lämpchen, und während Lewis noch unentschlossen davorstand, kam Donald
Martin vorbei.

»Das Licht bedeutet, dass er Besuch hat, nicht?«

Martin nickte. »Wenn ihn jemand von den Kollegen stören würde, wäre er bestimmt sauer, aber ... ich meine ...«

Er wirkte auffallend nervös, und Lewis nutzte die Chance zu verbreiten, dass Quinns Kollegen in Kürze über ihren Aufenthalt am vergangenen Freitag Rechenschaft würden ablegen müssen.

»Aber was … er denkt doch nicht etwa …«

»Er denkt eine Menge, Sir, wenn der Tag lang ist.«

Lewis klopfte an und betrat Bartletts Büro. Monica Height wandte sich leicht verärgert um, aber Bartlett lächelte nur gütig und brachte seine goldene Regel nicht zur Sprache. Stattdessen verwies er Lewis an den Büroleiter im ersten Stock, der die Aktion überwacht hatte und bestimmt eine Liste aller Mitarbeiter besaß, die an der Feuerübung teilgenommen hatten.

Als Lewis wieder draußen war, sah Monica ihren Chef scharf an. »Was hat denn das nun wieder zu bedeuten?«

»Sie dürfen es der Polizei nicht übel nehmen, wenn sie versucht festzustellen, wann Mr Quinn zum letzten Mal lebendig gesehen worden ist. Ich muss zugeben, dass ich die Feuerübung nicht erwähnt hatte …«

»Aber er war am Freitagnachmittag noch am Leben, daran besteht doch kaum ein Zweifel. Sein Wagen war laut Noakes bis etwa zwanzig nach fünf hier.«

»Ich weiß.«

»Sollten wir das der Polizei nicht sofort sagen?«

»Ich habe den Verdacht, meine Liebe, dass Chief Inspector Morse sehr viel mehr herausbringen wird, als manchem von uns lieb sein kann.«

Was auch immer hinter dieser rätselhaften Bemerkung stecken mochte – Monica ging nicht darauf ein. »Aber finden Sie nicht auch, dass es sehr wichtig sein könnte?«

»Gewiss. Besonders, wenn die Polizei glaubt, Mr Quinn sei am vergangenen Freitag ermordet worden.«

»Glauben Sie, dass er am vergangenen Freitag ermordet worden ist?«

»Ich?« Bartlett lächelte sanftmütig. »Ich glaube kaum, dass meine Meinung viel Gewicht hat.«

»Sie haben meine Frage nicht beantwortet.«

Bartlett zögerte, dann stand er auf. »Nun gut. Meine Antwortet lautet Nein.«

»Wann –«

Aber Bartlett legte einen Finger an die Lippen und schüttelte den Kopf. »Sie fragen fast so viel wie die Polizei.«

Auch Monica hatte sich erhoben. Sie ging zur Tür. »Ich finde trotzdem, Sie sollten der Polizei sagen, dass Noakes –«

»Wenn es Sie beruhigt«, sagte er milde, »spreche ich gleich einmal mit der Polizei darüber. Zufrieden?«

Als Monica herauskam, trat Martin zu ihr und flüsterte ihr erregt etwas ins Ohr. Zusammen betraten sie Monicas Zimmer.

Der Büroleiter erinnerte sich natürlich noch deutlich an die Feuerübung. Alles war plangemäß verlaufen, und der Geschäftsführer hatte die Liste selbst geprüft, ehe er seine Mitarbeiter wieder an die Arbeit geschickt hatte. Von den sechsundzwanzig hauptamtlich beim Verband Tätigen hatten nur drei ihre Namen nicht abgehakt. Aber auch von denen war bekannt, wo sie steckten. Mr Ogleby war bei der Oxford University Press, eine der Sekretärinnen hatte Grippe und eine der Bürogehilfinnen Urlaub. Quinns Name war mit schwarzem Kugelschreiber abgehakt. Ja, das wars. Lewis ging die Treppe hinunter zu Morse.

»Ist Ihnen aufgefallen, dass hier alle schwarze Kugelschreiber benutzen, Lewis?«

»Bartlett hat alles durchorganisiert – bis hinunter zu den Schreibwerkzeugen.«

Morse griff wieder zum Hörer. »So eine blöde Schule muss doch mehr als einen Anschluss haben.« Diesmal war die Leitung frei, er bekam seine Verbindung sofort. Eine muntere

Stimme mit nordenglischem Tonfall gab sich als die Schulsekretärin zu erkennen und fragte, ob sie helfen könne. Morse erklärte, wer er war, und stellte seine Frage.

»Am Freitag, sagen Sie? Ja, ich erinnere mich. Aus Oxford, stimmt … Es muss etwa zwanzig nach zwölf gewesen sein. Ich weiß noch, ich saß über dem Stundenplan, und Mr Richardson hatte bis Viertel vor eins Unterricht. Nein, nein. Er sagte, ich sollte mich nicht bemühen. Ob ich ihm was ausrichten könnte, hat er gefragt. Er wollte Mr Richardson bitten, in diesem Sommer ein bisschen was zu korrigieren. Nein, tut mir leid, der Name ist mir im Moment entfallen, aber Mr Richardson weiß ihn natürlich. Ja, ja, genau, das muss es gewesen sein. Quinn, ganz recht. Ich hoffe, es ist nichts … Aber nein, das ist ja schrecklich … Soll ich es Mr Richardson sagen? Ja, gut, wird gemacht, Sir. Wiederhören.«

Morse legte auf und sah Lewis an. »Was meinen Sie?«

»Ich hab den Eindruck, dass wir ein Stück vorangekommen sind, Sir. Kurz nach elf ist er mit Diktieren fertig, um zwölf geht er zu der Feuerübung, zwanzig nach zwölf ruft er die Schule an.« Morse nickte, und Lewis fuhr, dergestalt ermutigt, fort: »Wissen möchte ich aber doch, ob er die Nachricht für Miss Freeman vor oder nach der Mittagspause hingelegt hat. Vielleicht sollten wir uns mal dafür interessieren, wo er gegessen hat, Sir.«

Morse nickte wieder und sah ins Leere. »Trotzdem, Lewis, ich habe so meine Zweifel, ob wir auf der richtigen Spur sind. Wissen Sie was? Es würde mich nicht wundern, wenn –«

Der Hausapparat läutete, und Morse hob ab. »Schönen Dank, dass Sie mir Bescheid gesagt haben, Dr. Bartlett. Könnten Sie ihn bitten, gleich mal vorbeizukommen?«

Während der diensteifrige Noakes zu seinem kurzen Bericht ansetzte, fragte sich Morse, warum er sich nicht gleich darum bemüht hatte, den Hausmeister für sich zu gewinnen.

Er wusste ganz genau, dass in den verschiedensten Institutionen landauf, landab von Rechts wegen der Name des Hausmeisters auf dem Briefkopf erscheinen müsste. Wo immer seine Dienste benötigt wurden (auch im Präsidium), war es immer der Hausmeister mit seiner unerfreulichen Mischung aus offiziösem Gehabe und Servilität, um dessen Wohlwollen sich alle bemühten, weil er bei Raum-, Tee-, Schlüsselfragen und anderen weltbewegenden Überlegungen unverzichtbar war. Allerdings schien Noakes zu den erfreulicheren Vertretern seiner Gattung zu gehören.

»Ja, Sir, sein Mantel war tatsächlich da, ich erinnere mich genau, weil sein Schrank offen stand und ich ihn zugemacht habe. Dem Chef wär das nicht recht gewesen, er ist da sehr eigen.«

»Lag ein Zettel auf seinem Schreibtisch?«

»Ja, den haben wir auch gesehen.«

»Sagten Sie ›wir‹?«

»Mr Roope und ich, Sir. Er hatte gerade –«

»Und was wollte der hier?«, fragte Morse.

»Er wollte zum Chef, aber der war nicht da, das wusste ich. Und da hat mich Mr Roope gefragt, ob einer von den anderen da ist, er hatte irgendwelche Papiere, die er jemandem geben wollte.«

»Und wem hat er sie gegeben?«

»Das ist es ja gerade, Sir. Wie gesagt, wir habens in den anderen Zimmern probiert, aber es war keiner da.«

Morse sah ihn scharf an. »Das wissen Sie genau, Mr Noakes?«

»Jawohl, Sir. Wir haben niemanden gefunden, und da hat Mr Roope die Papiere dem Chef auf den Schreibtisch gelegt.«

Morse warf Lewis einen Blick zu und hob merklich die Augenbrauen. »Soso, das ist ja sehr interessant. Wirklich, sehr interessant.« Aber trotz seiner offenkundigen Anteilnahme stellte Morse keine weiteren Fragen, jedenfalls noch nicht. Die Wendung der Dinge hatte ihn schlichtweg überrumpelt, und er bereute jetzt seine töricht-theatralische Entscheidung, bei den Mitarbeitern in Umlauf zu setzen (inzwischen hatte es sich ja wohl überall herumgesprochen), dass er sie bitten würde, über ihren Aufenthalt am Freitagnachmittag Rechenschaft abzulegen. Damit, dass sie alle ein Alibi brauchen würden, hatte er nicht gerechnet. Bartlett war in Banbury gewesen, das wusste er. Aber wo hatten die anderen an diesem verhängnisvollen Nachmittag gesteckt? Monica, Ogleby, Martin und Quinn. Im Büro waren sie nicht gewesen. So ein Mist.

»Um welche Zeit war denn das, Mr Noakes?«

»Gegen halb fünf, Sir.«

»Hatten die anderen eine Nachricht hinterlassen?«

»Ich glaube nicht, Sir.«

»Ist es denkbar, dass einer der anderen oben war?«

»Möglich schon, aber … Na ja, ich war 'ne ganze Weile hier. Ich hab die Leuchtstoffröhre im Gang ausgewechselt, als Mr Roope reinkam.«

Morse war sichtlich noch immer etwas verunsichert, und Lewis beschloss, ihm unter die Arme zu greifen. »Wäre es möglich, dass jemand auf der Toilette war?«

»Da müsste er aber lange drin gewesen sein.«

Das etwas abschätzige Lächeln machte deutlich, dass Noakes mit Bemerkungen eines bloßen Sergeants nichts am Hut hatte. Das sonst so geläufige »Sir« hatte er betont weggelassen.

»Am Freitagnachmittag hat es geregnet, nicht?«, fragte Morse schließlich.

»Ja, Sir. Sturm und Wolkenbruch. Scheußlicher Nachmittag.«

»Hoffentlich hat sich Mr Roope die Füße abgetreten«, meinte Morse harmlos.

Zum ersten Mal wirkte Noakes fast verlegen. Er rieb sich unbehaglich die Hände und überlegte, was das wohl wieder sollte.

»Haben Sie einen der anderen Mitarbeiter noch gesehen? Später, meine ich ...«

»Nein, nicht richtig. Ich meine, ich hab Mr Quinn in seinem Wagen wegfahren sehen, das war etwa um –«

»Wie bitte?« Morse richtete sich auf und blinzelte Noakes verwirrt an. »Sie haben ihn wegfahren sehen, sagen Sie?«

»Ja, Sir. Zehn vor fünf muss es etwa gewesen sein. Sein Wagen war –«

»Standen sonst noch Wagen da?«, fuhr Morse dazwischen.

»Nein, Sir, nur der von Mr Quinn.«

»Vielen Dank, Mr Noakes, Sie haben uns sehr geholfen.«

Morse stand auf und ging zur Tür. »Danach haben Sie niemanden mehr gesehen?«

»Nein, Sir. Nur den Chef, der ist gegen halb sechs noch mal ins Büro gekommen.«

»Ah ja. Also vielen Dank.« Morse hatte Mühe, seine steigende Erregung zu verbergen, und hätte am liebsten Noakes in den Gang hinausgeschubst.

»Wenn ich Ihnen sonst noch behilflich sein kann, Sir ... ich kann jederzeit ...« Er stand katzbuckelnd an der Tür. Wie ein Lehnsmann, der Abschied von seinem Herrn und Gebieter nimmt. Doch Morse hörte gar nicht hin. Eine leise Stimme in seinem Kopf sagte: »Hau ab, du Schleimer!« Aber er nickte nur freundlich, und der Hausmeister machte sich endlich davon.

»Was sagen Sie dazu, Lewis?«

»Würde mich nicht wundern, wenn wir demnächst jemanden finden, der Quinn am Freitagabend in einem Pub gesehen hat. Kurz vor der Sperrstunde.«

»Glauben Sie?« Aber Morse interessierte sich im Grunde nicht für Lewis' Ansichten. Gestern waren zwar die Räder angelaufen, aber offenbar, wie sich jetzt herausstellte, verkehrt herum, und während der Unterhaltung mit Noakes waren sie vorübergehend ganz zum Stillstand gekommen. Jetzt aber hatten sie sich wieder in Bewegung gesetzt, der Vorwärtsgang war eingeschaltet, und zwei oder drei Rädchen sirrten wie verrückt. Er sah auf die Uhr. Der Vormittag war vorbei. »Was für ein Gesöff servieren sie denn im *Horse and Trumpet*, Lewis?«

10

Wenige der nach dem Zweiten Weltkrieg in Oxford errichteten Gebäude haben bei Stadt und Universität großen Anklang gefunden. Es ist vielleicht nicht weiter verwunderlich, dass eine Bevölkerung, die täglich so viele schöne alte Bauten vor Augen hat, gegenüber dem Spannbeton der seltsamen Nachkriegskonstruktionen voreingenommen ist. Oder vielleicht sind auch alle modernen Architekten verrückt. Allgemein gilt das John Radcliffe Hospital als eines der am wenigsten missglückten Beispiele moderner Baukunst. Die unmittelbar in der Nachbarschaft Wohnenden allerdings, deren teure Einfamilienhäuser durch das gigantische Bauwerk in den Schatten gestellt werden und die jetzt von ihren Gärten aus nicht mehr auf die offenen Grünflächen des Manor Park, sondern auf eine breite, belebte Zufahrtsstraße schauen, sehen das anders. Das siebengeschossige Krankenhaus aus cremeweißem Backstein mit schokoladenbraunen Gesimsen steht auf einem großen, baumbestandenen Grundstück. Königsblaue Schilder mit großen weißen Buchstaben weisen Ortsunkundigen den Weg. Doch Ortsunkundige sind hier rar, denn das John Radcliffe Hospital sorgt dafür, dass sämtliche unter der Gesundheitsbehörde von Oxfordshire geborenen Babys wohlbehalten das Licht der Welt erblicken, und fast alle schwangeren Frauen haben dort schon viele Male ihre kostbaren Embryos betasten und befummeln, abhorchen und ausloten lassen. So auch Joyce Greenaway. Aber bei ihr (ein Fall von tausend, wie es so schön heißt) ist nicht alles nach Plan gelaufen.

Am Mittwochnachmittag hatte Frank Greenaway frei, und um eins rollte er auf den Krankenhausparkplatz. Ihm war schon wieder sehr viel leichter ums Herz, denn es sah jetzt so aus, als käme doch alles ins Lot. Trotzdem wurmte es ihn immer noch, dass der Vorarbeiter in Cowley, dieser unfähige Trottel, es am vergangenen Freitag nicht fertiggebracht hatte, eine Nachricht an ihn weiterzugeben, und er hatte das Gefühl, als habe er seine Frau im Stich gelassen, wo es doch ihr erstes Baby war. Joyce selbst hatte sich nicht verrückt machen lassen. Als sie den Eindruck hatte, dass die Lage kritisch wurde, hatte sie, vernünftig, wie sie war, von sich aus im Krankenhaus angerufen. Dennoch ging es ihm nach. Denn als er abends um halb zehn glücklich ins Krankenhaus gekommen war, kämpfte sich ihr untergewichtiger Sprössling – drei Wochen vor der Zeit geboren – schon auf der Intensivstation tapfer und erfolgreich ins Leben hinein. Ich kann ja schließlich nichts dafür, sagte sich Frank. Aber für ihn (er hatte wenig Fantasie, aber ein mitfühlendes Herz) war es, als wenn einer zehn Minuten zu spät zu einem Match von Oxford United kommt und feststellt, dass er das einzige Tor des Spiels versäumt hat.

Auch er war kein Ortsunkundiger mehr. Automatisch öffneten sich die Türen vor ihm, und er ging zielstrebig durch die Eingangshalle mit dem blauen Teppichboden, vorbei an den beiden Informationsschaltern, geradewegs zum Aufzug, wo er, ausgerüstet mit einem frisch gewaschenen Nachthemd, einer Schachtel Konfekt und dem *Woman's Weekly*, den Knopf zum sechsten Stock drückte.

Joyce und der Kleine waren noch auf der Isolierstation – irgendwas wegen Gelbsucht (»Sie brauchen sich aber keine Sorgen zu machen, Mr Greenaway«), und Frank betrat Zimmer 12. Warum er ein bisschen befangen war, hätte er selbst nicht so recht sagen können, dagegen wusste er sehr wohl, dass er allen Grund zu fortgesetzter Besorgnis hatte. Die Ärzte hatten verlangt, dass er noch nicht darüber sprach (»Ihre Frau hat es nicht ganz leicht gehabt, Mr Greenaway«). Trotzdem – sie würde es jetzt bald erfahren müssen, würde es fast zwangsläufig früher oder später erfahren. Aber er hatte bereitwillig versprochen mitzuspielen, und die Oberschwester hatte zugesagt, Besucher von Joyce einzuschwören. (»Die postnatale Phase kann sehr schwierig sein, Mr Greenaway.«) Natürlich auch keine *Oxford Mail.*

»Wie gehts, mein Schatz?«

»Gut.«

»Und dem Kleinen?«

»Auch gut.«

Sie küssten sich und waren bald über ihre Befangenheit hinweg.

»War der Fernsehmensch schon da? Ich wollte dich gestern schon danach fragen.«

»Nein, Schatz, aber keine Angst, der bringt das schon in Ordnung.«

»Na hoffentlich. Ich bin ja nicht mehr lange hier.«

»Brauchst dir wirklich keine Sorgen zu machen.«

»Hast du schon das Bettchen aufgestellt?«

»Wie oft soll ich dir noch sagen, dass du dich um nichts zu sorgen brauchst? Sieh du nur zu, dass du wieder auf die Beine kommst und dich um den Kleinen kümmern kannst, alles andere ist unwichtig.«

Sie lächelte glücklich, und als er aufstand und sie in den Arm nahm, schmiegte sie sich zärtlich an ihn.

»Ist das nicht komisch, Frank? Einen Mädchennamen

hatten wir schon. Und wir waren so sicher, dass es ein Mädchen werden würde.«

»Ja. Aber ich hab mir was überlegt. Wie findest du Simon? Hübscher Name, nicht? Simon Greenaway … Hört sich irgendwie … irgendwie distinguiert an.«

»Stimmt. Aber es gibt einen Haufen netter Jungennamen.«

»Zum Beispiel?«

»Du kennst doch den Typ, der unter uns wohnt, den Mr Quinn. Der heißt Nicholas mit Vornamen. Ist auch hübsch, nicht? Nicholas Greenaway … Gefällt mir irgendwie, Frank.« Sie beobachtete ihn scharf, hätte schwören können, dass da irgendwas war, und spürte sekundenlang Panik in sich aufsteigen. Aber nein, er konnte es nicht wissen, das bildete sie sich bloß ein. Das war nur ihr schlechtes Gewissen.

Das *Horse and Trumpet* war leer, als sie sich in die hinterste Ecke setzten. Noch nie hatte Lewis erlebt, dass Morse sich so desinteressiert an seinem Bier gezeigt hatte. Er nippte daran wie an altjüngferliche Tante an dem hausgemachten Wein auf einem Gemeindefest. Minutenlang saßen sie stumm beieinander. Es war Lewis, der das Schweigen brach. »Haben Sie den Eindruck, dass wir weiterkommen?«

»Doch, ja«, sagte Morse tiefsinnig. »Das glaube ich schon.«

»Schon irgendwelche konkreten Ideen?«

»Nein«, schwindelte Morse. »Wir brauchen erst noch ein paar Fakten, ehe wir uns auf den Höhenflug von Ideen wagen. Passen Sie auf, Lewis, nehmen Sie sich mal die Mrs Sowieso vor, die Putzfrau. Die Adresse haben Sie?« Lewis nickte. »Und wenn Sie schon dabei sind, können Sie gleich mal bei der Hauswirtin vorbeifahren, bei dieser Mrs Jardine. Nehmen Sie meinen Wagen. Ich hab wahrscheinlich den ganzen Nachmittag in der Geschäftsstelle zu tun. Dort können Sie mich abholen.«

»Soll ich was Bestimmtes fragen?«

»Herrgott, seit wann brauchen Sie ein Kindermädchen? Buddeln Sie aus, was Sie können, und fragen Sie nicht so dumm. Sie wissen ebenso viel über den Fall wie ich.« Lewis sagte nichts. Aber er ärgerte sich eigentlich mehr über sich als über den Inspector. Schweigend trank er sein Bier aus.

»Tja, dann fahr ich jetzt los. Ich schau nur noch mal zu Hause vorbei, wenn Sie nichts dagegen haben.«

Morse nickte unbestimmt, und Lewis stand auf. »Dann brauch ich nur noch die Wagenschlüssel.«

Morse hatte sein Bier kaum angerührt und fixierte mit düsterer Konzentration den Teppich.

Mrs Evans putzte seit etlichen Jahren das Erdgeschoss von Pinewood Close 1, sie gehörte für die lange Reihe von Junggesellen, die durch Mrs Jardines Räume gezogen waren, fast zur Einrichtung. Für die meisten war die Pinewood Close eine Übergangsstation auf der Suche nach einer etwas besseren Unterkunft, und sie waren selten lange geblieben, aber nett waren sie eigentlich alle gewesen. Schmutz gab es hauptsächlich in der Küche, gewiss, sie wischte auch in den anderen Räumen Staub und saugte, aber in der Küche hatte sie immer am meisten zu tun, eine halbe Stunde für den Herd, eine weitere halbe Stunde für das Bügeln der Hemden, der Unterwäsche und der Taschentücher, die aus dem Waschsalon kamen. Es waren ungefähr zwei Stunden Arbeit, selten mehr, oft etwas weniger. Aber sie berechnete immer zwei Stunden, und dagegen hatte bisher keiner der Mieter was gehabt. Sie arbeitete am liebsten, wenn sonst niemand da war. Mit Quinn hatte sie den Freitag von drei bis fünf fest vereinbart.

Ja, es ging um den armen Mr Quinn, sie wusste Bescheid, bat Lewis hinein und erzählte ihm ihre kurze Geschichte. Sie war meist schon wieder weg, wenn er heimkam. Aber am

letzten Freitag hatte sie für Mr Evans in die Poliklinik gehen
müssen, er hatte Bronchitis und war an dem Tag um halb
fünf beim Arzt angemeldet gewesen. Aber bei dem scheuß-
lichen Wetter hatte sie ihn lieber zu Hause behalten, hatte
ihm in der Poliklinik ein Rezept geholt, hatte sich in der
Apotheke das Medikament geben lassen und war dann nach
Hause gefahren, um das Abendessen zu machen. Um Viertel nach sechs war sie wieder bei Quinn gewesen und hatte
dort noch eine halbe Stunde gebügelt.

»Sie haben ihm einen Zettel hingelegt, Mrs Evans?«

»Ja, er sollte sich nicht wundern, weil ich noch nicht fertig war.«

»Das war gegen vier, sagen Sie?«

Sie nickte und bekam es plötzlich mit der Angst zu tun.
War der arme Mr Quinn vielleicht an dem Freitagabend gestorben, gerade als sie gegangen war?

»Wir haben den Zettel im Papierkorb gefunden, Mrs
Evans.«

»Ja, das dachte ich mir. Er hat ihn zusammengeknüllt.«

»Ja, sicher.« Lewis ertappte sich bei dem Gedanken, dass er
Morse herbeiwünschte, aber er schüttelte diese Anwandlung
rasch wieder ab. Die Sache begann, interessant zu werden.
»Sie haben den Zettel ins Wohnzimmer gelegt?«

»Ja, aufs Sideboard. Ich hab Ende des Monats immer
einen Zettel hingelegt. Wenn wieder vier Wochen um waren … na, Sie wissen schon …«

»Hm. Können Sie sich erinnern, ob Mr Quinns Wagen
in der Garage stand, als Sie zurückkamen?«

»Nein, Sergeant, tut mir leid, aber es hat geregnet, und
ich war mit dem Rad da, und da hab ichs eilig gehabt.
Und wieso hätt ich auch in die Garage schauen sollen. Ich
meine …«

»Sie haben Mr Quinn nicht gesehen?«

»Nein.«

»Ist auch nicht weiter wichtig. Es liegt uns natürlich daran –«

»Glauben Sie, dass er am Freitagabend gestorben ist?«

»So würde ich das nicht sagen. Aber wenn wir feststellen könnten, um welche Zeit er aus dem Büro gekommen ist, wäre das eine große Hilfe für uns. Wer weiß, vielleicht war er am Freitagabend auch gar nicht zu Hause.«

Mrs Evans runzelte leicht verblüfft die Stirn. »Ich kann Ihnen sagen, wann er nach Hause gekommen ist.«

Es war plötzlich sehr still im Zimmer, und Lewis sah gespannt auf. »Wie meinten Sie, Mrs Evans?«

»Ja, also, ich hab ihm doch diesen Zettel hingelegt, und den muss er gesehen haben.«

»Er muss ihn gesehen haben, sagen Sie?«

»Genau. Sie haben gesagt, dass er im Papierkorb gelegen hat.«

Lewis lehnte sich wieder zurück, und seine Erregung verebbte. »Aber leider wissen wir ja nicht, wann er den Zettel gefunden hat.«

»Nein, nein, so meine ich das nicht. Er hatte den Zettel gesehen, ehe ich um Viertel nach sechs zurückkam. Er hat mir nämlich was aufgeschrieben, und –«

»Er hat Ihnen was aufgeschrieben?«

»Ja. Dass er zum Einkaufen ist oder so, genau weiß ich es nicht mehr.«

Lewis fing noch einmal von vorn an. »Sie haben ihm also um vier den Zettel hingelegt und sind um Viertel nach sechs wieder hingegangen.«

»Genau.«

»Und wann ist er Ihrer Meinung nach heimgekommen? Gegen fünf?«

»Ja, das war seine übliche Zeit, glaube ich.«

»Und das, was er aufgeschrieben hat, war ganz sicher für Sie bestimmt?«

»Ja. Mein Name stand drauf.«

»Erinnern Sie sich vielleicht noch genau, was er aufgeschrieben hat?«

»Nein, aber wissen Sie was? Vielleicht hab ich den Zettel noch, in der Schürze oder so. Ich trag nämlich immer –«

»Könnten Sie wohl mal nachsehen?«

Mrs Evans ging in die Küche, und Lewis flehte die Götter an, ihm ausnahmsweise hold zu sein. Ihm war fast schlecht vor Erleichterung, als sie mit einem kleinen gefalteten Zettel zurückkam. Mit der tiefen Ehrfurcht eines Druiden, der über heiligen Runen brütet, las er:

»Mrs E. Bin einkaufen, bald wieder da. N. Q.«

Es war eine denkbar kurze Mitteilung, aber er war sich ihrer großen Bedeutung wohl bewusst.

»Einkaufen? Um diese Zeit? Bisschen komisch, was?«

»Find ich nicht. Am Freitag hat der Supermarkt bis neun auf.«

»Ist das der *Quality?*«

»Ja. Er ist direkt hinter dem Haus. Es führt ein Fußweg hin, und jetzt, wo der Zaun weg ist, kann man direkt vom Garten aus rüberlaufen.«

Fünf Minuten später bedankte sich Lewis überschwänglich und ging. Der Alte würde sich freuen.

Kurz nach eins betrat Monica die Bar. Sie entdeckte Morse sofort (der tat, als sähe er sie nicht), ließ sich einen Gin-Campari geben und trat zu ihm.

»Darf ich Sie zu einem Drink einladen, Inspector?«

Morse sah auf und schüttelte den Kopf. »Irgendwie ist mir heute nicht nach Bier.«

»Im Gegensatz zu gestern.«

»Wieso?«

Sie setzte sich neben ihn und sagte nah an seinem Ohr: »Ich habs an Ihrem Atem gemerkt.«

»Sie haben auch sehr gut gerochen«, gab Morse zurück.

Aber er wusste, dass dies nicht die Zeit für ein romantisches Abenteuer war. Man merkt die Absicht, und man wird verstimmt …

»Ich hab mir gedacht, dass ich Sie vielleicht hier treffe.« Morse hob unverbindlich die Schultern. »Was haben Sie mir zu sagen?«

»Von vorsichtigen Annäherungen halten Sie nichts, was?«

»Manchmal schon.«

»Ja, also … es geht um Freitagnachmittag.«

»Wie sich so was rumspricht …«

»Sie wollten wissen, was wir alle am Freitagnachmittag gemacht haben, nicht?«

»Ja. Im Büro war offenbar keiner von Ihnen.«

»Bei den anderen weiß ich das nicht so genau – nein, das stimmt nicht ganz, nämlich … Ach je, Sie machen es einem aber auch nicht gerade leicht. Ich war den ganzen Nachmittag weg, das heißt, ich war mit jemandem zusammen, und früher oder später müssen Sie wohl erfahren müssen, wer es war.«

»Ich glaube, das weiß ich schon«, sagte Morse leise.

Monica sah ihn verblüfft an. »Das ist doch unmöglich. Haben Sie etwa –«

»Nein, ich habe noch nicht mit Mr Martin gesprochen, aber ich werde es in Kürze tun, und er wird mir vermutlich die ganze Geschichte erzählen – mit dem üblichen Schuss Zögern, Verlegenheit und vielleicht mit ein bisschen Angst. Es stimmt doch, dass er verheiratet ist?«

Monica legte die Hand an die Stirn und schüttelte traurig den Kopf. »Sind Sie Hellseher?«

»Wenn das der Fall wäre, würde es bei meinen Fällen ein bisschen fixer gehen.«

»Soll ich Ihnen alles erzählen?« Sie machte ein unglückliches Gesicht.

»Jetzt nicht. Es ist mir lieber, wenn ich es von Ihrem Freund erfahre. Er ist kein besonders guter Lügner.« Er stand auf und sah auf ihr leeres Glas. »Gin-Campari, nicht?«

Sie nickte dankend. Während Morse zur Theke ging, zündete sie sich die nächste Zigarette an und inhalierte tief. Besorgt zog sie die sauber gezupften Brauen zusammen. Was sollte sie nur tun, wenn …

Morse war ziemlich bald wieder da und platzierte das Glas sorgfältig auf einem Bierdeckel. »Das mit dem kostspieligen Geschmack ist mir jetzt klar, Miss Height.«

Sie sah auf und lächelte ein bisschen. »Trinken Sie denn nichts?«

»Nicht jetzt, danke. Ich habe diese Woche ein bisschen mehr als sonst am Hals. Eine Mordermittlung zum Beispiel. Und von Damen, die ihre Gunst schon vergeben haben, halte ich mich fern.«

Damit zog er ab und ließ Monica unglücklich zurück. Wie grob er gewesen war. Und dabei hatte sie sich noch gestern so wohl in seiner Gesellschaft gefühlt. Jetzt aber hasste sie ihn.

Auch Morse fühlte sich nicht so recht wohl in seiner Haut. So ruppig hätte er sie nicht zu behandeln brauchen. Und überhaupt – diese Eifersucht war dumm und kindisch. Er hatte sie doch gerade erst kennengelernt. Natürlich konnte er umkehren, sie zum nächsten Glas einladen und sich entschuldigen. Ja, das war eine Möglichkeit … Er tat es nicht. Denn in die Eifersucht mischte sich etwas anderes: das Gefühl, dass Monica ihn belogen hatte.

II

Bis auf die Tatsache, dass Mrs Greenaway, die im Obergeschoss wohnte, am vergangenen Freitagabend einen Jungen
zur Welt gebracht hatte, erfuhr Lewis nicht viel Brauchbares
von Mrs Jardine. Sie vermochte die am Vortag gemachte
Aussage nicht um Wesentliches zu ergänzen, und Lewis ver-
brachte nur zehn Minuten bei ihr. Doch der Triumph von
vorhin war ihm nicht zu nehmen. Am Nachmittag berichtete
er Morse von seinem Gespräch mit Mrs Evans, überreichte
seine Trophäe und war alles in allem sehr mit sich zufrieden.
Morse' Begeisterung war allerdings eher gedämpft. Quinns
Zettel sah er sich zwar lange und genau an, schien aber ansonsten nicht so recht bei der Sache zu sein.

»Sie scheinen unzufrieden zu sein.«

»Die Mehrheit der Menschheit verbringt ihr Leben in
stiller Verzweiflung.«

»Na, wenn Sie *das* nicht aufheitert …«

»Wie? Blödsinn, Lewis.« Morse schüttelte sich, als könne
er damit seine zeitweilige Depression vertreiben, und nahm
sich noch einmal den Zettel vor. »Das hätte ich selber kaum
besser machen können.« Es war leichthin gesagt, aber Lewis
kannte seinen Chef.

»Raus damit, Sir.«

»Womit?«

»Was hätten Sie die Frau gefragt?«

»Sag ich doch. Genau dasselbe, was Sie gefragt haben.«

»Was noch?«

Morse überlegte. »Vielleicht ein, zwei zusätzliche Sachen.«

»Zum Beispiel?«

»Vielleicht hätte ich sie gefragt, ob sie einen Blick in den
Papierkorb geworfen hat.«

»Ach ja?«, meinte Lewis ziemlich unbeeindruckt.

»Vielleicht hätte ich sie gefragt, ob Quinns Anorak da war.«

»Aber –«

»Bestimmt hätte ich sie gefragt, ob die Gasheizung im Kamin an war.«

Allmählich kapierte Lewis, worauf Morse hinauswollte, und nickte nachdenklich vor sich hin. »Am besten nehmen wir sie uns noch mal vor.«

»Auf jeden Fall. Aber das ist ja nicht das Problem. Fest steht, dass Quinn allem Anschein nach bis etwa sechs am Leben war. Ich frage mich …« Einen Augenblick schweiften seine Gedanken wieder ab, aber dann setzte er sich plötzlich bolzengerade auf und zückte seinen Parker-Kugelschreiber. »Erst mal gibt es hier noch genug zu tun. Schauen Sie mal nach, ob er schon vom Essen zurück ist.«

»Wer denn?«

»Martin natürlich, das hab ich doch eben schon gesagt. Oder sind Sie plötzlich schwerhörig geworden?«

Während Martin voller Verlegenheit Monicas Aussage bestätigte, machte Morse ein Gesicht wie jemand, dem man ein faules Ei direkt unter die Nase hält. Sie hatten beide das Haus etwa um 13.10 Uhr verlassen. Nein, nicht zusammen, sie waren getrennt gefahren. Ja, zu Monicas Bungalow. Ja, ins Bett. (Ein stinkendes, ekelerregendes Ei.) Ja, und das war eigentlich alles. (*Alles,* sagt er. Der macht mir Spaß.)

»Wann sind Sie dort weg?«

»Ungefähr Viertel vor vier.«

»Und Sie sind nicht mehr ins Büro gegangen?«

»Nein, ich bin direkt nach Hause gefahren.«

»Wie nett für Ihre Frau.«

Martin schwieg.

»Lewis, gehen Sie zu Miss Height. Sie haben gehört, was Mr Martin sagt. Lassen Sie sich ihre Aussage geben.«

Morse sah Martin scharf an. »Sie sind ein geiler Typ, was?«

Martin schüttelte den Kopf. »Nein, das stimmt nicht, Inspector. Ich habe meine Frau nur mit Monica betrogen, mit sonst niemandem.«

»Verliebt in die Frau?«

»Ich weiß nicht. Die Geschichte hat …, ach, ich weiß nicht. Sie ist … Ach, ist ja jetzt egal.«

»Warum sind Sie so früh weggegangen?«

»Wegen Sally, das ist Monicas Tochter. Meist kommt sie um Viertel nach vier nach Hause.«

»Und Sie wollten nicht, dass sie dazukommt, wie Sie ihre Mutter bumsen, ja?«

Martin machte ein unglückliches Gesicht. »Sind Sie noch nie fremdgegangen, Inspector?«

Morse schüttelte den Kopf. »Nein, mein Junge. Ich musste nie treu sein.«

»Muss – muss es herauskommen?«

»Nicht unbedingt. Es sei denn …«

»Es sei denn?« Martin machte ängstliche Augen, und Morse hütete sich, ihn zu beruhigen.

»Diese Sally geht in Oxford zur Schule?«

»Ja. Oxford High School.«

»Bisschen peinlich bei den Prüfungen, was? Ich meine, wenn ihre Mutter …«

»Nein, nein, das verstehen Sie falsch, Inspector. Unser Verband hält in England gar keine Prüfungen ab.«

»Wer prüft in der Oxford High School?«

»Die zuständigen örtlichen Behörden, nehme ich an.«

»Aha.«

Als Martin weg war, rief Morse im Präsidium an und gab Constable Dickson seine Anweisungen. Er lächelte zufrieden vor sich hin, als Lewis zurückkam.

»Sie bestätigt, was Martin gesagt hat, Sir.«

»Soso, tut sie das?«

»Das sagen Sie so skeptisch.«

»Finden Sie?«

»Glauben Sie den beiden nicht?«

»Ich habe den Eindruck, Lewis, dass die beiden das Blaue vom Himmel runterschwindeln. Aber ich kann mich natürlich auch irren. Was, wie Sie wissen, gelegentlich vorkommt.« Er hatte jenen Ausdruck falscher Bescheidenheit aufgesetzt, den viele an dem Chief Inspector am wenigsten schätzten, und Lewis war fest entschlossen, sich durch seine verdrehte Logik nicht noch weiter provozieren zu lassen. Er jedenfalls glaubte den beiden, da konnte der große Morse brabbeln, was er wollte.

»Haben Sie nicht gehört, Lewis?«

»Wie meinten Sie, Sir?«

»Was ist denn bloß heute mit Ihnen los, Mann? Holen Sie mir Ogleby, habe ich gesagt. Wenn das nicht zu viel verlangt ist.«

Lewis knallte die Tür hinter sich zu.

Morse hatte bei der offiziellen Vorstellung am Vortag kaum ein halbes Dutzend Worte mit Ogleby gewechselt, er war ihm aber auf Anhieb sympathisch gewesen. Dieser Eindruck bestätigte sich, als Ogleby ihm übersichtliche und zuverlässige Informationen über die Arbeit des Verbandes lieferte.

»Wie ist es mit den Sicherheitsvorkehrungen?«, fragte Morse behutsam wie ein zaghafter Schlittschuhläufer, der das Eis testet.

»Das ist natürlich ein ständiges Problem. Da aber alle es gewissermaßen im Hinterkopf haben, löst es sich immer irgendwie von selbst – wenn Sie wissen, was ich meine.«

Morse nickte vor sich hin. »Ihr Geschäftsführer legt offenbar auf diesen Punkt ganz besonderen Wert.«

»Ja, so könnte man es wohl sagen.«

Morse warf ihm einen scharfen Blick zu. Hatte in Oglebys Antwort ein Hauch von Ironie – oder sogar Eifersucht – gelegen? »Kommt überhaupt kein Missbrauch vor?«

»Das würde ich nicht behaupten. Aber damit sind wir bei einer ganz anderen Frage. Sehen Sie, wenn ein Kandidat im Prüfungsraum schummelt – entweder, indem er Notizen hineinschmuggelt oder von einem Mitprüfling abschreibt –, müssen wir uns einfach darauf verlassen, dass die Aufsicht die Augen offen hält und uns Verdachtsmomente meldet.«

»Das kommt also vor?«

»Zwei-, dreimal im Jahr.«

»Was unternehmen Sie in solchen Fällen?«

»Wir disqualifizieren die betreffenden Prüflinge in allen Fächern.«

»Verstehe.« Morse versuchte es mit einem anderen Ansatzpunkt. »Sie verschicken die Prüfungsbögen vor der Prüfung, nicht?«

»Sonst könnten wir die Prüfung ja schlecht abhalten.«

Morse begriff, wie dämlich er sich ausgedrückt hatte, und fuhr schnell fort: »Nein, ich meine … Wenn einer der Lehrer mit jemandem unter einer Decke stecken würde …«

»Die Prüfungsbögen werden direkt an die Ministerien geschickt und dann an die Schulleiter, nie an einzelne Lehrer.«

»Gut, dann nehmen wir mal einen Schulleiter. Wenn er nun ein Gauner ist … Angenommen, er macht einen Packen Prüfungsbögen auf und zeigt sie seinen Schülern …«

»Da kann er sich auch gleich aufhängen.«

»Sie meinen, Sie würden das merken?«

Ogleby lächelte. »Aber ja. Unsere Prüfer und Benoter riechen so was drei Meilen gegen den Wind. Wir führen seit Jahren eine Statistik über die Prozentzahlen bestandener Prüfungen in allen Fächern, wir wissen, welchen Schülertyp wir prüfen, was für eine Schule es ist und dergleichen. Aber darum geht es im Grunde gar nicht. Wie alle Prüfungsverbände inspizieren auch wir regelmäßig unsere Schulen, nachdem sie bei uns aufgenommen worden sind. Ehe sie ihre Anerkennung bekommen, überzeugen wir uns davon, dass sie unseren hohen Anforderungen an Integrität und kompetenter Verwaltung genügen.«

»Die Schulen werden also regelmäßig inspiziert ...«

»Aber ja.«

»Ist das der Job, den Mr Bland in Al-jamara macht?«

Morse beobachtete Ogleby scharf, aber der gab ungerührt zurück: »Ja, unter anderem. Ihm untersteht dort die ganze Verwaltung.«

Morse beschloss, es einfach mal andersherum zu probieren, und balancierte vorsichtig wieder über die Eisfläche ans diesseitige Ufer.

»Wäre es für einen Außenstehenden, sagen wir, für jemanden vom Putzgeschwader, möglich, hier im Büro an die Aktenschränke zu kommen und sich bestimmte Unterlagen zu beschaffen?«

»Theoretisch ja. Wenn jemand die Schlüssel hätte und wüsste, wo er zu suchen hat, wenn er das komplizierte System der Curriculum-Nummerierung beherrscht, intelligent genug ist, um die vielen Berichtigungen und Druckhinweise zu verstehen. Dann müsste er natürlich das Zeug noch kopieren. Die Fahnen und Korrekturabzüge sind durchnummeriert, eine einzelne Seite könnte niemand unbemerkt mitgehen lassen.«

»Und was ist mit den Prüfern? Mal angenommen, sie geben einem ausgesprochenen Holzkopf eine gute Note?«

»Damit kämen sie nie durch. Die Noten werden alle noch einmal überprüft.«

»Wenn aber nun ein Prüfer alle Antworten gut benotet, auch wenn da ganz großer Quatsch steht ...«

»So ein Prüfer wäre schon längst geflogen. Die Prüfer selbst werden noch einmal von einem Team von Inspektoren begutachtet, die nach jeder Prüfung einen Bericht machen.«

»Aber die Inspektoren könnten …« Nein, Morse, Schluss damit. Er begriff allmählich, dass die ganze Geschichte weit komplizierter war, als er angenommen hatte.

Aber Ogleby führte den Satz für ihn zu Ende. »Ja, sicher. Wenn ganz oben ein schräger Vogel wäre, hätte er leichtes Spiel. Sehr leichtes Spiel sogar. Aber warum wollen Sie das eigentlich wissen?«

Morse überlegte einen Augenblick. »Wir suchen nach einem Motiv für den Mord an Quinn, Sir. Es gibt natürlich Hunderte von Möglichkeiten, aber ich überlegte mir eben, ob … ob er vielleicht auf irgendeine krumme Tour gestoßen war. Sie haben mir sehr geholfen.«

Ogleby stand auf, und auch Morse erhob sich. »Ich habe die anderen gefragt, was sie am letzten Freitagnachmittag gemacht haben, und diese Frage muss ich wohl auch Ihnen stellen. Wissen Sie es noch?«

»Kein Problem. Vormittags war ich bei der Oxford University Press, habe dort mit dem Leiter der Druckerei zu Mittag gegessen – ziemlich spät übrigens – und war gegen halb vier wieder hier.«

»Und den Rest des Nachmittags haben Sie hier im Büro verbracht?«

»Ja.«

»Bestimmt?«

Ogleby sah ihn ruhig an. »Ganz bestimmt.«

Morse zögerte. Sollte er den Stier bei den Hörnern nehmen oder sich noch einen Aufschub gönnen? »Das ist mir jetzt fast ein bisschen peinlich, Sir. Von – äh – anderer Seite hörte ich, am Freitagnachmittag sei niemand im Büro gewesen.«

»Dann muss Ihr Informant falsch unterrichtet sein.«

»Sie haben Ihr Büro nicht mal kurz verlassen? Sind vielleicht nach oben gegangen, zum Büroleiter oder so?«

»Das Haus habe ich jedenfalls nicht verlassen. Möglich, dass ich mal kurz oben war, aber ich glaube es eigentlich nicht. Und dann wären es höchstens ein paar Minuten gewesen.«

»Was würden Sie dann sagen, wenn jemand behauptete, zwischen Viertel nach vier und Viertel vor fünf am Freitagnachmittag sei niemand im Haus gewesen?«

»Ich würde sagen, dass dieser Jemand sich irrt, Inspector.«

»Aber wenn er auf seinem Standpunkt beharrt?«

»Dann hätte er gelogen.« Ogleby lächelte freundlich und machte sacht die Tür hinter sich zu.

Oder du hättest gelogen, dachte Morse, als er allein war. Und du weißt nicht, mein lieber Freund, dass es sogar zwei Jemande gibt, die sagen, dass du nicht im Haus warst. Und wenn das stimmt – wo, zum Teufel, warst du dann?

12

Der Polizeiwagen, weiß mit einem breiten hellblauen Querstreifen, stand am Gehsteig vor dem gepflegten Bungalow in Old Marston. Constable Dickson klopfte; eine flott gekleidete junge Frau öffnete.

»Miss Height?«

»Ja.«

»Ist Ihre Tochter zu Hause?«

Miss Height verzog das Gesicht zu einem unverkennbaren Teenagergrinsen. »Seien Sie nicht albern. Ich bin doch erst sechzehn.«

Dickson grinste einfältig und folgte der Einladung der jungen Dame, näher zu treten.

»Es ist wegen Mr Quinn, nicht? Unheimlich aufregend. Er hat im gleichen Büro wie Mummy gearbeitet.«

»Kennen Sie ihn persönlich, Miss?«

»Leider nein.«

»Er war nie hier?«

Sie kicherte. »Da müsste ihn Mummy höchstens einge-
schleust haben, wenn ich in der Schule gesessen und ge-
schuftet habe.«

»Aber das würde sie doch nicht tun, oder?«

Sie feixte. »Sie kennen Mummy nicht.«

»Warum sind Sie heute eigentlich nicht in der Schule?«

»Ich mach ein paar Fächer für die O-Levels noch mal. Im
Sommer hab ich nämlich nicht besonders abgeschnitten.«

»Welche Fächer sind das?«

»Humanbiologie, Französisch und Mathe. In Mathe ist
es ziemlich hoffnungslos. Heute haben wir die zweite Arbeit
geschrieben. Ein Hammer. Wollen Sie mal sehen?«

»Jetzt nicht, schönen Dank. Ich – äh – ich hab mir nur
überlegt, wieso Sie nicht in der Schule sind.«

»Außer zu den Arbeiten brauchen wir nicht hin. Toll,
nicht? Heut hab ich schon seit mittags frei.«

»Kommen Sie immer nach Hause? Wenn Sie schulfrei
haben, meine ich.«

»Ja, was sonst?«

»Dann pauken Sie wahrscheinlich?«

»Ja, manchmal. Aber meist setz ich mich vor den Fernseher. Kinderprogramm. Gar nicht so blöd. Manchmal hab
ich den Eindruck, dass ich noch kein bisschen erwachsen
bin.«

Dickson verzichtete wohlweislich auf eine Vertiefung
dieses Themas. »Sie waren also in der letzten Zeit meist zu
Hause?«

»Nachmittags jedenfalls.« Sie sah ihn harmlos an. »Morgen Nachmittag bin ich auch wieder da.«

Dickson hüstelte verlegen. Er hatte brav seine Hausaufgaben gemacht, wie Morse es ihm aufgetragen hatte. »Diese

Kinderfilme schau ich mir auch manchmal an. Neulich war einer über einen Hund. Am letzten Freitag, glaube ich.«

»Ja, den hab ich auch gesehen. Ich hab fast die ganze Zeit Rotz und Wasser geheult. Mussten Sie auch heulen?«

»War schon ganz schön rührselig, das stimmt. Aber jetzt will ich Sie nicht vom Pauken abhalten. Eigentlich wollte ich ja Ihre Mutter sprechen.«

»Aber haben Sie nicht vorhin gesagt, dass Sie mit mir sprechen wollten?«

»Das hab ich wohl durcheinandergebracht. Ich hab gedacht …« Er gab auf und erhob sich. Alles in allem, fand er, hatte er seine Sache gar nicht übel gemacht, und der Chief Inspector würde wohl mit ihm zufrieden sein.

Abends um sieben saß Morse allein in seinem Büro. Eine Neonleuchtröhre tauchte den Raum in ein hartes, unfreundliches Licht, und eine einzige gelbe Straßenlaterne auf dem Hof vor dem vorhanglosen Fenster vertiefte nur die Schwärze der Nacht. Manchmal – besonders in solchen Stunden – wünschte Morse sich ein Heim und eine Frau, die ihn abends erwarten würde. In solchen Stunden wirkte auch ein Mord besonders brutal und erschreckend. Dickson hatte über seinen Besuch bei Sally Height berichtet, und die Umrisse an den hintersten Wänden der dunklen Höhle nahmen allmählich feste Gestalt an. Monica hatte ihn belogen. Martin hatte ihn belogen. Es war mehr als wahrscheinlich, dass Ogleby ihn belogen hatte. Hatte auch Bartlett gelogen? Der kleine, runde Bartlett, unerschütterlich, präzis wie ein Metronom … Wenn er Nicholas Quinn ermordet hatte …

Eine halbe Stunde ließ er seine Gedanken frei rumspringen wie rammelige Kaninchen, dann trat er auf die Bremse. Er brauchte noch mehr Fakten. Und die Fakten lagen vor ihm – in der dunkelblauen Plastiktüte mit den Sachen, die sich in Quinns Taschen und in Quinns grünem

Anorak gefunden und die auf Lewis' Liste gestanden hatten. Morse räumte den Schreibtisch ab und machte sich an die Arbeit. Quinns Taschen hatten wenig Überraschendes oder Aufschlussreiches enthalten: eine Brieftasche, ein schmutziges Taschentuch, eine halbe Rolle Pfefferminzdrops, einen Taschenkalender (ohne eine einzige Eintragung), 43½ Pence, einen rosa Kamm, eine halbe Kinokarte, zwei schwarze Kugelschreiber, einen abgegriffenen Rabattmarkenstreifen und einen Bankauszug der Lloyds Bank (Filiale Summertown), der auf dem Girokonto ein Guthaben in Höhe von 114,40 Pfund auswies. Das wars. Morse legte die einzelnen Gegenstände übersichtlich vor sich hin, betrachtete sie minutenlang, dann nahm er sich einen Zettel und schrieb sie auf. Hm, sehr merkwürdig. Schon vor ein paar Minuten war ihm der Gedanke durch den Kopf gegangen … Dann griff er nach dem Anorak und holte aus der Seitentasche die nächste Kollektion: ein zweites schmutziges Taschentuch, Wagenschlüssel, ein schwarzes Schlüsseletui, zwei uralte Lotterielose, dreiundzwanzig Pence, einen leeren weißen Umschlag, an Quinn adressiert. Auf der Klappe stand mit Bleistift »Blech!«. Ein Fest für seine rammeligen Kaninchen, aber er beschloss, ihnen keine Chance zu geben. Auch diese Gegenstände listete er auf, dann lehnte er sich zurück. Ja, es war so, wie er gedacht hatte, aber um heute Abend noch einmal in das verlassene Haus in der Pinewood Close zu fahren, war es zu spät – und zu gruselig.

Nach der allgemeinen Übersicht machte sich Morse systematisch über die einzelnen Gegenstände her. Zuerst die Brieftasche: Führerschein, Mitgliedskarte des Automobilklubs, Scheckkarte von Lloyds Bank, altes Rezept für Otosporin, Gehaltszettel des Vormonats, blaue Anmeldekarte für die Poliklinik im Radcliffe, eine Fünf-Pfund-Note, drei Ein-Pfund-Noten, eine Antwortkarte des Verbandes für Auslandsprüfungen, auf der zwei Telefonnummern standen.

Morse wählte die erste. Monoton schlug das Freizeichen an sein Ohr. Er versuchte es mit der zweiten.

»Hier Monica Height.«

Morse legte rasch wieder auf, was ungehörig war – aber ihm schwante, dass Monica zurzeit keine große Freude an seinem Anruf hätte. Ebenso wenig, wie der Besuch von Constable Dickson sie freuen würde. Er musste sich wohl doch ein bisschen genauer auf die Beziehungen einlassen, die innerhalb der Geschäftsstelle gelaufen waren.

Als nächstes Fundstück nahm er sich die rechte Hälfte einer gelben Kinokarte vor. Am oberen Rand standen die Ziffern 102, darunter »Parkett links«, untereinander am rechten Rand die Zahlenreihe 93550. Die Rückseite war mit einem Pentagramm bedruckt. Um welches Kino es sich handelte, musste sich ja irgendwie feststellen lassen. Am besten sagte er Lewis … Aber dann war der Groschen schon gefallen. Was am oberen Rand stand, war gar keine Zahl. Zwischen der Null und der Zwei klaffte eine kaum wahrnehmbare Lücke, und der Name des Lichtspielhauses sprang Morse jetzt förmlich ins Gesicht. *Studio 2* in der Walton Street, er kannte das Kino. Morse hatte die *Oxford Mail* von gestern mit, die kurz über den Mord an Quinn berichtet hatte. Nach kurzem Blättern fand er die immer am Dienstag erscheinenden Besprechungen des Unterhaltungsangebots für die Oxforder Bevölkerung. Ja, da war es:

»Es ist durchaus einleuchtend, warum *Die Nymphomanin* in *Studio 2* um eine weitere Woche verlängert worden ist. Die *afficionados* kamen in Strömen, um die schwedische Sexnudel Inga Nielsson zu sehen, die bei jeder sich bietenden Gelegenheit pflichtschuldigst ihren Superbusen entblößt. Strömt nur weiter.«

Morse las die Kritik mit gemischten Gefühlen. Offenbar hatte sich der Rezensent noch nicht mit dem metrischen System anfreunden können und war ein *afficionado,* der Schwierigkeiten mit der Schreibweise dieses Wortes hatte. Aber Busenwunder Inga hörte sich durchaus vielversprechend an, fand Morse, und sicher nicht nur für ihn. Vielleicht auch für Leute, deren Chef am Freitagnachmittag nicht im Haus war? Er schlug die Nummer im Telefonbuch nach und ließ sich mit dem Geschäftsführer verbinden, der sich erstaunlicherweise als eine Geschäftsführerin entpuppte.

»Ja, Sir, wir können unsere Karten zurückverfolgen. Gelb, sagten Sie? Parkett hinten? Doch, dazu kann ich sicher etwas sagen. Die Karten sind blockweise durchnummeriert, wir notieren die Nummern bei der Ausgabe bei Beginn der Matinee und bei der Sechs-Uhr- und der Zehn-Uhr-Vorstellung. Dürfte ich um die Nummer bitten?«

Morse empfand eine seltsame Erregung, als er sie vorlas.

»Eine Minute, Sir.« Es wurden drei oder vier, und Morse spielte nervös mit den Telefonbuchseiten. »Sind Sie noch dran? Ganz recht, Freitag letzter Woche. Eine der ersten Karten, die wir verkauft haben. Einlass war um Viertel nach eins, die Vorstellung fing um halb zwei an. Die erste verkaufte Karte im Parkett hinten war Nummer 93 543, die Karte dürfte also in den ersten fünf bis zehn Minuten ausgegeben worden sein. Wenn wir aufmachen, stehen meist schon fünf bis sechs Besucher vor der Tür.«

»Das wissen Sie genau?«

»Ganz genau, Sir. Wenn Sie wollen, können Sie sich ja persönlich überzeugen.«

Der Stimme nach schien sie jung und hübsch zu sein.

»Vielleicht komme ich darauf zurück. Was läuft denn im Augenblick?«

Das klang hoffentlich harmlos genug.

»Ich glaube nicht, dass das so ganz Ihre Kragenweite ist, Inspector.«

»Kann man nie wissen, Miss.«

»Mrs. Fragen Sie nach mir, ich besorge Ihnen eine Freikarte.«

Geschenktem Gaul, dachte er ein wenig melancholisch, schaut man nicht ins Maul. Aber darum ging es eigentlich gar nicht. Er hatte nur Angst, gesehen zu werden. Wenn sie zum Beispiel gesagt hätte …

Aber dafür sagte sie jetzt etwas anderes, was Morse einen regelrechten Ruck gab. »Vielleicht interessiert es Sie, dass mir letzte Woche jemand schon eine ähnliche Frage gestellt hat, und –«

»Was?«, entfuhr es ihm ziemlich laut. Leiser setzte er hinzu: »Würden Sie das noch einmal wiederholen, bitte?«

»Ich sagte, dass jemand –«

»Wissen Sie noch, wann das war?«

»Da muss ich überlegen. Es kommt schließlich nicht allzu oft vor, dass –«

»War es am Freitag«, fragte Morse aufgeregt und voller Ungeduld.

»Ich weiß nicht, ich überlege noch. Es war ein Nachmittag, das weiß ich, denn ich hatte gerade an der Kasse ausgeholfen, als das Telefon ging, und ich habe selber abgehoben.«

»Am frühen Nachmittag?«

»Nein, bestimmt nicht. Moment. Es war … Augenblick mal …«

Morse hörte einen Wortwechsel im Hintergrund, dann wieder die Stimme der Geschäftsführerin. »Ich glaube, es war irgendwann am späten Nachmittag. So gegen fünf. Tut mir wirklich leid, dass ich nicht –«

»Und Sie meinen, es könnte am Freitag gewesen sein?«

»Ja. Oder Samstag. Ich kann einfach nicht –«

»War es ein Mann?«

»Ja. Er hatte eine angenehme Stimme. Gebildet … Sie wissen schon, was ich meine.«

»Was hat er gefragt?«

»Ein bisschen komisch war das schon. Er hat gesagt, dass er Krimis schreibt und ein paar Einzelheiten checken will.«

»Was für Einzelheiten?«

»Er wollte seinen Detektiv eine Kinokarte mit einer bestimmten Nummer finden lassen und hat gefragt, wie viele Stellen die Nummerierung hat.«

»Und das haben Sie ihm gesagt?«

»Nein. Ich hab gesagt, er kann vorbeikommen, wenn er will, aber die Sache war so ein bisschen … Heutzutage kann man ja nicht vorsichtig genug sein.«

Morse schnaufte heftig in den Hörer. »Verstehe. Ja, dann vielen Dank, es war sehr freundlich von Ihnen. Wie gesagt, ich glaube nicht, dass ich Sie noch einmal werde belästigen müssen.«

»Keine Ursache, Inspector.«

Morse legte auf und pfiff leise vor sich hin. Hatte jemand schon vor dem Dienstagvormittag Quinns Leiche und die Kinokarte gefunden? Lange vor dem Dienstagvormittag? Es konnte der Samstag gewesen sein, hatte die Geschäftsführerin gesagt. Der Freitag kam nicht infrage. Gegen fünf, hatte sie gesagt. Morse sah noch einmal in die *Oxford Mail.* Da stand es: *Die Nymphomanin.* 13.30–15.20. Am Freitag hatte sich Quinn bis zwanzig nach drei an Inga Nielssons üppigen Kurven geweidet, und es hätte wohl einiges dazugehört, ihn vor Ende des Films aus dem *Studio 2* zu locken. Es sei denn … Und endlich ging ihm ein Licht auf. Einiges sprach dafür, dass Quinn am Freitagnachmittag nicht allein im *Studio 2* gesessen hatte.

13

Als Morse am nächsten Nachmittag um zwei mit Lewis in der Pinewood Close stand und auf Mrs Jardine wartete, versuchte er – ohne viel Erfolg –, die Erinnerung an die quälenden Vormittagsstunden hinter einem gnädigen Schleier des Vergessens verschwinden zu lassen. Mr und Mrs Quinn waren mit dem Zug von Huddersfield gekommen und hatten trotz der Katastrophe, trotz Tränen und gebrochenen Herzen, eine stille, tapfere Würde gewahrt. Morse hatte Mr Quinn senior zur offiziellen Identifizierung seines Sohnes ins Leichenschauhaus begleitet und dann mit dem Ehepaar über eine Stunde in seinem Büro gesessen. Er hatte den beiden nicht viel sagen und außer konventionellen Beileidsbekundungen nichts bieten können. Als das unglückliche Paar in den Wagen stieg, der sie nach Oxford zurückbrachte, empfand er große Bewunderung, aber seine Erleichterung war womöglich noch größer. Das Gespräch hatte ihn sehr betroffen gemacht, und abgesehen von einer kurzen Information für einen Reporter der *Oxford Mail* war er nicht in der Stimmung gewesen, sich mit den ständig vervielfachenden Hinweisen zu den letzten Lebensstunden von Nicholas Quinn auseinanderzusetzen.

Zwei Arbeiter reparierten die Straßenlaterne vor Nummer 1, und Morse ging zu ihnen hinüber. »Wird wohl nicht lange dauern, bis sie wieder eingeschmissen wird, was?«

»Kann man nie wissen, Sir. Aber eigentlich haben wir hier in der Gegend wenig Vandalismus, stimmts, Jack?«

Aber Morse kam nicht mehr dazu, sich Jacks Meinung zu den Rowdys vor Ort anzuhören, denn jetzt fuhr Mrs Jardine vor. Sie gingen hinein und setzten sich auf eine halbe Stunde ins Vorderzimmer. Mrs Jardine erzählte ihnen, was sie von ihrem verstorbenen Mieter wusste. Dass er Mitte August zu ihr gekommen war; dass sie kurz mit Bartlett über ihn gesprochen hatte (den Quinn als Referenz genannt hatte); dass er sehr adrett gewesen sei und seine Miete immer pünktlich bezahlt habe; wie er seine Wochenenden zu verbringen pflegte. Bereitwillig und nach bestem Wissen und Gewissen beantwortete sie die Fragen, die Morse ihr stellte, aber er erfuhr nichts Neues von ihr. Quinn war offenbar der ideale Mieter gewesen. Still, gesittet, ohne Plattenspieler. Freundinnen? Nicht, dass ich wüsste, sagte Mrs Jardine. Verhindern kann man so was natürlich nicht, aber es ist mir lieber, wenn meine Mieter … nun ja, sich benehmen. Die Mieter im ersten Stock? Ja, die hatten sich wohl recht gut mit Mr Quinn verstanden. Genau wusste man das natürlich nie. Bloß gut, dass Mrs Greenaway am Dienstag nicht im Haus gewesen war. Man konnte doch nie wissen, bei so einem Schock … So hatte eben doch alles noch sein Gutes.

Es war wieder ein kühler Nachmittag, und Morse stand auf, um den Gasofen einzuschalten. Er drehte den Automatikschalter bis zum Anschlag, aber es tat sich nichts.

»Da nützen nur Streichhölzer, Inspector, diese Dinger funktionieren nie so, wie sie sollen. Was einem die Hersteller alles zumuten …«

Morse riss ein Streichholz an, und eine orangefarbene Flamme züngelte hoch.

»Berechnen Sie Gas und Strom extra?«

»Nein, das ist in der Miete mit drin«, gab Mrs Jardine zurück, beeilte sich aber hinzuzufügen, als wolle sie vermeiden, in den Geruch übertriebener Großzügigkeit zu kommen, dass die Mieter natürlich das Telefon gemeinsam bezahlen müssten.

Morse sah sie ein wenig ratlos an. »Das verstehe ich nicht ganz.«

»Sie haben einen Gemeinschaftsanschluss. Ein Apparat

steht oben im Schlafzimmer der Greenaways, einer hier im Zimmer.«

»Ach so«, sagte Morse leise.

Als die Hauswirtin gegangen war, gingen die beiden Beamten in das Zimmer, in dem man Quinn gefunden hatte. Die Vorhänge waren jetzt zurückgezogen, aber es war noch genauso düster wie bei ihrem ersten Besuch und entschieden kälter. Morse bückte sich und betätigte den Schalter, aber er bemühte sich vergebens.

»Wahrscheinlich sind keine Batterien drin, Sir.« Lewis machte eine seitliche Klappe auf und förderte zwei dicke Batterien zutage, die mit einer schmierig schimmeligen Ablagerung bedeckt waren.

Am Donnerstagvormittag durfte Joyce Greenaway die Intensivstation des John Radcliffe Hospital verlassen. Als eine frühere Schulfreundin sie um halb drei besuchte, lag sie in einem freundlichen Zimmer zwei Stock tiefer, zusammen mit drei Müttern, die auch kürzlich entbunden hatten. Das Gespräch drehte sich ausschließlich um Babys, und Joyce war bester Stimmung. In ein paar Tagen würde sie entlassen werden, und sie spürte, wie sich tief in ihr eine seltsam befriedigende Aufwallung mütterlicher Gefühle regte. Sie liebte ihren süßen kleinen Jungen. Inzwischen stand fest, dass alles mit ihm in Ordnung war. Noch offen war die Namensfrage. Frank hatte zu erkennen gegeben, dass ihm der Name Nicholas nicht gefiel, und Joyce hatte ihm die Entscheidung überlassen. Sie selbst war auch nicht so begeistert von dem Namen, es war eigentlich recht unverfroren, dass sie ihn überhaupt ins Spiel gebracht hatte. Sie hatte einfach mal sehen wollen, ob Frank etwas ahnte, was offenbar nicht der Fall war. Und eigentlich war ja auch alles ganz harmlos gewesen.

Angefangen hatte es kurz nach Nicholas Quinns Einzug Anfang September. Ständig war ihm etwas ausgegangen, mal

die Streichhölzer, mal der Zucker, mal die Milch. Und er war
so dankbar gewesen und so aufmerksam – wo sie doch schon
im sechsten Monat war. Und dann, an einem Samstagvor-
mittag, hatte sie plötzlich keine Milch mehr, Frank musste
wieder mal seine ewig lange Schicht schieben, und sie war in
Nachthemd und Morgenrock zu ihm heruntergegangen. Sie
hatten lange in der Küche zusammengesessen und Kaffee getrunken, und sie hatte sich danach gesehnt, dass er sie küsste.
Was er dann auch getan hatte – neben ihr stehend, die Hände
auf ihren Schultern. Dann hatte er behutsam ihren Morgenrock aufgemacht, die rechte Hand tief in ihr Nachthemd geschoben und zärtlich ihre kleinen, festen Brüste gestreichelt.
Danach war es noch dreimal passiert, und sie empfand eine
tiefe Zärtlichkeit für ihn, denn er forderte sonst nichts von
ihrem Körper, strich nur mit sanften Fingerspitzen über ihre
Beine und ihren gewölbten Leib. Und nur dieses eine Mal
hatte sie mehr getan, als sich passiv zurückzulehnen und sich
dem köstlichen Schauer seiner Berührung zu überlassen. Nur
dieses eine Mal hatten ihre ausgestreckten Finger ihn scheu
und leicht gestreichelt. Nur ganz leicht, wirklich. Und sie
hatte eine tiefe innere Freude empfunden, als er seinen Kopf
an ihre Schulter legte, und was sie ihm damals zugeflüstert
hatte, darum kreisten jetzt ihre schuldbewussten Gedanken.
Aber Frank würde es nie erfahren, und sie nahm sich vor,
dass sie niemals, wirklich nie …

Um vier wachte sie von Geschirrklappern auf, und eine
Viertelstunde danach kam der Wagen mit Zeitungen und
Zeitschriften vorbei. Sie kaufte die *Oxford Mail*.

Morse kam ein paar Minuten früher als verabredet, aber der
Präsident des Verbandes erwartete ihn in seinem eichenge-
täfelten Büro. Sie sprachen unverbindlich über dies und
das, bis fünf nach vier ein Diener klopfte und ein Tablett
hereinbrachte.

»Ich dachte mir, wir trinken einen Darjeeling zusammen, wenn es Ihnen recht ist.« Die Stimme war vollmundig und weltgewandt, wie ihr Besitzer.

»Sehr schön«, sagte Morse, der mit »einem Darjeeling« nichts anfangen konnte.

Der weiß bekittelte Diener schenkte das dunkelbraune Gebräu in feinste Porzellantassen mit dem Wappen vom Lonsdale College. »Milch, Sir?«

Morse betrachtete die Szene distanziert und leicht belustigt. Der Präsident nahm offenbar immer eine Scheibe Zitrone und einen halben Teelöffel Zucker, den der Diener fast auf das Gran genau abmaß und feierlich verrührte. Vermutlich ließ sich der alte Knabe von seinem Diener auch noch die Schnürsenkel binden. Wolkenkuckucksheim. Morse nahm einen Schluck Tee. Er sah, dass der Präsident verständnisinnig lächelte.

»Nicht so ganz Ihr Stil, wie? Kann ich Ihnen nicht verdenken. Er ist jetzt fast dreißig Jahre bei mir und ist fast … Aber entschuldigen Sie bitte, beinahe hätte ich vergessen … Sie kommen wegen Quinn. Was wollen Sie wissen?«

Der Präsident schien ein sensibler, hochgebildeter Mann zu sein. In einem Jahr, mit fünfundsechzig, würde er sich zur Ruhe setzen.

Dass der Mord an Quinn nun seine lange, verdienstvolle Tätigkeit für den Verband beschattete, machte ihm sichtlich Kummer. Morse fand diese Einstellung etwas egoistisch.

»Würden Sie sagen, dass in der Geschäftsstelle ein gutes Arbeitsklima herrscht, Sir?«

»Ja, und ich glaube, das würde Ihnen jeder bestätigen.«

»Kein Streit? Keine persönlichen Animositäten?«

Der Präsident wirkte leicht verlegen, offenbar hatte er da doch gewisse Vorbehalte. »Nun ja, gewisse – äh – Schwierigkeiten gibt es immer, die hat man in allen – äh …«

»Was für Schwierigkeiten?«

»Nun ja, im Grunde geht es wohl immer um – sagen wir, um Reibungen zwischen der älteren Generation, meiner Generation, und einigen der jüngeren Mitarbeiter. Das gibt es immer. Auch schon, als ich so alt war wie Sie.«

»Die Jüngeren haben ihre eigenen Vorstellungen?«

»Ja, und das ist auch gut so.«

»Denken Sie an einen bestimmten Vorfall?«

Wieder zögerte der Präsident. »Sie kennen das bestimmt so gut wie ich. Da geraten sich zwei ein bisschen in die Wolle …«

»Hat es etwas mit Mr Quinn zu tun?«

»Ganz ehrlich gesagt, Chief Inspector – ich glaube es nicht. Einer dieser Vorfälle ereignete sich vor seiner Einstellung, genau genommen während des Berufungsverfahrens.« Er berichtete kurz über die Auseinandersetzung im Berufungsausschuss.

»Das heißt, dass Bartlett Quinn eigentlich nicht hat einstellen wollen?«

Der Präsident schüttelte den Kopf. »Sie missverstehen mich. Der Geschäftsführer war ganz zufrieden mit ihm. Nur er persönlich hätte einen der anderen Kandidaten vorgezogen.«

»Und wie standen Sie dazu?«

»Ich – äh – war auf Bartletts Seite.«

»Dann hat Roope ihn durchgedrückt?«

»Nein, nein, auch diese Formulierung wäre missverständlich. Quinn wurde nicht von Roope, sondern von dem ganzen Ausschuss bestellt.«

»Ich bitte Sie jetzt um eine offene Antwort, Sir. Haben Sie den Eindruck, dass sich Bartlett und Roope nicht gerade in herzlicher Freundschaft zugetan sind?«

»Schmeckt Ihnen der Tee nicht, Inspector? Sie haben ja noch kaum etwas getrunken.«

»Wollen Sie meine Frage nicht beantworten?«

»Es wäre wohl fairer, wenn Sie die Betroffenen danach fragen würden.«

Morse nickte und schluckte das lauwarme Gebräu. »Gibt es Reibungen zwischen den Hauptamtlichen?«

»Bei den Akademikern, meinen Sie? Kaum.«

»Das klingt ein bisschen skeptisch.«

Der Präsident trank langsam seinen Tee, und Morse beschloss, seinem Glück etwas nachzuhelfen.

»Wie ist es zum Beispiel mit Miss Height?«

»Eine reizende Frau.«

»Sie meinen, man könnte es den anderen gar nicht verdenken, wenn …«

»Falls da irgendetwas – äh – gespielt wird, kann ich nur sagen, dass ich davon nichts weiß.«

»Auch nicht gerüchteweise?«

»Kein vernünftiger Mensch gibt etwas auf Gerüchte.«

»Ach nein?«

Aber der Präsident ließ sich nicht provozieren, und Morse schlug erneut einen Haken. »Ist Bartlett eigentlich beliebt?«

Der Präsident sah Morse scharf an und schenkte Tee nach. »Wie meinen Sie das?«

»Ich überlege nur, ob einer seiner akademischen Mitarbeiter vielleicht Grund hatte … na ja, Sie wissen schon …« Morse wusste selbst nicht recht, was er meinte, aber offenbar hatte er aus seinem Gegenüber eine Reaktion herausgekitzelt.

»Sie denken wohl an Ogleby?«

Morse nickte weise und bemühte sich, Allwissenheit zu verströmen. »Ganz recht, ich dachte an Mr Ogleby.«

»Aber das ist doch eine alte Geschichte. Damals habe ich tatsächlich Ogleby für geeigneter gehalten und auch für ihn gestimmt. Aber im Rückblick meine ich, dass wir mit Bartlett besser gefahren sind, und wir haben es alle begrüßt, dass Ogleby sich bereit erklärt hat, den Posten des stellvertretenden Geschäftsführers zu übernehmen. Ein sehr fähiger Mann. Hätte er nur gewollt, dann hätte er bestimmt ...« Während der Präsident sich jetzt keinen Zwang mehr antat, schweiften Morse' Gedanken ab. Bartlett und Ogleby hatten sich demnach beide um die Geschäftsführung beworben, und Ogleby war unterlegen. Vielleicht hatte die Kränkung sich bei ihm festgesetzt, so was sollte es geben. Aber was um alles in der Welt konnte das mit dem Mord an Quinn zu tun haben? Gewiss, wenn Bartlett umgebracht worden wäre, meinetwegen auch noch Ogleby. Aber so ...

Der Präsident sah Morse nach, der rasch über den Hof ging. Er wusste, dass er die letzten zehn Minuten tauben Ohren gepredigt hatte, und konnte sich beim besten Willen den Ausdruck stiller Selbstzufriedenheit nicht erklären, der unvermittelt auf dem Gesicht des Chief Inspector erschienen war.

Lewis leerte seine Teetasse und wollte gerade die Polizeikantine verlassen, als Dickson hereinkam.

»Wie ich sehe, sind sie an die Öffentlichkeit gegangen. Hat der Alte sich festgefahren?«

Er reichte Lewis die *Oxford Mail* und deutete auf einen Absatz am unteren Ende der ersten Seite.

MORDERMITTLUNG

Im Zuge der Ermittlungen im Mordfall N. Quinn, Pinewood Close 1, Kidlington, der dort am Dienstagvormittag von einem Kollegen des Verbandes für Auslandsprüfungen tot aufgefunden wurde, bittet die Polizei um die Meldung von Zeugen, die Quinn am Freitag, dem 21. November, oder am Samstag, dem 22. November, gesehen haben. Chief Inspector Morse, der die Ermittlungen leitet, erklärte heute: Ein diesbezüglicher Hinweis könne von entscheidender Bedeutung für die Festsetzung der Todeszeit sein. Die Leichenschau findet am Montag statt.

Lewis besah sich das Foto neben der Meldung und gab dann Dickson die Zeitung zurück. In seiner Tasche steckte das Original, das die Quinns auf Bitte von Morse aus Huddersfield mitgebracht hatten. Manchmal nahm Morse durchaus die Dreckarbeit auf sich, das musste man ihm lassen. Im Vergleich damit war der Auftrag, mit dem er, Lewis, betraut war, das reinste Kinderspiel.

Der junge Filialleiter war schnell gefunden und gab bereitwillig Auskunft über die vielfältigen Informationen, die in dem von Lewis mitgebrachten Kassenzettel steckten. Oben das Datum, rechts der Kundencode, darunter die gekauften Waren, nach Abteilungen aufgeschlüsselt und mit römischen Ziffern von I bis IV gekennzeichnet. Unten die Nummer der Kasse. Der »Kundenfluss« war – mit hohen Umsätzen den ganzen Tag über – freitags ziemlich konstant, wie Lewis erfuhr. Die aufgeführten Posten waren mit ziemlicher Sicherheit (obgleich der Filialleiter sich hier nicht festlegen mochte) am späten Nachmittag oder frühen Abend gekauft worden. Wenn er eine Vermutung äußern sollte, zwischen fünf und halb sieben. Leider fiel der kleinen Dicken mit dem Watschelgang von Kasse 3 nichts dazu ein. Nicht einmal der Hauch einer Erinnerung streifte sie, als ihr das Foto gezeigt wurde. Schließlich musste sie ja die Waren im Auge behalten, ein Blick auf die Kunden war da selten drin. Da konnte man nichts machen.

Lewis bedankte sich bei dem Filialleiter des *Quality*-Supermarktes in Kidlington und zog ab. Morse würde vielleicht nicht begeistert sein, aber alle Hinweise deuteten ganz klar in eine Richtung.

»Aber warum hast du es mir denn nicht gesagt? Es muss dir doch klar gewesen sein ...«

»Komm, Joyce, du weißt ganz genau, warum. Es hätte dich aufgeregt, und wir –«

»Es hätte mich lange nicht so aufgeregt wie jetzt, wo ichs in der Zeitung gelesen habe.«

Er schüttelte bekümmert den Kopf. »Und ich hab gedacht, es ist am besten so, Schatz. Aber so gehts einem manchmal – wie mans macht, ist es falsch.«

»Ich versteh schon.« Aber natürlich hatte *er* nichts verstanden. Wie sollte er auch.

»Wie gesagt, du brauchst dich um gar nichts zu kümmern. Wenns dir wieder besser geht, können wir alles in Ruhe besprechen. In ein paar Wochen hat sich der Wirbel gelegt, und jetzt haben wir ja erst mal ein Dach über dem Kopf.«

Der Ärmste, er hatte das alles in die falsche Kehle gekriegt. Joyce hatte bisher noch keinen Gedanken an die Frage verschwendet, ob sie die Wohnung in der Pinewood Close behalten sollten oder nicht. Im Augenblick drückte sie eine viel größere Sorge, aber davon würde sie ihm nichts sagen. Noch nicht, jedenfalls.

14

Christopher Roope war sofort zu einem Treffen mit Morse bereit gewesen. Am Freitag, kurz nach zwölf, im *Black Dog* in St. Aldates, gegenüber dem großen Portal von Christ Church. Es könne ein paar Minuten später werden, hatte Roope vorsorglich gesagt, er habe bis zwölf ein Tutorium. Aber Morse hatte ein Bier vor sich stehen und konnte warten. Er war sehr gespannt auf die Begegnung mit dem jungen Chemiker, denn falls ein Außenstehender bei dem Mord an Quinn seine Hand im Spiel gehabt hatte, war in seinen Augen Roope der wahrscheinlichste Kandidat. Er hatte schon etliche interessante Fakten über ihn gesammelt. Erstens wusste er jetzt, dass Roope einige Zeit für eine Ölfirma am Golf gearbeitet hatte und daher durchaus Kontakte zu einflussreichen Leuten gehabt haben konnte. Denn irgendwann musste es zu einem Geschäft gekommen sein, in dessen Verlauf (wenn auch später) Bland in Oxford veranlasst worden war, auf schändliche, aber äußerst lukrative Art und Weise das Vertrauen der Öffentlichkeit zu täuschen. Zweitens war Roope Chemiker, und Quinns Mörder besaß beträchtliches Fachwissen, was die tödlich wirkende Dosierung von Zyankali betraf. Drittens war es Roope gewesen, der am vergangenen Freitag zu einer sehr entscheidenden Zeit – nach Noakes' Aussage etwa um halb fünf – plötzlich in den Räumen der Geschäftsstelle aufgetaucht war; es war Roope gewesen, der in die Zimmer aller akademischen Mitarbeiter gesehen hatte. Was hatte er dort zu suchen gehabt? Und was hatte er getrieben, nachdem Noakes nach oben gegangen war, um seinen Tee zu trinken? Viertens war da die seltsame Animosität zwischen Roope und Bartlett, und Morse hatte den Eindruck, dass dahinter mehr steckte als nur der Streit um Quinns Einstellung. Immerhin war es interessant, dass es bei dem Streit ausgerechnet um Quinn gegangen war. Und das passte gut zu dem fünften Punkt, den Morse am Vormittag durch geduldige Grabungsarbeiten in der Hochschulregistratur zutage gefördert hatte – dass nämlich Roope auf eine Privatschule in Bradford gegangen war, in ebenjener Stadt, in der Quinn – erst als Schüler, dann als Lehrer – fast sein ganzes kurzes Leben verbracht hatte. Hatten die beiden sich schon vor Quinns Anstellung bei dem Verband für Auslandsprüfungen gekannt? Und warum hatte Roope so viel daran gelegen, Quinn zu dem Posten zu verhelfen? Quinn war einunddreißig gewesen, Roope war dreißig, und wenn sie befreundet gewesen waren ... Aber wo blieb da die Logik? Man bringt doch nicht seine Freunde um. Es sei denn ...

Ein Trio vergnügter, langhaariger, bärtiger Studenten in T-Shirts und Jeans betrat den Pub. Wie sich die Zeiten ändern, dachte Morse. Er selbst hatte Halstuch oder Krawatte getragen – und manchmal einen Blazer. Aber das war lange her. Er leerte sein Glas und sah auf die Uhr.

»Chief Inspector Morse?« Es war einer der drei Bärtigen. Offenbar, überlegte Morse, bin ich noch weit rückständiger, als ich dachte.

»Mr Roope?«

Der junge Mann nickte. »Darf ich Ihnen noch was zu trinken holen?«

»Lassen Sie mich …«

»Nein, nein, meine Runde. Was trinken Sie?«

Bei einem frischen Bier berichtete ein etwas verunsicherter Morse über den bisherigen Stand der Ermittlungen, soweit er das für klug hielt, und unterstrich, wie wichtig es sei, die Tatzeit genau festzulegen. Als Roopes Besuch in der Geschäftsstelle am vergangenen Freitag zur Sprache kam, vermerkte Morse angenehm überrascht, wie präzise und – wenn man Noakes glauben durfte – wie zutreffend Roope schilderte, was sich dort im Haus abgespielt hatte. Alles in allem bestätigten sich Roope und Noakes wechselseitig in ihren Aussagen. Nur in einigen Punkten erwies sich Roopes Gedächtnis als nicht ganz zuverlässig, und an diesen Stellen hakte Morse sofort nach.

»Sie sagen, auf Quinns Schreibtisch habe ein Zettel gelegen?«

»Ja, der Hausmeister müsste ihn auch gesehen haben. Wir haben beide –«

»Aber was draufstand, wissen Sie nicht mehr genau?«

Roope schwieg ein paar Sekunden. »Nein. So etwa in dem Sinn wie ›Komme gleich wieder‹ …«

»Und Quinns Anorak lag auf einem der Sessel?«

»Ja, er hing über der Lehne des Sessels, der hinter seinem Schreibtisch stand.«

»Ob er nass war, ist Ihnen nicht aufgefallen?«

Roope schüttelte den Kopf.

»Und die Schränke standen offen, sagen Sie?«

»Einer bestimmt. Der Hausmeister hat ihn zugemacht und abgeschlossen.«

»Offen stehende Schränke dürften unter Bartlett doch wohl eine Seltenheit sein, wie?«

Roope feixte entwaffnend. »Ein alter Gauner, dieser Bartlett. Bei dem müssen sie alle spuren.« Er zündete sich eine Zigarette an und legte das abgebrannte Streichholz mit der linken Hand ordentlich in die Schachtel zurück.

»Wie kommen Sie denn mit ihm zurecht?«

Roope lachte laut auf. »Ich? Wir sind nicht auf einer Wellenlänge. Sie haben wohl gehört –«

»Nach dem, was man sich so erzählt, sind Sie nicht gerade Busenfreunde.«

»Ganz so würde ich es nicht ausdrücken. Sie dürfen nicht alles glauben, was geredet wird.«

Morse ließ die Frage auf sich beruhen. »Mr Ogleby war nicht in seinem Zimmer, sagen Sie?«

»Jedenfalls nicht, während ich im Haus war.«

Morse nickte. Das klang glaubhaft. »Wie lange waren Sie im Haus, Sir?«

»Eine Viertelstunde, schätze ich. Ob Ogleby oder einer der anderen da war, kann ich nicht sagen, aber dann hätte ich sie eigentlich sehen müssen.«

Morse nickte wieder. »Ganz recht, Sir. Ich glaube auch nicht, dass jemand im Haus war.« Seine Gedanken schweiften ab. Sekundenlang wandte ihm eine der Silhouetten auf der Höhlenwand ihr Profil zu, ein Profil, das Morse deutlich zu erkennen glaubte.

Roope unterbrach seinen Gedankengang. »Wenn ich Ihnen sonst noch was sagen …«

Morse leerte sein Glas und bat Roope, ihm zu berichten, was er am vergangenen Freitag gemacht hatte. Roope gab bereitwillig Auskunft. Er hatte den Acht-Uhr-fünf-Zug nach London genommen, der um 9.10 Uhr in Paddington ankam, und war mit der Untergrundbahn zum Mansion House gefahren. Mit seinem Verleger hatte er sich zu einer Besprechung über die Fahnenabzüge für ein Werk über industrielle Chemie zusammengesetzt, war dort gegen 10.45 Uhr weggegangen, hatte irgendwo am Strand einen Geflügelsalat gegessen, etwa eine Stunde in der National Portrait Gallery am Trafalgar Square verbracht und war dann wieder nach Paddington gefahren, wo er um 15.05 Uhr einen Zug nach Oxford bestiegen hatte.

Morse hatte plötzlich das Gefühl, dass Roopes Aussage irgendwie und irgendwo nicht der Wahrheit entsprach – ein Gefühl, das er sich selbst nicht recht erklären konnte. Es klang alles zu glatt, zu geläufig. Vieles stimmte zweifellos (der Besuch bei seinem Verleger zum Beispiel). Auch dass er nach London gefahren war, mochte stimmen. Aber wann genau war er zurückgekommen? Er habe gegen 10.45 Uhr den Verlag verlassen, hatte Roope gesagt. Wenn er mit dem Taxi zur Paddington Station … ja, natürlich, Roope hätte ohne Mühe noch vor dem Mittagessen wieder in Oxford sein können. »Ich frage nur interessehalber, Sir«, sagte Morse milde. »Könnten Sie das alles auch beweisen?«

Roope sah ihn scharf an. »Das glaube ich kaum.«

»Sie haben in London keine Bekannten getroffen?«

»Ich sage doch, ich war –«

»Ja, gewiss. Später, meine ich.«

»Nein.« Das kam kurz und knapp, und Morse überlegte, dass Roopes schlanke Figur und sein ziemlich manieriertes Gebaren täuschen mochten und er möglicherweise körperlich und geistig bedeutend robuster war, als er aussah. Sicher war, dass er Zweifel an seinen Worten schlecht vertragen konnte. Hatte er vielleicht deshalb mit Bartlett …

»Gut, lassen wir das einstweilen. Eine andere Frage. Kannten Sie Quinn schon vor seiner Einstellung?«

»Nein.«

»Sie kommen aber aus seiner Gegend, nicht?«

»Im Klartext: Ich habe keinen Oxford-Akzent.«

»Ich tippe auf Yorkshire.«

»Sie haben offenbar Ihre Hausaufgaben gemacht.«

»Dafür werde ich bezahlt.«

»Ich bin aus Bradford – und von da stammte auch Quinn. Aber um es ganz deutlich zu sagen: Ich hatte ihn noch nie gesehen, ehe er zum Vorstellungsgespräch kam. Glauben Sie mir das?«

»Ich glaube Ihnen alles, was Sie sagen, Sir. Warum auch nicht?«

»Sie müssten ein Idiot sein, wenn Sie alles glauben würden, was die Leute Ihnen so erzählen.« Die Feindseligkeit in seiner Stimme war jetzt kaum noch verhüllt, und Morse fand allmählich Spaß an der Sache.

»Man kann mir alles Mögliche nachsagen«, meinte er ganz freundlich, »aber ein Idiot bin ich nicht.«

Roope schwieg, und Morse fuhr fort: »Haben Sie ein Auto?«

»Nein, ich hatte mal eins, aber ich wohne gleich hier in der Woodstock Road …«

»Das sind Junggesellenwohnungen, nicht?«

Roope lächelte unerwartet. »Warum fragen Sie mich nicht zur Abwechslung mal Sachen, die Sie noch nicht wissen, Inspector?«

Morse zuckte die Schultern. »Na schön. Hat es geregnet, als Sie aus London zurückkamen?«

»Ja, es war der reinste Wolkenbruch. Ich …« Plötzlich ging ihm ein Licht auf. »Jawohl, ich habe mir zur Geschäftsstelle ein Taxi genommen, das müsste sich eigentlich irgendwie beweisen lassen.«

»Erinnern Sie sich an den Fahrer?«

»Nein, aber ich glaube, ich weiß noch, welches Taxiunternehmen es war.«

Damit hatte Roope natürlich recht, das festzustellen, konnte nicht allzu schwierig sein. »Wir können es ja mal versuchen.«

»Warum nicht?« Roope stand auf und griff nach seinen Büchern. »Wie heißt es so schön? Was du heute kannst besorgen, das verschiebe nicht auf morgen.«

Als sie die Carfax hinaufgingen und dann nach links in die Queen Street einbogen, hatte Morse das Gefühl, dass er einen falschen Weg eingeschlagen hatte. Vor der Taxischlange am Bahnhof blieben sie stehen. »Am besten überlassen Sie das mir«, sagte er, »ich habe da meine Erfahrungen.«

»Wenn Sie nichts dagegen haben, würde ich es gern selber machen.«

Morse blieb unter dem Wartesaal-Schild stehen und kam sich ausgesprochen überflüssig vor.

Fünf Minuten später war Roope wieder da. Er wirkte niedergeschlagen. Es war lange nicht so einfach, wie er es sich vorgestellt hatte, er würde es aber trotzdem gern weiter allein versuchen. Morse hatte nichts dagegen. Wenn dem jungen Mann so viel daran lag, sich zu rechtfertigen … »Noch ein Bier?« Sie gingen zur Sperre.

»Wir wollen nur ein Bier trinken«, erläuterte Morse.

»Da brauchen Sie aber Bahnsteigkarten, Sir.«

»So ein Quatsch.« Er wandte sich an Roope. »Gehen wir zum *Royal Oxford* rüber.«

»Moment mal.« Roope machte wieder ein ganz vergnügtes Gesicht. Er drehte sich um und tippte dem Bahnsteigschaffner auf die Schulter.

»Erinnern Sie sich an mich?«

»N… Nein.«

»Hatten Sie am Freitagnachmittag Dienst?«

»Nein.« Das klang sehr endgültig.

»Wissen Sie, wer an dem Tag Dienst gemacht hat?«

»Da müssen Sie im Büro fragen.«

»Wo ist das?«

Der Mann machte eine unbestimmte Bewegung. »Hat jetzt aber keinen Zweck. Mittagspause.«

Es war offenbar nicht Roopes Glückstag. Morse legte ihm mitfühlend die Hand auf die Schulter. »Zwei Bahnsteigkarten, bitte«, sagte er zu dem Mann an der Sperre.

Eine halbe Stunde später war Roope seiner Wege gegangen, und Morse saß noch immer im Wartesaal und grübelte vor sich hin. Die beiden Teenager, die ihm an dem schmalen Tisch gegenübersaßen, fanden, dass er keine Miene verzog. Wären sie nicht ganz so intensiv miteinander beschäftigt gewesen, hätten sie vielleicht bemerkt, dass sich der Hauch eines zufriedenen Lächelns in seinen Mundwinkeln zu verstecken trachtete. Er regte sich nicht, die grauen Augen waren starr in eine blaue Ferne gerichtet, indes die rastlosen Gedankenvögel in seinem Hirn herumflatterten. Bis der Zug aus London in den Bahnhof rauschte und den Bann brach.

Die beiden jungen Leute standen auf, tauschten einen kurzen, aber leidenschaftlichen Kuss und nahmen zärtlich Abschied voneinander.

»Ich komm nicht mit auf den Bahnsteig«, sagte er. »Das macht mich immer ganz traurig.«

»Ist schon gut, geh ruhig. Bis Samstag.«

»Na klar.«

Das Mädchen stöckelte mit ihren hochhackigen Stiefeln zu der Tür, die zum Gleis 1 führte, der junge Mann sah ihr nach und suchte nach seiner Bahnsteigkarte.

»Und vergiss nicht, diesmal bring *ich* was zu trinken mit«, sagte sie, sie flüsterte es fast, aber der junge Mann hatte verstanden und nickte. Dann war sie weg, und Morse merkte, wie es ihm kalt den Rücken herunterlief. Das war die Erinnerung, die sich ihm die ganze Zeit versagt hatte. Plötzlich war alles wieder da. Es war während seines Studiums gewesen, er hatte die kokette kleine Krankenschwester auf sein Zimmer in der Iffley Road eingeladen, und sie hatte unbedingt eine Flasche mitbringen wollen, weil ihr Vater ein Pub hatte, und hatte ihn gefragt, was er am liebsten trank. Scotch, hatte er gesagt. Ich auch, hatte sie gemeint, aber eigentlich nicht so sehr wegen des Geschmacks, sondern weil ihr dann so schön sexy wurde. Ach ja …

Morse schaltete die fernen, magischen Erinnerungen ab. Die Silhouette begann wieder zu verschwimmen, aber an der Wand der dunklen Höhle erschienen jetzt andere Gestalten, die sich zu einer folgerichtigen Gruppierung zusammenfanden. Morse gab seine Bahnsteigkarte ab und trat in den sonnigen Nachmittag hinaus. Fester denn je war er davon überzeugt, dass an dem bewussten Freitagnachmittag noch jemand im *Studio 2* gewesen war. Er sah auf die Uhr. 13.45 Uhr. Verlockend, weiß Gott. Zu Fuß waren es nur drei Minuten zu dem Kino, und Inga konnte ihnen bestimmt noch das eine oder andere beibringen. Ach was.

Er winkte sich ein Taxi heran. »Verband für Auslandsprüfungen, bitte.«

15

Was Sie fragen, ist mir völlig schnuppe«, blaffte Morse. »Wenn ich sie reingebracht habe, halten Sie sie einfach zehn Minuten am Reden, mehr verlange ich ja gar nicht.« Lewis, der vor einer halben Stunde wieder in die Geschäftsstelle befohlen worden war, zog ein sehr bedenkliches Gesicht. »Was soll ich denn herauskriegen?«

»Was Sie wollen. Meinetwegen fragen Sie nach ihren Maßen.«

»Können Sie nicht mal ausnahmsweise ernst sein?«

»Irgendwas wird Ihnen doch wohl einfallen.«

In dieser Stimmung war mit Morse nichts anzufangen, das wusste Lewis aus Erfahrung. Was war bloß los mit ihm? Er war auf einmal richtig aufgekratzt.

Morse klopfte bei Monica und trat ein. »Hätten Sie wohl eine Minute Zeit für uns, Miss Height? Es dauert nicht lange.« Er geleitete sie höflich in Quinns Büro, rückte ihr den Sessel gegenüber von Lewis, ihrem widerwilligen Gesprächspartner, zurecht, und blieb müßig neben ihr stehen.

Wenig später läutete das Telefon, und Lewis nahm ab. »Für Sie, Sir.«

»Hier Morse.«

»Könnte ich Sie wohl kurz sprechen, Inspector? Es ist – äh – ziemlich wichtig. Könnten Sie gleich mal vorbeikommen?«

»Bin schon unterwegs.«

Lewis und Monica hatten die Worte aus dem Hörer mitbekommen. Morse entschuldigte sich ohne weitere Erklärung.

In Monicas Büro fackelte er nicht lange. Die dicke Lammfelljacke im Wandschrank gab nicht viel her. Jetzt die Handtasche. Wenn überhaupt, dann würde er wohl hier fündig werden. Make-up, Scheckbuch, Kalender, Kugelschreiber, Kamm, kleine Flasche Parfum, ein Paar Ohrringe, Programm für eine bevorstehende Aufführung des *Messias,* Schachtel Dunhill-Zigaretten, Streichhölzer, Börse. Mit nicht ganz sicherer Hand machte er sie auf und kramte darin herum. Kleingeld, Schlüssel, Briefmarken – und da war es, wahrhaftig, er hatte recht gehabt. Er atmete schnell und geräuschvoll, während er die Handtasche zumachte, sorgfältig an ihren Platz zurückstellte, das Zimmer verließ und die Tür leise hinter sich schloss. Auf dem Gang blieb er stehen. Die Folgen seiner Entdeckung waren ernst. Er war sich zwar ziemlich sicher gewesen, dass er mit einigem

Glück etwas finden würde, aber irgendwas stimmte hier nicht, irgendwo war ein falscher Ton. So etwas war ihm noch nie passiert. Doch das würde sich bestimmt schnell klären.

Er war nicht länger als zwei oder drei Minuten weg gewesen, und Lewis fiel ein Stein vom Herzen, als er wieder hereinkam. Morse setzte sich auf eine Schreibtischecke und sah Monica Height an. Es passierte ihm manchmal (zugegebenermaßen selten), dass Frauen jeden Reiz für ihn verloren. So ging es ihm jetzt. Ihr Anblick ließ ihn so kalt, als habe er ein Marmorstandbild vor sich. Morse hatte sich sagen lassen, dass er mit solchen Erfahrungen nicht allein stand.

Er holte tief Luft. »Warum haben Sie mich wegen Freitagnachmittag angelogen?«

Monica wurde dunkelrot, war aber nicht besonders überrascht. »Darauf hat Sally Sie gebracht, nicht? Mir war natürlich klar, was Ihr Mitarbeiter von ihr wollte.«

»Ich warte.«

»Ich weiß nicht, warum. Vielleicht, weil es sich weniger – weniger schmutzig anhörte, als ich sagte, wir seien zu mir gegangen.«

»Weniger schmutzig als was?«

»Sie wissen schon. Als mit dem Auto herumzufahren und auf Rastplätzen zu halten und zu hoffen, dass keiner kommt.«

»Würde Mr Martin Ihre Aussage bestätigen?«

»Ja, wenn Sie ihm erklären, warum –«

»Sie wollen mir doch wohl nicht weismachen, dass Sie ihn noch nicht vorbereitet haben?« Morse' Tonfall wurde zunehmend härter, und Monica lief wieder dunkelrot an.

»Glauben Sie nicht, dass wir ihn fragen müssten?«

»Nein. Der lässt sich von Ihnen um den Finger wickeln, das sieht doch ein Blinder. Ihre Lügengeschichten interessieren mich nicht. Ich verlange die Wahrheit. Es geht hier um einen Mord und nicht darum, dass Sie irgendwann mal Ihren Wagen ins Parkverbot gestellt haben.«

»Hören Sie, Inspector, ich kann Ihnen nur sagen –«

»Sie können mir sagen, wie es sich wirklich zugetragen hat.«

»Sie sind Ihrer Sache offenbar sehr sicher.«

»Allerdings. Können Sie mir verraten, was das ist?« Er hieb mit der Faust wütend auf die Schreibtischplatte. Die abgerissene Hälfte jener Kinokarte kam zum Vorschein. Am oberen Rand standen die Buchstaben IO, dahinter die Ziffer 2. Darunter stand: Parkett links, und am rechten Rand waren senkrecht die Ziffern 93556 angeordnet.

Monica sah wie gebannt auf die Kinokarte herab.

»Na?«

»Dann haben Sie die kleine Komödie am Telefon mit Dr. Bartlett eingefädelt?«

»Ich hab schon Dümmeres in meinem Leben gemacht.«

Unvermittelt, unerklärlich schlug seine Stimmung um. Er sah sie an und sagte freundlicher: »Sie wissen doch, dass es früher oder später herauskommt. Bitte sagen Sie mir die Wahrheit.«

Monica seufzte tief. »Könnten Sie mir wohl eine Zigarette beschaffen, Inspector? Ich habe welche in der Handtasche – aber das wissen Sie ja.«

Und dann bestätigte sie, was Morse vermutet hatte. Sally war an diesem Nachmittag nicht in der Schule gewesen, zu Monica hatten sie deshalb nicht gehen können. Eigentlich, sagte sie, war sie auch nicht so scharf darauf gewesen. Natürlich war sie in gleichem Maße schuldig wie Donald, aber sie hatte sich in letzter Zeit wirklich sehr bemüht, die hoffnungslose und riskante Beziehung zu beenden. Donald hatte schließlich den Kinobesuch vorgeschlagen, und sie hatte sich überreden lassen. Zusammen mochten sie nicht hingehen, das wäre zu gefährlich gewesen, sie hatten deshalb verabredet, er solle zwanzig nach eins hineingehen, sie würde ein paar Minuten später nachkommen. Sie würden ihre Karten getrennt kaufen, und er würde sich in die letzte Parkettreihe setzen und nach ihr Ausschau halten. Ja, und so hatten sie es dann auch gemacht. Alles war glattgegangen, und gegen halb vier hatten sie sich wieder davongemacht. Sie waren beide mit dem eigenen Wagen gekommen, Monica hatte ihren in der Cranham Terrace geparkt, am Kino. Sie war von dort aus direkt nach Hause gefahren, und Donald auch, soweit sie wusste. Natürlich war ihnen der Schreck in die Glieder gefahren, als sie hörten, dass die Polizei wissen wollte, wo sie am Freitagnachmittag gewesen waren, und deshalb hatten sie in ihrer Dummheit … aber das wusste Morse ja mittlerweile. Doch allzu weit von der Wahrheit hatten sie sich ja nicht entfernt, oder? Na ja, gelogen hatte sie, das stimmte schon …

»Wenn Sie nichts dagegen haben, holen wir jetzt Ihren Liebhaber herein«, sagte Morse.

»Es ist bestimmt das Beste.« Sie hatte den Seitenhieb widerspruchslos geschluckt und sah schon wieder ganz munter aus. Jedenfalls munterer als Morse.

Martin setzte mit unglücklichem Gesicht wieder zu der unautorisierten Fassung an, aber Monica fiel ihm ins Wort. »Sag ihnen, wie es wirklich war, Donald. Ich habe eben auch die Karten auf den Tisch gelegt. Sie wissen, wo wir am Freitagnachmittag waren.«

»Wie? Ach so.«

Morse' Stimmung sank auf einen Tiefpunkt, während Martin sich stockend und stotternd durch dieselbe klägliche Geschichte kämpfte. Nirgends ein Widerspruch. Er war, wie Monica, hinterher offenbar direkt nach Hause gefahren. Ja, und das wars wohl.

»Noch eine Frage.« Morse stieß sich von der Schreibtischecke ab und lehnte sich an einen Aktenschrank. Es war eine entscheidende, ja, *die* entscheidende Frage, und er wollte ihre Reaktionen sehen. »An Sie beide. Haben Sie Mr Quinn am Freitagnachmittag gesehen? Bitte überlegen Sie sich Ihre Antwort genau.«

Aber offenbar brauchten beide keine lange Bedenkzeit. Sie sahen ihn verständnislos an, schüttelten den Kopf und beteuerten im Brustton der Überzeugung, sie hätten ihn nicht gesehen.

Morse holte tief Luft. Konnte nichts schaden, es ihnen zu sagen – falls sie es nicht schon wussten. »Wären Sie überrascht, wenn ich Ihnen eröffnen würde, dass …« Morse legte eine, wie er hoffte, dramatische Pause ein – »dass am Freitagnachmittag noch einer Ihrer Kollegen im *Studio 2* war?«

Martin wurde kalkweiß, und Monica sperrte den Mund auf wie eine chronisch Asthmakranke, die nach Luft ringt. Morse hätte, wie er später einsah, klüger daran getan, die volle Wirkung seiner Worte abzuwarten. Aber er fuhr fort: »Da staunen Sie, was? Wir wissen genau, wo Mr Quinn am Freitagnachmittag war. Er saß – wie Sie beide – im Parkett von *Studio 2*.«

Martin und Monica Height sahen ihn sprachlos an.

Als sie gegangen waren, wandte Morse sich an Lewis. »So, daran dürften sie eine Weile zu kauen haben.«

Aber Lewis machte kein Hehl aus seiner Unzufriedenheit. »Entschuldigen Sie bitte, Sir, aber …«

»Na los, Lewis, spucken Sies schon aus.«

»Ich glaube, dass das nicht besonders gut gelaufen ist.«

»Das Gefühl habe ich auch«, sagte Morse gelassen. »Weiter.«

»Ja, also, ich hatte den Eindruck, dass sie gar nicht richtig überrascht waren, als Sie sagten, es sei noch einer ihrer Kollegen im Kino gewesen. Es war fast, als ob …«

»Ich weiß schon. Es war fast, als ob sie erwartet hätten, einen anderen Namen von mir zu hören, nicht?«

Lewis nickte nachdrücklich. »Aber als Sie sagten, dass es Quinn war, da haben sie echt gestaunt.«

»Stimmt. Bleibt also nur noch einer. Bartlett war an dem Nachmittag in Banbury.«

»Das haben wir nicht nachgeprüft.«

»Wir werden einige Direktoren finden, die sein Alibi bestätigen.«

»Dann bleibt nur Ogleby.«

Morse nickte.

»Soll ich ihn holen?«

»Was meinen Sie?« Seine gewohnte Selbstsicherheit war ihm abhandengekommen, und Lewis stand auf und ging zur Tür. »Nein, Lewis, warten Sie noch einen Augenblick. Ich möchte noch einmal in aller Ruhe darüber nachdenken.«

Lewis zuckte ein wenig ungeduldig die Schultern und setzte sich wieder. Morse war offenbar nicht so ganz in Form. Trotzdem würde es nicht lange dauern, bis etwas passierte, das wusste er. Wenn Morse mitmischte, passierte immer was.

Und während Lewis noch einmal die durchaus zutreffenden Bemerkungen Revue passieren ließ, die er soeben geäußert hatte, wurde sich Morse eines noch größeren Fehlers seiner Analyse bewusst. Was war er doch für ein Idiot gewesen. Martin und Monica Height. Warum hatten sie ihm diese dümmliche Lüge überhaupt aufgetischt? Da Sally so oft zu Hause war, mussten sie doch damit rechnen, dass ein einigermaßen tüchtiger Kriminalbeamter der Wahrheit sehr bald auf die Spur kommen würde. Warum also? Und plötzlich stand die Antwort klar und deutlich vor ihm. Weil es ebenso riskant gewesen wäre, die Wahrheit zu sagen. Warum hatten sie nicht zugegeben, dass sie ins Kino gegangen waren? Das war doch weit harmloser als die klägliche Schäferstunde, zu der sie sich bedenkenlos bekannt hatten. Es war schließlich nichts dabei, wenn Mann und Frau zusammen ins Kino gingen. Gewiss, es konnte – ja, es würde – Gerede geben, wenn sie zusammen gesehen wurden. Aber … Die Silhouetten an der Wand hatten sich neu gruppiert. Sie umstanden jetzt alle einen Mann. Arnold Philip Ogleby.

»Sie haben schon recht, Lewis. Holen Sie ihn her. Sofort, wenn ich bitten darf.«

Donald und Monica waren ein paar Sekunden schweigend auf dem gebohnerten Gang stehen geblieben. »Komm einen Moment herein«, flüsterte Monica. Sie machte die Bürotür hinter sich zu, funkelte ihn wütend an und erklärte leise und nachdrücklich: »Wir sagen kein Wort darüber, ist das klar? Kein einziges Wort.«

16

Ogleby sah müde aus, und Morse entschloss sich für eine harte Gangart. Er wusste, dass er einiges riskierte, aber wer nicht wagt, der nicht gewinnt.

»Sie sagten, dass Sie am vergangenen Freitagnachmittag nach der Mittagspause in die Geschäftsstelle zurückgegangen sind?«

»Das hatten wir doch alles schon mal.«

Morse fuhr fort, ohne seinen Einwurf zu beachten: »Aber Sie haben mich belogen. Sie sind am Freitagnachmittag außerhalb der Geschäftsstelle gesehen worden. Um genau zu sein, man hat Sie beobachtet, wie Sie ins *Studio 2* in der Walton Street gingen.«

Ogleby wirkte völlig ungerührt. Er schien nicht überrascht. Überrascht war allenfalls Morse, und zwar über Oglebys Gegenfrage: »Wer hat mich beobachtet?«

»Sie leugnen es nicht?«

»Ich habe Sie gefragt, wer mich beobachtet hat.«

»Das kann ich Ihnen leider nicht sagen, dafür müssen Sie Verständnis haben.«

Ogleby nickte gleichmütig. »Wie Sie wollen.«

»Wir haben auch Beweise dafür, dass Mr Quinn an dem bewussten Nachmittag im *Studio 2* war.«

»Hat den auch jemand beobachtet?«

Morse wurde immer unbehaglicher zumute. Lügen – manchmal sogar die eigenen – hatten kurze Beine. Er löste das Problem, indem er es ignorierte. »Um welche Zeit haben Sie das Kino betreten?«

»Wissen Sie das nicht?«

»Ich möchte es gern von Ihnen hören.«

Sekundenlang schien Ogleby das Für und Wider eines Geständnisses zu erwägen. »In gewisser Weise habe ich wohl wirklich ein bisschen geschwindelt, Inspector.« Lewis schrieb mit, so schnell er konnte. »Wir machen hier – offiziell jedenfalls – um fünf Feierabend. Ich halte mich – und das wird Ihnen jeder bestätigen können – gewissenhaft an die Arbeitsstunden. Ich komme nie zu spät und sitze oft noch am Schreibtisch, wenn die anderen schon gegangen sind. An dem bewussten Freitag, das gebe ich zu, bin ich etwas früher gegangen, etwa Viertel vor fünf.«

»Und dann sind Sie ins *Studio 2* gegangen.«

»Ich wohne in der Walton Street, es ist nicht weit.«

»Sie waren dort?«

Ogleby schüttelte den Kopf. »Nein.«

»Würden Sie mir sagen, weshalb Sie da waren?«

»Ich war nicht da.«

»Waren Sie früher mal da?«

»Ja.«

»Warum?«

»Weil ich ein geiler alter Mann bin.«

Morse wechselte den Kurs. »Waren Sie noch in der Geschäftsstelle, als Mr Roope kam?«

»Ja, ich habe ihn mit dem Hausmeister sprechen hören.«

Auch diese Antwort war für Morse überraschend, und er kam allmählich ins Schwimmen. »Aber Sie waren nicht in Ihrem Zimmer. Ihr Wagen …«

»Ich war am Freitag nicht mit dem Wagen da.«

»Sie haben Quinn nicht gesehen? Im Kino, meine ich.«

»Ich war nicht im Kino.«

»Haben Sie Miss Height und Mr Martin dort gesehen?«

Jetzt endlich ließ auch Ogleby Überraschung erkennen. »Waren die denn da?« Morse hätte schwören mögen, dass Ogleby das nicht gewusst hatte.

»Hat Ihnen der Film gefallen?«

»Ich habe ihn nicht gesehen.«

»Aber Sie haben Spaß an Pornos?«

»Manchmal glaube ich, dass ich als Filmproduzent etwas wirklich Erotisches zustande bringen würde, Inspector. Die Fantasie habe ich dazu.«

»Sie haben Ihre Kinokarte nicht aufgehoben?«

»Ich hatte keine Kinokarte.«

»Würden Sie einmal nachsehen?«

»Das dürfte nicht viel Sinn haben.«

Puh!

Morse beschloss, aufs Ganze zu gehen. In so einem Verband blieb nichts lange geheim, er hatte also nichts zu verlieren, vielleicht sogar etwas zu gewinnen, wenn er alle Karten auf den Tisch legte.

Als Ogleby gegangen war, bat er Bartlett in Quinns Büro und erzählte ihm, was er an diesem Nachmittag in Erfahrung gebracht hatte. Erzählte ihm von den Büros, die sich so restlos geleert hatten, nachdem er, Bartlett, nach Banbury gefahren war; von Miss Inga Nielssons verlockender Oberweite;

von seinen Schwierigkeiten festzustellen, wo sich die Mitarbeiter des Verbandes an dem bewussten Freitagnachmittag aufgehalten hatten. Er weihte ihn in fast alles ein, was er wusste oder mutmaßte – das meiste würde sich sowieso sehr bald herumsprechen –, und bat ihn abschließend um detaillierte Angaben, wie er den Nachmittag verbracht hatte. Bartlett reagierte gelassen. Wo er sich aufgehalten hatte, sagte er, ließ sich sofort feststellen. Er rief den Schulleiter der Banbury Polytechnic an und reichte ihn an Morse weiter. Ja, Bartlett hatte bei einer Schulleiterkonferenz eine Rede gehalten. Er war ungefähr fünf vor drei gekommen, dann hatten sie zusammen ein Glas Sherry getrunken, und etwa zwanzig oder fünfundzwanzig Minuten nach vier war die Sitzung zu Ende gewesen.

Bartlett fragte, ob er zu dem, was er eben erfahren hatte, noch etwas sagen dürfe, und es stellte sich heraus, dass er seine Mitmenschen sehr viel schärfer beobachtete, als Morse ihm zugetraut hatte. »Das mit Miss Height und Martin überrascht mich nicht besonders, Inspector. Sie ist eine sehr attraktive Frau – sogar in meinen Augen, und ich bin schon fast ein alter Mann. Martins Ehe ist, wie man hört, nicht besonders glücklich. Natürlich ist schon hier und da gemunkelt worden, aber ich habe nie etwas gesagt. Eine kurze Verliebtheit, habe ich mir gedacht, die sich von selbst wieder geben wird. Aber was Sie mir von Ogleby erzählen, wundert mich doch sehr. Es passt irgendwie nicht zu ihm. Ich kenne ihn seit vielen Jahren, und er … er ist einfach nicht der Typ für so was.«

»Wir haben alle unsere kleinen Schwächen, Sir.«

»Nein, bitte missverstehen Sie mich nicht. Es geht nicht um den Pornofilm. Ich habe oft … aber das tut nichts zur Sache. Nein, ich meinte, dass er ausgesagt hat, er sei hier gewesen. Solche Flunkereien liegen ihm nicht. Aber wie Sie berichten, behauptet er steif und fest, hier gewesen zu sein, als Roope kam.«

»Ganz recht.«

»Und Roope sagt, in seinem Büro sei er nicht gewesen.«

»Der Hausmeister bestätigt das.«

»Vielleicht war er oben.«

»Das glaube ich nicht. Mr Ogleby sagt, er habe Roope hereinkommen hören.«

Bartlett schüttelte nachdenklich den Kopf und runzelte die Stirn.

»Was sagen die Mitarbeiterinnen von der Poststelle?«

»Welche Mitarbeiterinnen von der Poststelle?«

»Die sich um das Leeren der Ausgangskörbe kümmern.«

Morse gab sich innerlich eine Ohrfeige. »Wann werden die Ausgangskörbe geleert?«

»Um vier. Gegen Viertel nach vier kommt meist der Wagen von der Post, und bis dahin muss alles fertig sein.«

Bartlett rief in der Poststelle an, und wenig später kam eine blonde junge Frau herein, die sichtlich Mühe hatte, während der Vernehmung die Ruhe zu bewahren. Sie hatte am Freitagnachmittag die Ausgangskörbe geleert. Ja, um vier. Es war niemand da gewesen. Weder Ogleby noch Miss Height noch Martin noch Quinn. Ja, das wusste sie ganz genau. Sie hatte noch zu den anderen gesagt, dass das eigentlich irgendwie komisch war.

Bartlett schickte ihr einen missbilligenden Blick nach und überlegte offenbar, wie es wohl mit der Arbeitsmoral der »anderen« stand, wenn er nicht hinsah.

Morse begriff allmählich, wie wenig er im Grunde über die verwickelten Arbeitsabläufe der Geschäftsstelle wusste. »Ich würde mich gern mal ausführlich mit Ihnen unterhalten. Über den Verband, meine ich. Es gibt so vieles …«

»Kommen Sie doch zu uns zum Essen. Meine Frau ist eine exzellente Köchin.«

»Sehr freundlich, Sir. Wann würde es Ihnen passen?«

»Jederzeit. Heute Abend, wenn Sie wollen.«

»Ihre Frau …«

»Das überlassen Sie nur mir.« Er verschwand kurz in seinem Büro und kam zwei Minuten später wieder. »Mögen Sie Steak, Inspector?«

Sehr nachdenklich gingen Lewis und Morse zum Wagen zurück. Inzwischen hatten sie genügend Stichworte für ein ganzes Kreuzworträtsel, aber alle wollten sie nicht recht in das vorgegebene Kreuzgitter passen.

»Netter Typ, dieser Bartlett«, meinte Lewis vorsichtig, während sie über die Woodstock Road zur Ringstraße fuhren.

Morse antwortete nicht. Vielleicht ein bisschen zu nett, dachte er. Eigentlich viel zu nett. Wie ein Verdächtiger in einem Krimi, der sich dann als der Schurke entpuppt. War das denkbar? Wäre dieser untersetzte, gescheite, tüchtige kleine Bartlett überhaupt fähig gewesen, Nicholas Quinn zu ermorden? Auf der langen, abfallenden Geraden nach Kidlington gab Lewis Gas. Doch, dachte Morse, möglich war es schon. Man hätte nur teuflisch clever zu Werke gehen müssen. Und … bekanntlich wimmelte es in Oxford von cleveren Leuten. Morse begriff plötzlich, dass er sehr aufpassen musste, um die von ihm Vernommenen nicht zu unterschätzen. Vielleicht hockten sie jetzt alle zusammen und lachten über ihn.

17

Morse saß in seinem Büro. Die Bartletts erwarteten ihn erst in zweieinhalb Stunden, und er war froh, dass er einmal in Ruhe nachdenken konnte.

Die Lebensmittel, die Quinn gekauft hatte, und die Bestandsaufnahme seines Vorratsschrankes hatten sich als unerwartet aufschlussreich erwiesen. Zwei Steaks und eine Tüte Champignons zum Beispiel. Ein bisschen reichlich für eine Person, was? War die Menge vielleicht für zwei berechnet? Ein Liebespaar? Morse sah wieder das Mädchen im Wartesaal vor sich, das plötzlich mit der Gestalt von Monica Height verschmolz. Monica hatte zugegeben, dass sie im Kino gewesen war. Allerdings mit Martin. Konnte er Martin außer Acht lassen? Der Mann war ein Waschlappen. Und so vernarrt in Monica, dass er zu jeder von ihr gewünschten Aussage bereit wäre, wenn sie ihn darum bat oder ihn bestach. Weiter, Morse. Also Monica und Quinn. Letzte Reihe Parkett. Ungeschicktes Fummeln an Knöpfen und Verschlüssen, stürmische Zärtlichkeiten, mit der Verheißung weiterer Freuden … später. Aber wo? Nicht bei ihr, da war ja Sally. Warum nicht bei ihm? Er besorgte die Zutaten (Steaks? Champignons?), sie machte das Essen. Mit Vergnügen. »Und denk dran, Nick, diesmal bring ich was zu trinken mit … Sherry, ja? Trockenen Sherry, den trinke ich auch gern. Und eine Flasche Scotch, weil der mich so schön anmacht …« Denkbar. Zumindest ein Ansatzpunkt.

Morse las noch einmal die beiden Aufstellungen und machte eine neue Entdeckung. Quinn hatte schon zwei Halbpfundpackungen Butter im Kühlschrank, aber aus irgendeinem Grund hatte er noch eine gekauft. Eine andere Marke. Eigenartig. Ebenso eigenartig wie ein paar andere Punkte. Er griff nach einem Zettel und notierte:

a) Stellung von Quinns Beistelltisch weist darauf hin, dass er vermutlich im Zug gesessen hat. (Nur keine voreiligen Schlüsse, Sherlock!)

b) Keine abgebrannten Streichhölzer in Küche oder Wohnzimmer, keine Streichhölzer in Quinns Taschen. (Notabene: Mrs E. hatte schon geputzt, sie war nur noch zum Bügeln gekommen und hatte den Papierkorb nicht noch einmal geleert.)

c) Zusätzlicher Butterkauf, obgleich schon genügend vorhanden. (Unbeachtlich?)

d) Zettel von Quinn an Mrs E: Reichlich vage, daher praktisch für jede Gelegenheit passend? (So vage allerdings auch wieder nicht ...)

Morse lehnte sich zurück und betrachtete sein Werk. Jeder Punkt für sich allein wirkte dürftig. Aber wies die Summe der Beobachtungen nicht in eine bestimmte Richtung? Dahin zum Beispiel, dass Quinn am Freitagabend gar nicht mehr nach Hause gekommen war? Dass ein anderer den Gasofen angezündet, die Lebensmittel gekauft, einen Zettel für Mrs Evans geschrieben hatte? Weiter, Morse! Möglich war es. Noch ein Ansatzpunkt. Könnte dieser geheimnisvolle Jemand Monica gewesen sein? (Immer wieder kam er auf sie zurück.) Aber irgendwann musste sie heim, zu Sally. (Auftrag für Lewis: Nachprüfen!) Martin? Irgendwann musste auch er heimgefahren sein, zu seiner Frau. Wann? (Auftrag für Lewis: Nachprüfen!) Aber was wussten die beiden über Zyankali? Gift war etwas für Experten – allerdings auch die Waffe einer Frau. Roope war Chemiker. Und auch Ogleby kannte sich auf diesem Gebiet aus ... Also Roope oder Ogleby? Aber Roope war bis Viertel nach vier gar nicht in Oxford gewesen (sagte er). Und Ogleby hatte etwas früher als sonst Feierabend gemacht (sagte er). Und was war mit Bartlett? Kidlington lag auf der Strecke nach Banbury, und die Hauptstraße verlief nur dreißig Meter von der Pinewood Close entfernt. Wenn er um 16.25 Uhr in Banbury losgefahren und Tempo vorgelegt hatte, konnte er gut um zehn vor fünf in Kidlington gewesen sein. Die Gelegenheit hatten sie demnach alle gehabt. Denn wenn Quinn in Erfahrung gebracht hatte, dass einer der vier ...

Morse wusste, dass ihm seine Überlegungen nicht viel gebracht hatten. Er war einfach noch nicht hinter die Methode gekommen. Aber eins stand fest: Wer immer an diesem

Freitagabend in die Pinewood Close gekommen war – Nicholas Quinn war es nicht gewesen. Lass es erst mal gut sein, Morse, denk an was anderes, das ist in solchen Fällen immer das Beste. Zumindest einer Frage konnte er gleich nachgehen. Er bat Peters, den Handschriftenexperten, zu sich, zeigte ihm die Nachricht an Mrs Evans und gab ihm ein Blatt mit Quinns Handschrift, das er in der Pinewood Close gefunden hatte.

»Was meinen Sie?«

Peters zögerte. »Ich müsste das genauer …«

»Was hindert Sie daran?«

Peters, früher Pathologe beim Innenministerium, war praktisch durch nichts aus der Fassung zu bringen. In jüngeren Jahren hatte er sich einen guten Ruf und ein nicht unbeträchtliches Vermögen erworben, indem er die beiden goldenen Erfolgsregeln missachtet hatte – schnell zu denken und entschlossen zu handeln. Peters dachte so schnell, wie eine arthritische Schildkröte läuft, und handelte so entschlossen wie ein Faultier kurz vor dem Einschlafen. Morse kannte seine Pappenheimer und fasste sich in Geduld. Wenn Peters sagte, etwas sei so, dann war es so. Wenn Peters sagte, Quinn habe diesen Zettel geschrieben, dann hatte er ihn geschrieben. Wenn er sagte, er wisse es nicht genau, dann wusste er es nicht genau – und dann wusste es auch sonst niemand genau.

»Wie lange wird es dauern, Peters?«

»Zehn, zwölf Minuten.«

Somit konnte Morse sich darauf einstellen, in etwa elf Minuten seine Antwort zu bekommen. Er blieb sitzen, wo er saß, und wartete. Ein paar Minuten später läutete das Telefon.

»Morse.«

Es war die Zentrale. »Eine Mrs Greenaway, Sir. Aus dem John Radcliffe Hospital. Sie möchte mit dem Leiter der Ermittlungen im Mordfall Quinn sprechen.«

»Da ist sie bei mir richtig«, sagte Morse ohne große

Begeisterung. Mrs Greenaway, die Frau, die über Quinn wohnte. Na, mal sehen.

Sie hatte den Artikel in der *Oxford Mail* gelesen, sagte sie, und da hatte sie sich einfach bei der Polizei melden müssen. Ihrem Mann würde es vielleicht nicht recht sein, aber … (Los doch, Mädchen!) Ja, also, das Baby sollte zwar erst im Dezember kommen, aber Freitag gegen vier wurde ihr so komisch. Die Wehen … Sie hatte in dem Betrieb angerufen, in dem Frank (»Das ist mein Mann«), in dem Frank also arbeitete, und hatte versucht, ihm etwas ausrichten zu lassen. Und dann hatte sie sich ans Fenster gesetzt und hinausgesehen und gewartet, aber er war nicht gekommen. Und so um Viertel vor fünf hatte sie noch mal im Werk angerufen. Nicht, dass sie sich direkt Sorgen gemacht hatte, aber lieber wäre es ihr schon gewesen, wenn Frank … Na ja, sie konnte natürlich im Krankenhaus anrufen, die würden sofort einen Krankenwagen schicken, und ganz sicher war sie ja ihrer Sache auch nicht. Vielleicht war es ja auch nur … (Zur Sache!) Ja, also gegen fünf hatte sie dann Quinn kommen sehen. In seinem Wagen.

»Sie haben ihn gesehen?«

»Ja. Es muss fünf nach fünf gewesen sein. Er hat den Wagen in die Garage gestellt.«

»War jemand bei ihm?«

»Nein.«

»Bitte weiter, Mrs Greenaway.«

»Das war eigentlich alles.«

»Ist er noch einmal weggegangen?«

»Ich habe ihn nicht gesehen.«

»Hätten Sie ihn gesehen, wenn er weggegangen wäre?«

»Ja, natürlich. Wie gesagt, ich habe die ganze Zeit aus dem Fenster geschaut.«

»Wir glauben, dass er einkaufen war, Mrs Greenaway. Aber Sie sagen —«

»Ja, doch, da könnte er hinten rausgegangen sein. Man kommt durch den Zaun auf den Weg, aber –«

»Aber Sie halten das für unwahrscheinlich?«

»Ich habe ihn nicht gehört, und er wäre bestimmt nicht hintenherum gegangen, da ist es furchtbar matschig.«

»Ach so …«

»Ja, ich hoffe …«

»Sind Sie ganz sicher, dass Sie Mr Quinn gesehen haben, Mrs Greenaway?«

»Na ja, also direkt gesehen … Aber *gehört* habe ich ihn. Beim Telefonieren.«

»Bitte?«

»Ja, weil wir doch einen Gemeinschaftsanschluss haben. Er war gerade erst gekommen. So langsam bekam ich es doch mit der Angst zu tun, und ich wollte es noch mal im Betrieb versuchen, aber ich kam nicht durch, weil Mr Quinn telefonierte.«

»Haben Sie gehört, was gesprochen wurde?«

»Nein, ich bin nicht neugierig.« (Natürlich nicht.) »Mir lag nur daran, dass er aus der Leitung geht.«

»Hat er lange gesprochen?«

»Eine ganze Weile. Ich hab zwei- oder dreimal den Hörer abgenommen, und da waren sie immer noch –«

»Sie erinnern sich nicht zufällig an irgendeinen Namen, den Mr Quinn genannt hat? Einen Vornamen vielleicht, irgendetwas, was uns weiterhelfen könnte?«

Joyce Greenaway schwieg einen Augenblick. Eine dunkle Erinnerung regte sich, war gleich wieder verschwunden. »Ich … Nein, es fällt mir nichts ein.«

»War sein Gesprächspartner eine Frau?«

»Nein, nein, ein Mann, ganz bestimmt. Eine gebildete Stimme.«

»Haben sie sich gestritten?«

»Das glaube ich nicht. Aber ich habe, wie gesagt, nicht

zugehört. Nicht richtig. Ich wurde nur allmählich ungeduldig.«

»Warum sind Sie nicht heruntergegangen und haben Mr Quinn gesagt, worum es geht?«

Joyce zögerte einen Augenblick, und Morse hätte sehr gern gewusst, was hinter diesem Zögern steckte. »So vertraut waren wir nun auch nicht miteinander.«

»Überlegen Sie bitte einmal ganz genau, Mrs Greenaway. Es ist sehr wichtig. Wenn Ihnen noch etwas einfällt, und wenn es nur eine Kleinigkeit ist ...«

Aber es kam nichts mehr, der Umriss eines Namens verbarg sich irgendwo im Unterbewussten. Wenn nur ...

Morse lieferte den Auslöser. »Ogleby? Kommt Ihnen das bekannt vor?«

»Nein.«

»Roope? Mr Roope? Bartlett? Dr. Bartlett? Mar ...«

Joyce spürte ein Kribbeln auf der Kopfhaut. »Beschwören kann ich es nicht, Inspector, aber es könnte Bartlett gewesen sein.«

Na also, die Sache machte sich. Morse versprach, jemanden vorbeizuschicken, aber erst am nächsten Tag. Und Joyce Greenaway ging, halb erleichtert, halb verzagt, zur Entbindungsstation zurück.

Peters hatte die letzten zwei, drei Minuten regungslos dagesessen und sichtlich interessiert zugehört, äußerte sich aber nicht zu dem Gespräch. »Na?«, fragte Morse.

»Der Zettel ist von Quinn.«

Morse machte den Mund auf und wieder zu. Protest wäre sinnlos gewesen. Wenn Peters ein Urteil abgegeben hatte, war daran nicht zu rütteln.

Warum hältst du dich nicht an die Beweise, Morse? Weg mit den fadenscheinigen Fantastereien. Quinn war gegen fünf heimgekommen, hatte Mrs Evans einen Zettel hingelegt und jemanden angerufen. Einen Jemand mit

gebildeter Stimme, der möglicherweise Bartlett geheißen
hatte.

18

Mrs Bartlett hatte Morse sich irgendwie anders vorgestellt.
Sie war fast zehn Zentimeter größer als ihr Mann und kom-
mandierte ihn herum, als sei er ein unartiger, aber liebenswer-
ter Schuljunge. Noch eine weitere Überraschung erwartete
ihn. Niemand hatte Morse etwas davon gesagt, dass die Bartletts einen Sohn hatten, und dem ziemlich schlampig geklei-
deten, mürrisch dreinblickenden bärtigen jungen Mann, der
Richard hieß, schien nicht gerade viel daran zu liegen, einen
günstigen ersten Eindruck zu machen. Aber als sie zu viert
etwas verlegen herumsaßen und ihren Sherry tranken, stellte
sich heraus, dass Richard im Grunde eine liebenswürdige, angenehme Art hatte. Allmählich taute er auf und äußerte sich
humorvoll und ganz unverklemmt. Während er und Morse
über das Pro und Kontra der *Ring*-Aufnahmen von Solti und
Furtwängler diskutierten, ging Mrs Bartlett rasch in die Küche, um vorsichtig mit der Gabel den Rosenkohl anzuste-
chen, und beauftragte ihren Mann, den Wein aufzumachen.
Der Tisch war makellos für vier gedeckt, das Silber blitzte
und blinkte auf der weißen Tischdecke in dem gedämpft beleuchteten Zimmer. Das Gemüse war fast gar.

Bartlett schenkte Morse nach. »Hübscher kleiner Sherry,
was?«

»Finde ich auch«, sagte Morse und stellte fest, dass die
Flasche ein anderes Etikett trug als die in Quinns Zimmer.

»Noch etwas für dich, Richard?«

»Nein.« Das klang seltsam schroff, als gäbe es da eine
dunkle verborgene Feindschaft im Bartlett-Clan.

Die Suppe stand auf dem Tisch. Morse leerte sein Glas, erhob sich und ging händereibend durch das große Zimmer.

»Komm, Richard«, sagte seine Mutter freundlich, aber Morse hörte die Spannung in ihrer Stimme.

»Mit mir braucht ihr nicht zu rechnen, ich hab keinen Hunger.«

»Aber Richard …«

Der junge Mann stand auf, und in seinen Augen blitzte es kurz und gefährlich. »Hast du mich nicht verstanden? Ich hab keinen Hunger, Mutter.«

»Aber ich habe gedacht, dass du –«

»Hör auf, mir deinen verdammten Fraß aufzudrängen, wie oft soll ich dir das noch sagen, du blöde Kuh.« Er stürmte aus dem Zimmer, und wenig später fiel mit einem sehr endgültigen Knall die Haustür ins Schloss.

»Entschuldigen Sie vielmals, Inspector …«

»Lassen Sie nur, Mrs Bartlett, die heutige Jugend …«

»Das ist es nicht, Inspector. Sehen Sie, Richard ist schizophren. Er kann sehr charmant sein, und von einer Sekunde auf die andere wird er so, wie Sie ihn eben erlebt haben.« Sie war den Tränen nahe, und Morse gab sich redliche Mühe, das Richtige zu sagen, aber es war klar, dass der Vorfall tiefe Schatten über den Abend geworfen hatte, und eine Weile aßen sie in verlegenem Schweigen.

»Kann man es behandeln?«

Mrs Bartlett lächelte traurig. »Eine gute Frage, Inspector. Wir haben buchstäblich schon Tausende dafür ausgegeben, nicht wahr, Tom? Er ist zurzeit freiwillig in Littlemore in Behandlung. Manchmal kommt er an den Wochenenden nach Hause, und gelegentlich, wie heute, kommt er vorbei, sitzt eine Weile hier oder isst etwas mit uns.« Ihre Stimme schwankte, und ihr Mann klopfte ihr tröstend auf die Schulter.

»Lass gut sein, Liebes. Wir haben den Inspector ja nicht

hergebeten, um ihm etwas vorzujammern. Er dürfte genug eigene Sorgen haben.«

Erst als Mrs Bartlett sich um den Abwasch kümmerte, kamen die beiden Männer dazu, in Ruhe miteinander zu reden, und Morse' Eindruck, dass Bartlett sehr genau wusste, was in seinem Büro lief, bestätigte sich. Wenn einer ahnte, wer sich bereitgefunden hatte, die Integrität des Verbandes preiszugeben, dann musste es Bartlett sein. Aber der wusste offenbar nichts. Mit allen Tricks versuchte Morse, Verdachtsmomente oder heimliche Zweifel aus ihm herauszulocken. Aber Bartlett ließ nichts auf seine Mitarbeiter kommen. Offenbar, überlegte Morse, halfen ihm die leisen Töne nicht weiter. Klotzen, nicht kleckern, das war die Devise.

»Was wollte Mr Quinn von Ihnen, als er Sie anrief?«

Bartlett blinzelte hinter seiner dicken Brille, dann sah er auf seine Kaffeetasse herunter und schwieg eine Weile. Wenn er leugnete, dass Quinn ihn angerufen hatte, waren Morse die Hände gebunden, das wusste er ganz genau. Beweisen konnte er nichts. Aber je länger Bartlett zauderte, desto klarer wurde die Sachlage.

»Sie wissen also, dass er mich angerufen hat?«

Morse wagte einen Schuss ins Blaue. »Ja, Sir.«

»Darf ich fragen, woher Sie es wissen?«

Jetzt zögerte Morse einen Augenblick, beschloss aber dann, sich so weit wie möglich an die Wahrheit zu halten. »Quinn hatte einen Gemeinschaftsanschluss. Jemand hat mitgehört.«

Regte sich da plötzliches Erschrecken hinter den Brillengläsern?

»Sie wollen also wissen, worum es bei dem Gespräch ging?«

»Sie hätten es mir schon früher sagen sollen, Sir, das hätte uns viel Mühe gespart.«

»Ach ja?« Bartlett sah den Inspector an, und Morse hatte den Verdacht, dass er von der Lösung des Falles noch sehr weit entfernt war.

»Irgendwann kommt die Wahrheit ja doch ans Licht, Sir. Ehrlich, es wäre das Beste, die Karten auf den Tisch zu legen.«

»Liegen Ihnen nicht alle Informationen vor? Sie sagen, dass jemand mitgehört hat. Ein verabscheuungswürdiges Verhalten, andere Leute zu belauschen …«

»Na ja, wie mans nimmt. Aber diese – äh – andere Person hat nicht direkt gelauscht, jedenfalls nicht absichtlich. Sie wollte selber telefonieren, es war sehr wichtig.«

»Sie wissen also nicht, worüber wir gesprochen haben?«

Morse holte tief Luft. »Nein, Sir.«

»Nun, dann – äh – werde ich Ihnen auch nicht sagen, worum es sich handelte. Es war eine sehr persönliche Angelegenheit, die nur Quinn und mich –«

»Vielleicht war es auch eine persönliche Angelegenheit, die zu seinem Tod führte, Sir.«

»Das ist mir klar.«

»Aber Sie wollen es mir nicht sagen?«

»Nein.«

Morse leerte langsam seine Tasse. »Ich glaube, Sie haben noch nicht erfasst, wie wichtig diese Frage ist. Wenn es uns nicht gelingt festzustellen, wo Quinn an dem bewussten Freitag war und was er gemacht hat …«

Bartlett sah ihn scharf an. »Von Freitag war bisher noch nicht die Rede.«

»Sie meinen …«

»Ich meine, dass Quinn mich letzte Woche einmal abends angerufen hat. Aber nicht am Freitag.«

Clever, der Bursche. Morse hatte die Katze aus dem Sack gelassen, hatte ihm gesagt, dass er nicht wusste, worum es bei dem Gespräch gegangen war – und jetzt war die Katze über den Zaun gesprungen und hatte sich davongemacht. Bartlett hatte natürlich recht. Er hatte nicht ausdrücklich von dem Freitag gesprochen, aber …

Mrs Bartlett kam mit der Kaffeekanne und schenkte nach. Es schien, als sei ihr gar nicht klar, dass sie die Unterhaltung an einem entscheidenden Punkt unterbrochen hatte. Unschuldig fragte sie Morse, wie er mit seinen Ermittlungen in der schrecklichen Geschichte um den armen Mr Quinn vorankam.

Morse schlug alle Vorsicht in den Wind. »Wir sprechen gerade übers Telefonieren, Mrs Bartlett. Das Telefon wächst sich neuerdings zur reinsten Landplage aus, bestimmt werden Sie ebenso oft angerufen wie ich.«

»Da haben Sie wirklich recht, Inspector. Erst letzte Woche habe ich gesagt … wann war das, Tom, erinnerst du dich? Richtig, es war an dem Tag, an dem du in Banbury warst. Den ganzen Nachmittag klingelte das Telefon, und als Tom heimkam, habe ich zu ihm gesagt, wir sollten uns doch eine Geheimnummer besorgen, und ich hatte kaum ausgesprochen, da läutete das schreckliche Ding schon wieder. Und du musstest noch mal weg, weißt du noch, Tom?«

Der Geschäftsführer nickte und lächelte schuldbewusst. Manchmal konnte das Leben wirklich sehr ungerecht sein.

Am gleichen Abend um Viertel nach acht nahm ein Mann den Deckel von dem bronzeglänzenden Kohlebehälter, als er es klopfen hörte. Er richtete sich langsam auf und öffnete die Tür.

»Hereinspaziert, ich bin gleich so weit. Setzen Sie sich.« Er kniete sich wieder vor den Kamin und holte mit der Feuerzange einen blanken schwarzen Kohlebrocken heraus.

In seinem eigenen Kopf hörte es sich an, als habe er in einen großen, knackigen Apfel gebissen. Seine Kiefer verspannten sich, eine unheimlich erschreckende Sekunde lang suchte er in den leeren, hallenden Gängen seines Gehirns verzweifelt, eine Erinnerung an sich selbst zu erhaschen. Seine rechte Hand hielt noch die Kohlenzange, und mit dem ganzen Körper versuchte er, sich zu zwingen, die Kohle in das hell flackernde Feuer zu schieben. Unerklärlicherweise musste er an die Lava des Vesuvs denken, die sich in einem alles verschlingenden Strom in die Straßen des alten Pompeji ergoss, und noch während sich seine Linke langsam, instinktiv zu seinem zerschmetterten Schädel hob, wusste er, dass das Leben zu Ende war. Das Licht ging plötzlich aus, als habe jemand die Dunkelheit angeschaltet. Er war tot.

19

Um Viertel vor elf stand Mrs Bartlett auf, um ans Telefon zu gehen. Morse beschloss, die Unterbrechung zu nutzen, um sich einigermaßen zeitig von seinen Gastgebern zu verabschieden.

»Das wird Richard sein«, sagte Bartlett. »Oft tut es ihm hinterher leid, und dann versucht er, sich zu entschuldigen. Es würde mich nicht wundern, wenn –«

Mrs Bartlett kam wieder herein. »Für Sie, Inspector.«

Lewis erstattete so knapp und klar wie möglich Bericht. Gegen neun war die Polizei verständigt worden; Einsatzleiter war Chief Inspector Bell. Erst später wurde ihnen klar, dass da möglicherweise ein Zusammenhang bestand. Sie hatten versucht, Morse zu erreichen, und hatten schließlich Lewis verständigt. Der Mann war sofort tot gewesen – ein heftiger Schlag mit einem Schürhaken auf den Hinterkopf. Keine Fingerabdrücke. Die Schubladen waren durchwühlt, offenbar aber nicht systematisch durchsucht worden. Anscheinend war der Mörder gestört worden.

»Ich komme so schnell wie möglich, Lewis.«

Als Morse wieder ins Zimmer trat, war er blass geworden.

»Ogleby ist ermordet worden«, sagte er und bemühte sich, seine Stimme ruhig zu halten.

Mrs Bartlett schlug die Hände vors Gesicht und brach in Tränen aus. Ihr Mann hatte Mühe, zusammenhängend zu sprechen, als er Morse zur Tür brachte. Er schien um Jahre gealtert. »Sie haben gefragt ... als Quinn anrief ... Sie wollten wissen ... und ich habe gesagt ...«

Morse legte Bartlett beruhigend die Hand auf die Schulter. »Ja?«

»Er hat gesagt, er ... er habe etwas erfahren, was ich wissen müsse. Er sagte ... er sagte ... dass jemand aus der Geschäftsstelle Prüfungsfragen an andere weitergegeben habe.«

»Hat er auch gesagt, wer so etwas gemacht hat?«, fragte Morse.

»Ja. Er hat gesagt, ich sei es, Inspector.«

Als Morse in dem hübschen kleinen Reihenhaus in der Walton Street eintraf, sprach Lewis leise mit Bell. Es war ein scheußlicher Anblick. Morse wandte den Kopf ab, schloss die Augen und spürte Übelkeit in der Kehle aufsteigen. »Ich möchte, dass Sie so schnell wie möglich ein paar Punkte klarstellen, Lewis. Rufen Sie an, wenn Sie wollen, oder gehen Sie bei den Leuten vorbei. Ich möchte wissen, wo Roope heute Abend war, wo Martin war, wo Miss Height war ...«

Bell fiel ihm ins Wort. »Wo Miss Height war, wissen wir, ich habe gerade mit dem Sergeant darüber gesprochen. Sie war hier. Sie hat ihn gefunden.«

Das kam Morse unerwartet und schien ihn etwas aus dem Konzept zu bringen. »Wo ist sie jetzt?«

»Es geht ihr gar nicht gut. Sie hat uns über den Notruf verständigt, dann ist sie offenbar in Ohnmacht gefallen. Man hat sie vor der Telefonzelle an der Ecke gefunden. Der Arzt hat sie untersucht und sie für die Nacht ins Radcliffe eingewiesen.«

»Sie hat eine halbwüchsige Tochter.«

Bell legte Morse die Hand auf die Schulter. »Keine Aufregung, alter Junge. Das ist alles geregelt. Ein bisschen was müssen Sie uns auch zutrauen.«

Morse setzte sich in einen Sessel. Hatte er die Dinge nicht mehr im Griff? Er schloss erneut die Augen und atmete ein paarmal tief durch. »Tun Sie trotzdem, was ich sage, Lewis. Setzen Sie sich sofort mit Roope und Martin in Verbindung. Und noch etwas. Fahren Sie zum Littlemore, und sehen Sie zu, was Sie über Richard Bartlett in Erfahrung bringen können. Richard Bartlett, ist das klar? Er ist freiwillig dort in Behandlung. Stellen Sie fest, wann er heute Abend gekommen ist – falls er sich dort überhaupt hat sehen lassen.«

Morse zwang sich, noch einmal einen Blick auf den Brei aus Hirn und Blut vor der matten Glut im Kamin zu werfen. »Und versuchen Sie herauszubekommen, ob einer von ihnen sich heute Abend umgezogen hat. Was meinen Sie, Bell? Das Blut muss ja in alle Himmelsrichtungen gespritzt sein.«

Bell zuckte die Schultern. »Die Frau hatte Blut an Händen und Ärmeln.«

»Am besten fahre ich gleich zu ihr.«

»Nicht mehr heute Abend, alter Junge. Der Arzt hat alle Besuche verboten, sie hat einen schweren Schock.«

»Warum ist sie hergekommen? Hat sie das gesagt?«

»Sie hat gesagt, sie wollte etwas Wichtiges mit ihm besprechen.«

»War die Tür offen?«

»Nein, es war abgeschlossen, sagt sie.«

»Und wie, zum Teufel, ist sie dann hineingekommen?«

»Sie hatte einen Schlüssel.«

Morse brauchte einen Augenblick, um das zu verdauen. »Schau einer an. Sehr großzügig mit ihren Gunstbezeugungen, wie?«

»Bitte?«, fragte Bell.

In den frühen Morgenstunden des Samstags fand Morse, was er gesucht hatte. Nur er und Lewis waren noch da – und zwei Constables der Oxforder Polizei, die draußen Wache schoben.

»Kommen Sie mal her, Lewis, und schauen Sie sich das an«, flüsterte er ungläubig. »Das« war der Taschenkalender aus Oglebys Gesäßtasche. Bell hatte ihn bereits flüchtig durchgearbeitet, keine Eintragungen gefunden und ihn wieder aus der Hand gelegt. Es war ein blauer Universitätskalender mit einer kleinen Klappe am hinteren Einbanddeckel zum Aufbewahren von Fahrkarten und dergleichen. Morse warf einen Blick hinein und traute seinen Augen kaum. Es war eine in der Mitte durchgerissene Eintrittskarte, am oberen Rand das inzwischen vertraute IO 2, darunter »Parkett hinten«, am rechten Rand die senkrecht angeordnete Zahlenreihe 93 593.

»Was sagen Sie dazu?«

»Er war also tatsächlich da.«

»Vier waren da. Vier von fünf.«

Lewis blätterte den Kalender mit der gewohnten Akribie von vorn bis hinten durch. Ogleby hatte offenbar den Kalender nicht benutzt. Aber dann kam er zu dem Abschnitt Notizen, und seine Augen wurden groß wie Suppenteller. »Sehen Sie mal, Sir«, wisperte er, als könne der leiseste Laut das Gesehene wieder verschwinden lassen. Morse spürte den vertrauten Druck auf den Schläfen, den elektrischen Stromstoß, der durch seinen Kopf zu jagen schien. Sauber und akkurat war dort etwas aufgezeichnet:

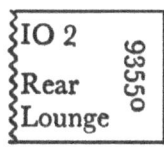

»Mein Gott!«, sagte er. »Es ist dieselbe Nummer wie auf der Kinokarte, die wir bei Quinn gefunden haben.«

Als die beiden eine halbe Stunde später das Haus in der Walton Street verließen, musste Morse an die Worte von Dr. Hans Gross, früher Professor für Kriminologie an der Universität Prag, denken. Er kannte sie auswendig. »Keine menschliche Handlung geschieht rein zufällig, ohne Zusammenhang mit anderen Vorfällen. Keine ist unerklärlich.« Es war ein Ausspruch, den Morse immer unterschrieben hatte. Aber als er jetzt auf die stille Straße hinaustrat, fragte er sich, ob er wirklich stimmte.

Nur fünfzig oder sechzig Meter weiter stand das Haus, in dem *Studio 1* und *Studio 2* untergebracht waren. Die weißen Schilder über dem Foyer waren noch beleuchtet, grellbunt schrien die roten und königsblauen Buchstaben in die lautlose Nacht hinein: »*Die Nymphomanin* (nur für Erwachsene)«. Versuchte die bunte Schrift, ihm etwas zu sagen? Er besah sich mit Lewis die Bilder, die draußen hingen. Sie zeigten eine üppige Schönheit, an der ersichtlich alles dran war, auch wenn irgendein unvergleichlicher Idiot eine Reihe fünfzackiger Sterne über die Titten der unvergleichlichen Inga geklebt hatte.

20

Müde und unrasiert erschien Morse am nächsten Morgen um halb acht im Büro. Er hatte ein paar Stunden zu schlafen versucht, aber in seinem Kopf hatte es weiter gewühlt, sodass er schließlich den ungleichen Kampf aufgegeben hatte. Er wusste, dass er mit seinen Problemen sehr viel besser zurande kam, wenn er völlig abschalten konnte. Da das nicht ging, konnte er zumindest versuchen, sein Hirn mit einem Kreuzworträtsel fit zu halten. Er schlug die letzte Seite der *Times* auf, sah auf die Uhr, notierte die Zeit auf dem linken Rand und fing an. Er brauchte zwölfeinhalb Minuten. Keine Bestzeit, aber nicht schlecht. Und wenn ihm nicht das eine Wort gefehlt hätte, wäre er in zehn Minuten fertig gewesen. »… in dem die Langerhans-Inseln liegen.« Geschlagene zwei Minuten hatte ihn das -e-a-s angegrinst, ehe der Groschen gefallen war. Zum Glück hatte er sich dann an ein Radioquiz erinnert, bei dem ein Teilnehmer das Südchinesische Meer, ein anderer die Ostsee, ein Dritter das Mittelmeer vorgeschlagen hatte. Und das Studiopublikum, das durch den Quizmaster die richtige Antwort kannte, hatte sich vor Lachen den Bauch gehalten.

Im Lauf des Vormittags liefen die Informationen Schlag auf Schlag ein. Martin sagte aus, er sei am Vorabend nervös und unruhig gewesen, und deshalb sei er gegen halb acht weggegangen und gegen Viertel vor elf wieder heimgekommen. Er sei mit dem Wagen unterwegs gewesen, habe etliche Pubs am Radcliffe Square abgeklappert und sich nach seiner Heimkehr von seiner Frau eine Gardinenpredigt anhören müssen. Roope erklärte, er habe den ganzen Abend zu Hause gesessen und gearbeitet. Nein, er habe keinen Besuch gehabt, er habe selten Besuch. Er habe an einer Vortragsreihe über Probleme der anorganischen Chemie gearbeitet. Worum es sich dabei genau handelte, hatte Lewis nicht recht begriffen und inzwischen auch wieder vergessen. »So, wie ich das sehe, Sir, liegen sie beide gut im Rennen. Das Dumme ist, dass uns allmählich die Verdächtigen ausgehen. Wenn Sie nicht meinen, dass Miss Height …«

»Möglich wäre es schon …«

»Gut, aber das sind dann immer nur noch drei.«

»Sie vergessen Ogleby.«

Lewis sah ihn einigermaßen fassungslos an. »Da komme ich nicht ganz mit.«

»Er steht nach wie vor auf meiner Liste, Lewis, und ich sehe beim besten Willen keinen vernünftigen Grund, ihn zu streichen. Sie etwa?«

Lewis machte den Mund auf und wieder zu. Und dann läutete das Telefon.

Es war der Präsident des Verbandes, der vom Lonsdale College aus anrief. Bartlett hatte ihn gestern Abend verständigt. Eine schreckliche Geschichte. Beängstigend geradezu. Er wollte nur noch eine Kleinigkeit nachtragen. Hatte Morse sich mal für die Beziehungen innerhalb des Verbandes interessiert? Durch den Mord an Quinn und Ogleby war ihm die Sache wieder eingefallen. Es war an dem Abend gewesen, als sie die große Fete im *Sheridan* gehabt hatten, mit den Leuten aus Al-jamara. Ein harter Kern war noch geblieben, als die anderen Gäste schon längst im Bett lagen. Dazu hatte auch Quinn gehört. Und Ogleby. Und er, der Präsident, hatte seinerzeit das Gefühl gehabt (er konnte sich natürlich irren), dass Ogleby nur auf Quinns Aufbruch gewartet, dass er ihn ganz eigenartig angesehen hatte. Und als Quinn gegangen war, hatte sich unmittelbar danach auch Ogleby davongemacht. Es war, wie es jetzt so im Raum stand, wirklich nur eine Bagatelle. Aber er, der Präsident, war die Sache jetzt zumindest los und hoffte, dass er den Inspector damit nicht allzu sehr aufgehalten hatte. Morse bedankte sich und legte auf. Der Präsident hatte schon recht, viel war damit nicht anzufangen.

Am späten Vormittag rief Bell aus Oxford an. Die medizinische Untersuchung hatte ergeben, dass Ogleby nur Minuten nach seinem Tod aufgefunden worden war. Weder auf dem Schürhaken noch auf dem Schreibtisch, auf dem ein wildes Durcheinander herrschte, hatten sich fremde Fingerabdrücke feststellen lassen. Natürlich stand es Morse frei, alles noch einmal zu überprüfen, aber er, Bell, habe den Eindruck, dass damit nicht viel gewonnen sei. Der Schlag, der Oglebys dünnen Schädel zerschmettert hatte, war mit erheblicher Wucht geführt worden, hatte aber möglicherweise gar nicht einmal viel Kraft erfordert. Vermutlich war der Täter

Rechtshänder gewesen, und der zentrale Aufschlagspunkt lag etwa fünf Zentimeter über dem Hinterhauptbein, ungefähr zwei Zentimeter rechts vom Foramen parietale. Die Wirkung des Schlages –

»Geschenkt«, sagte Morse.

»Na, dann nicht.«

»Ist Miss Height noch –«

»Sie können erst nach dem Mittagessen zu ihr. Anweisung des Arztes.«

»Ist sie noch im Radcliffe?«

»Ja. Und ich verspreche Ihnen, dass Sie als Zweiter zu ihr dürfen.«

Eine junge Schwester schob den Kopf durch die Vorhänge, die das Bett auf der Frauen-Unfallstation abschirmten. »Sie haben wieder Besuch.«

Monica sah blass und elend aus.

Sie lehnte aufrecht in den Kissen, das weite Krankenhausnachthemd kaschierte die Konturen ihres schönen Körpers. »Erzählen Sie«, bat Morse.

Ihre Stimme war leise, aber fest: »Viel zu erzählen gibt es da eigentlich nicht. Ich kam gegen halb neun, und da lag –«

»Sie hatten einen Schlüssel?«

Sie nickte. In ihren Augen stand jähe Trauer, und Morse ließ den Punkt auf sich beruhen. Ob Philip Ogleby *Die Nymphomanin* besucht hatte, war fraglich – aber dass Monica ihn besucht hatte, und zwar ziemlich regelmäßig, stand außer Frage.

»Und da lag er …?«

Sie nickte. »Ich dachte, er hätte einen Herzanfall gehabt oder so was. Im Grunde hatte ich gar keine Angst. Ich kniete mich hin und fasste ihn an der Schulter … und sein … sein Kopf … lag … lag fast im Kamin, und da sah ich das Blut …« Sie schüttelte den Kopf, als könne sie sich

163

dadurch von dem schrecklichen Bild befreien. »Und dann waren meine Hände voll … voll Blut und … und Zeug … Ich wusste nicht, was ich machen sollte. Ich konnte nicht in diesem grässlichen Zimmer bleiben. Ich wusste, dass ein Telefon drinstand, aber … aber ich bin aus dem Haus gegangen und habe die Polizei von der Telefonzelle aus verständigt. Mehr weiß ich nicht. Ich muss umgekippt sein, als ich aus der Zelle kam. Erst im Krankenwagen bin ich wieder zu mir gekommen.«

»Warum waren Sie bei ihm?« (Die Frage musste sein.)

»Ich … ich hatte mit ihm noch gar nicht richtig über Nick sprechen können …« (Schon wieder geschwindelt)

»Glauben Sie denn, dass er etwas über den Mord an Quinn wusste?«

Sie lächelte traurig-resigniert. »Er war ein sehr kluger Mann, Inspector.«

»Sonst haben Sie niemanden gesehen?«

Wieder schüttelte sie den Kopf.

»Ist es denkbar, dass sonst jemand … im Hause war?«

»Ich weiß es nicht. Ich weiß es einfach nicht.«

Sollte er ihr glauben? Sie hatte ihm schon so viele Lügen aufgetischt. Aber es musste einen Grund für die Lügen geben. Wenn es ihm gelang, diesen Grund zu entdecken, war er schon ein großes Stück weiter. Am meisten machte ihm die Geschichte um *Studio 2* zu schaffen. Warum hatten Monica und Donald Martin so ungeschickt geschwindelt? Und während er sich wieder einmal mit dem Problem herumschlug, festigte sich in ihm die Überzeugung, dass alle vier – Monica, Martin, Ogleby und Quinn – einen gemeinsamen Grund für den Kinobesuch am Freitagnachmittag gehabt haben mussten. Denn dass sich ihre Wege dort rein zufällig gekreuzt hatten, das mochte er einfach nicht glauben, auch wenn er sonst unwahrscheinliche Zufälle mit einer fast rührenden Leichtgläubigkeit zu schlucken pflegte.

Irgendetwas musste an diesem Nachmittag im *Studio 2* geschehen sein. Aber was? Lass dir etwas einfallen, Morse. Quinn war schon früh hingegangen, kurz nach der Öffnung. Dann war Martin gekommen, hatte sich in die hinterste Reihe gesetzt und sich nervös umgeschaut. Hatte er Quinn gesehen? Hatte Quinn ihn gesehen? Im Kino herrschte üblicherweise Dämmerlicht, an das sich das Auge aber rasch gewöhnte. Und dann? Dann war Monica gekommen und hatte sich neben Martin gesetzt, und Martin hatte ihr erzählt, er habe Quinn gesehen. Was macht man in so einem Fall? Man steht auf und geht, und zwar auf der Stelle. Weiter, Morse. Hätte Martin Quinn gesehen, Quinn aber nicht ihn, wäre Martin sofort hinausgelaufen, hätte draußen auf Monica gewartet und ihr gesagt, sie müssten woanders hingehen. Aber wie passte Ogleby in dieses Muster? Die laufende Nummer seiner Kinokarte – etwa vierzig Stellen nach Quinn – ließ, wenn die Geschäftsführerin richtig gerechnet hatte, darauf schließen, dass Ogleby erst gegen vier oder fünf ins Kino gekommen war. Aber wie passte das nun wieder hinein? Überhaupt nicht. Eben. Versuch noch einmal, Morse. Vielleicht war Monica durch irgendetwas abgeschreckt worden? Klang schon wahrscheinlicher. Hatte sie irgendetwas oder irgendjemanden gesehen? War das der Grund für all die Flunkerei? Nachdem sie erfahren hatten, dass Quinn im *Studio 2* gewesen war, hatte sie wieder gelogen, und … Herrgott, was für ein Durcheinander. Die Bilder flackerten unruhig an der Wand, die Gesichter verblassten, veränderten sich, verblassten erneut …

»Sie waren weit weg, Inspector.«

»Wie? Pardon. Ich habe nur mit offenen Augen geträumt.«

»Von mir?«

»Unter anderem.«

Auf dem Tisch neben dem Bett lag die *Times,* die Seite mit dem Kreuzworträtsel war aufgeschlagen, aber nur drei oder vier Worte waren eingetragen, und Morse kam wieder ins Grübeln. Ob Monica wusste, wo die Langerhans-Inseln lagen? Wenn nicht, konnte bestimmt die Schwester – Moment mal! Sein spärlicher werdendes Haar sträubte sich, und er hatte plötzlich eine Gänsehaut. Ja, es war ein verlockender Gedanke, und die alten Fragen kamen ihm wieder in den Sinn. In welchem Meer liegen die Langerhans-Inseln? Wann wurde George Washington ermordet? Wer war Kansas-Nebraska Bill? In welchem Jahr wurde R. A. Butler Premierminister? Von wem ist das Forellenquartett? Unter welchem Namen wurde der Schwarze Prinz bekannt, als er König wurde? All diese Fragen waren Nicht-Fragen. George Washington starb nicht durch Mörderhand, es hieß nicht der, sondern die Kansas-Nebraska-Bill, und es handelte sich dabei um eine Gesetzesvorlage. Fragen, die kein Mensch zu beantworten vermochte, weil es Fragen waren, die man überhaupt nicht stellen konnte. Morse war fixiert darauf herauszubekommen, wer wann warum im *Studio 2* gewesen war. Aber wenn das alles Nicht-Fragen waren? Wenn nun überhaupt niemand im *Studio 2* gewesen war? Alles in dem Fall war darauf angelegt, ihn in die Irre zu führen, ihn glauben zu machen, sie seien dort gewesen. Einigen der Beteiligten – vielleicht allen – lag daran, dass er das glaubte. Und er war wie ein Idiot geradewegs den Gang in dem dunklen Kinosaal heruntergestolpert und hatte sich wie blind vorwärtsgetastet, um festzustellen, wer da saß. Aber vielleicht, Morse, hat da niemand gesessen. Niemand.

»Wen haben Sie gesehen, als Sie ins *Studio 2* kamen, Miss Height?«

»Wollen Sie mich nicht Monica nennen?«

Die Schwester steckte den Kopf durch den Vorhang und drängte Morse zum Aufbruch, die ihm zugebilligte Zeit sei längst abgelaufen. Er stand auf, sah Monica noch einmal an und gab ihr einen leichten Kuss auf den Scheitel.

»Sie haben niemanden gesehen, als Sie ins Kino kamen, stimmts, Monica?«

Einen Augenblick zögerte sie, dann sah sie ihn ernst an. »Nein, ich habe niemanden gesehen, das müssen Sie mir glauben.«

Sie nahm seine Hand und legte sie sanft an ihre weiche Brust. »Besuchen Sie mich wieder. Und kümmern Sie sich ein bisschen um mich, ja?«

Ihr Blick suchte den seinen, und er überlegte erneut, wie ungeheuer begehrenswert sie für einsame Männer war – Männer wie ihn. Aber in ihrem Blick stand noch etwas anderes. Der Ausdruck des Opfers, das vor dem Jäger flieht, der Ausdruck der Angst. »Ich habe Angst, Inspector. Ich habe ganz schreckliche Angst.«

Nachdenklich ging Morse über den langen Gang und schob sich durch die Zelluloidtüren. Der Lancia stand auf einem Parkplatz mit dem Hinweis »Nur für Krankenwagen«. Er startete und kurvte langsam über die gewundenen Zufahrtswege, die zur Walton Street führten, als er eine bekannte Gestalt erblickte, die auf das Krankenhaus zustrebte. Er hielt und kurbelte das Wagenfenster herunter.

»Schön, dass ich Sie treffe, Mr Martin. Ich wollte gerade zu Ihnen. Steigen Sie ein.«

»Tut mir leid, jetzt nicht, ich will zu –«

»Nein, das werden Sie nicht.«

»Wer sagt das?«

»Niemand darf zu ihr, bis ich es erlaube.«

»Aber wann –?«

»Steigen Sie ein.«

»Muss ich?«

Morse zuckte die Schultern. »Nicht unbedingt. Sie können machen, was Sie wollen – jedenfalls, bis ich Sie in Gewahrsam nehme.«

»Was soll das heißen?«

»Genau das, was ich gesagt habe. Bis ich Sie in Gewahrsam nehme und Anklage erhebe …«

»Anklage? Weswegen?«

»Es wird mir schon was einfallen.«

Stumpfe Augen waren halb ängstlich, halb ratlos auf Morse gerichtet. »Das kann nicht Ihr Ernst sein.«

»Natürlich nicht.« Er beugte sich vor und öffnete die Beifahrertür des Lancia. Missgelaunt brachte Donald Martin seine langen Beine im Wageninneren unter.

Es herrschte starker Verkehr, und Morse beschloss, rechts abzubiegen und die Querverbindung zur Woodstock Road zu nehmen. Während er wieder mal an einem Fußgängerübergang halten musste, überlegte er, wie kurz der Weg von der Geschäftsstelle des Verbandes zum *Studio 2* war. Er fuhr an und bremste erneut, als ein Fußgänger, ein bärtiger junger Mann, über die Fahrbahn rannte. Er hatte es offenbar eilig und hatte Morse nicht erkannt, aber Morse wusste, wer es war, und er hatte plötzlich wieder Monicas letzte Worte im Ohr. Im Rückspiegel sah er, dass der Mann rasch auf der rechten Seite der Woodstock in Richtung Krankenhaus ging, und bog, die träge dahinrollende Autoschlange verfluchend, an der nächsten Ecke scharf ab. Er parkte im Halteverbot hinter dem Radcliffe, befahl Martin zu warten und hetzte wie ein Verrückter zur Unfallstation. Sie war noch da, saß noch immer, appetitlich anzusehen, im Bett, als er durch die Vorhänge spähte. Puh! Vom Zimmer der Stationsschwester aus rief er im Revier an, befahl Dickson unverzüglich ins Krankenhaus und legte schwer atmend auf.

»Alles in Ordnung, Inspector?«

»Ja, danke, Schwester. Aber passen Sie auf, ich möchte nicht, dass jemand mit Miss Height spricht oder sie besucht. Klar? Und wenn jemand versucht, zu ihr vorzudringen, möchte ich wissen, wer es ist. Einer meiner Leute ist in zehn Minuten hier.«

Ungeduldig tigerte er auf dem Gang auf und ab und wartete auf Dickson. Wie der Pilger bei Bunyan machte auch er nur mühselige Fortschritte – hinauf auf den Berg der Schwierigkeiten und hinunter in das Tal der Hoffnungslosigkeit. Aber Richard Bartlett ließ sich nicht blicken. Vielleicht, dachte Morse, sehe ich Gespenster.

21

Eine Dreiviertelstunde später – die Uhr im Büro stand auf halb drei – war Morse' Irritation über den jungen Windbeutel fast in offene Abneigung umgeschlagen. Dieser Donald Martin war wirklich ein schlapper Typ. Er gab – wenn auch etwas widerstrebend – fast alles zu. Von Zeit zu Zeit war seine Beziehung zu Monica zu einer großen Leidenschaft geworden, dann hatten ihn die üblichen Gewissensbisse heimgesucht, und er hatte geschworen, jetzt endlich Schluss zu machen. Immer war die Initiative zu den Treffen von ihm ausgegangen. Aber wenn sie zusammen im Bett lagen (Morse zog die Verdunkelungsvorhänge vor seine Fantasie), wusste er, dass sie es genoss. Es war unglaublich, wie rückhaltlos sie sich der körperlichen Liebe hingeben konnte, er hatte so was noch nie erlebt. Aber wenn die Leidenschaft sich verausgabt hatte, verschanzte sie sich hinter Indifferenz, ja, Gefühllosigkeit. Sie hatte ihm nie vorgespielt, dass sie sich aus einem anderen Grund mit ihm eingelassen hatte, es ging ihr allein ums Körperliche. Von Liebe, von tieferer Zuneigung war nie die Rede gewesen. Seine Frau? Nein, die ahnte bestimmt nichts von seiner Untreue, auch wenn sie gespürt haben musste, dass die sorglosen Wonnen der ersten Ehetage vorbei waren, vielleicht für immer.

Ekelhaft, der Mann mit seinen langen, strähnigen Haaren, seiner Hornbrille, den langen, fast femininen Fingern. Morse' Stimmung besserte sich auch nicht, als Martin wiederholte, was er Lewis bereits am vergangenen Abend erzählt hatte. Er hatte Glück gehabt und einen Parkplatz auf der Broad Street gefunden, dann war er ins *King's Arms* gegangen, wo sich eine der Barfrauen wohl noch an ihn erinnern würde. Dann weiter zum *White Horse,* wo er niemanden kannte. Noch ein Bier. Dann zur *Turl Bar.* Das nächste Bier. Nein, er ging nicht oft auf Sauftour, eigentlich ganz selten. Aber die letzten Tage waren wie ein Albtraum gewesen. Er schlief schlecht, mit Bier ging es ein bisschen besser. Aber warum ritt Morse ständig darauf herum? Er war nicht mal in Oglebys Nähe gewesen. Warum denn auch? Was, um Himmels willen, hatte er mit dem Mord an Ogleby zu schaffen? Er hatte ihn nicht sehr gut gekannt, ja, er bezweifelte, ob irgendjemand im Büro ihn gut gekannt hatte.

Morse ging auf seine Fragen nicht ein. »Kommen wir noch einmal auf den bewussten Freitagnachmittag zurück.«

»Nicht noch einmal. Ich habe Ihnen gesagt, wie es war. Schön, erst habe ich geschwindelt, aber —«

»Und jetzt schwindeln Sie schon wieder. Und wenn Sie nicht aufpassen, wandern Sie in eine Zelle, bis Sie mir die Wahrheit sagen.«

»Aber ich schwindele nicht, wirklich.« Er schüttelte unglücklich den Kopf. »Warum wollen Sie mir nicht glauben?«

»Warum haben Sie gesagt, dsass Sie den Nachmittag bei Miss Height verbracht haben?«

»Ich weiß es nicht. Monica meinte …« Seine Stimme erstarb.

»Ja, das hat sie mir erzählt.«

»Ach ja?« Er schien plötzlich erleichtert.

»Ja«, schwindelte Morse. »Aber wenn Sie es mir nicht selbst sagen wollen, können wir warten. Ich habs nicht eilig.«

Martin starrte auf den Teppich. »Ich weiß nicht, warum sie nicht sagen wollte, dass wir im Kino waren, ehrlich nicht. Aber ich fand es nicht so wichtig, und da habe ich eben mitgespielt.«

»Ist es nicht ein bisschen merkwürdig zu behaupten, man habe miteinander geschlafen, wenn man nur nebeneinander im Kino gesessen hat?«

Martin nickte. »Aber es stimmt, Inspector, ehrlich. Wir waren bis etwa Viertel vor vier im Kino, das müssen Sie mir glauben. Ich hatte nichts mit Nicks Tod zu tun, wirklich nicht. Und Monica auch nicht. Wir waren den ganzen Nachmittag zusammen.«

»Erzählen Sie mir was über den Film.«

Martin gehorchte, und Morse wusste, dass er sich solche Obszönitäten kaum hätte ausdenken können. Ja, Martin hatte den Film tatsächlich gesehen. Irgendwann jedenfalls. Nicht unbedingt an dem bewussten Freitag, nicht unbedingt mit Monica, aber …

Martin wirkte durchaus überzeugend. Angenommen, er war an dem Freitagnachmittag tatsächlich im Kino gewesen. Mit Monica? Gut, warum nicht mit Monica. Er sitzt in der letzten Reihe Parkett, Monica kommt herein … Ja, Morse, weiter! Sie kommt also herein, und sie schauen sich den Film an. Wen hatten sie gesehen? Nein, setz ein bisschen früher ein. Wen hatte Martin beim Hereinkommen gesehen? Nein. Wen hatte Monica gesehen? Beim Hereinkommen? Oder? Ja, das wars.

Zäumen wir die Sache mal andersherum auf. Angenommen, Ogleby hatte gegen Viertel vor fünf das Kino betreten. Aber er musste von Quinns Kinokarte gewusst, er musste sie gesehen haben. Wann? Wo? Warum hatte er diese Kinokarte so sorgsam abgezeichnet? Ogleby musste gewusst – oder zumindest vermutet – haben, dass der Kinokarte ausschlaggebende Bedeutung zukam. Angenommen, Monica und Martin hatten den Film zusammen gesehen. Aber war Quinn hingegangen? Oder hatte es nur jemand darauf angelegt, dass es so aussah, als sei er hingegangen? Wer? Wer wusste von der Kinokarte? Wer hatte sie gezeichnet? Wo hatte er sie gefunden, Morse? Herrgott, ja, was war er für ein Idiot gewesen.

Martin schwieg schon seit etlichen Minuten und sah den heiter lächelnden Mann in dem schwarzen Ledersessel verwundert an. Wie immer war Morse die Erleuchtung von einem Augenblick zum anderen gekommen. Ja, während er dort saß und die Welt um sich her vergessen hatte, meinte Morse zu wissen, wann Nicholas Quinn zu Tode gekommen war.

WIE?

22

Am frühen Samstagabend gab Nigel Denniston sich einen
Ruck und begann mit der Arbeit. Der größte Teil der Prü-
fungsblätter, Fach Englisch, war inzwischen da, und wie immer fing er damit an, dass er die großen gelben Umschläge
alphabetisch ordnete und mit seiner Liste verglich. Die Prü-
ferkonferenz sollte in zwei Tagen stattfinden, und bis dahin
musste er etwa zwanzig Arbeiten durchsehen, sie provisorisch
mit Bleistift benoten und sie dem Prüfungsleiter vorlegen,
der nach der Plenarsitzung mit allen Mitgliedern noch getrennt sprechen würde. Al-jamara war die erste Schule in
seiner Aufstellung. Er schlitzte den fest verschlossenen Umschlag auf und nahm den Inhalt heraus. Obenauf lag die Anwesenheitsliste, und Denniston sah automatisch und voller
Hoffnung auf die Sparte »Abwesende«. Es freute ihn immer,
wenn ein oder zwei Kandidaten mit irgendeiner orientali-
schen Krankheit geschlagen worden waren. Doch bei Al-
jamara erlebte er eine Enttäuschung. Laut Anwesenheitsliste
hatten sich fünf Prüflinge angemeldet, und alle fünf waren
ordnungsgemäß erschienen. Aber noch war nicht alles verloren, noch bestand die Hoffnung, dass der eine oder andere
liebreizende Knabe darunter war, der nichts gedacht und
nichts geschrieben hatte, bei dem der Quell der Inspiration
nach zwei mühsamen Sätzen aufgehört hatte zu sprudeln.
Aber auch diese Hoffnung zerschlug sich, keiner der fünf

Prüflinge hatte vorzeitig das Handtuch geworfen. Es war alles so wie immer. Seitenweise musste er sich durch hingekrakeltes, unidiomatisches, irrelevantes Gewäsch kämpfen, um Myriaden von Grammatik-, Syntax-, Konstruktions-, Orthografie- und Interpunktionsfehlern mit roter Tinte zu korrigieren. Es war ein beschwerliches Geschäft, und er wusste eigentlich nicht recht, warum er sich dieser Mühe jedes Jahr von Neuem unterzog. Falsch – er wusste es sogar sehr gut. Korrekturen bedeuteten zusätzliches Bares, und wenn er nicht arbeitete, saß er doch nur vor dem Fernseher und stritt mit der Familie über die Senderwahl. Er blätterte die ersten Bogen durch. Himmel! Diese Ausländer mochten ja in Mathematik oder Wirtschaftskunde oder dergleichen ganz gut sein, aber mit Englisch kamen sie nun mal nicht zurecht. Was andererseits einen nicht zu wundern brauchte – schließlich war es nicht ihre Muttersprache. Schon nicht mehr ganz so gallig, griff er sich seinen Bleistift und fing an.

Eine Stunde später hatte er die ersten vier Aufsätze hinter sich. Die Prüflinge hatten sich redliche Mühe gegeben. Aber eigentlich konnte er es mit seinem Gewissen nicht vereinbaren, ihnen eine Note zu geben, die »bestanden« bedeutet hätte. Er hatte seine vorläufige Beurteilung in die rechte obere Ecke der Arbeiten geschrieben: 27 %, 34 %, 35 %, 19 %. Die letzte Arbeit würde er vor dem Abendessen rasch auch noch durchsehen.

Dieser Aufsatz war besser. Bedeutend besser. Je weiter er kam, desto klarer wurde ihm, dass er hier wirklich eine gute Arbeit vor sich hatte. Er legte den Bleistift beiseite und begann mit echtem Interesse, fast mit Vergnügen zu lesen. Der Junge – wer immer er sein mochte – hatte einen wunderbaren Stil. Gewiss, hier und da fand sich auch ein nicht so gelungener Satz, der eine oder andere leichtere Fehler, aber Denniston überlegte, dass er es unter Prüfungsbedingungen selbst kaum besser hätte machen können. Natürlich war dergleichen schon öfter vorgekommen. Ein Prüfling lernte einen ganzen Aufsatz auswendig und schrieb ihn hin, ein Prachtstück, von vorn bis hinten von einem der großen englischen Prosakünstler abgekupfert. Aber in solchen Fällen war das Thema meist so weit verfehlt, dass die Arbeit wertlos war. Das war hier anders. Entweder handelte es sich um einen ungewöhnlich begabten Schüler, oder er hatte ungewöhnliches Glück gehabt. Doch das zu entscheiden, war nicht Dennistons Sache. Er hatte nur zu beurteilen, was in der Arbeit stand. Mit Bleistift vermerkte er: 90 %. Und überlegte, warum er nicht 95 % oder gar 99 % spendiert hatte. Aber wie alle Prüfer hatte er Hemmungen, die Noten voll auszuschöpfen. In jedem Fall würde der Junge die Prüfung mit fliegenden Fahnen bestehen. Ein tüchtiger Kerl. Flüchtig sah Denniston auf den Namen: Dubal. Er sagte ihm nichts.

In Al-jamara war die letzte der in diese eine Woche zusammengedrängten Herbstprüfungen am vergangenen Nachmittag zu Ende gegangen, und George Bland entspannte sich bei einem geeisten Gin-and-Tonic in seiner klimatisierten Wohnung. Schon nach wenigen Wochen tat es ihm leid, dass er sich verändert hatte. Gewiss, die Stellung war besser dotiert, aber erst nachdem er Oxford verlassen hatte, waren ihm die Vorzüge seines von Streiks geplagten, bankrotten, wunderschönen Vaterlandes so recht aufgegangen. Vor allem fehlte ihm das Gefühl, irgendwo so etwas wie eine Heimat zu haben, es fehlten ihm das abendliche Pub, die Cotswold-Dörfer mit ihren Auen und alten Kirchen, die Konzerte, das Theater, die Vorträge, die von Wissenschaft und Gelehrsamkeit gesättigte Atmosphäre, die Sonderlinge, die unbelohnt und unverdrossen mit ihrer Muse rangen. Er hatte nie gewusst, wie viel ihm das alles bedeutete. Das Klima in Al-jamara war überwältigend, unerträglich, nervtötend, die Bevölkerung war unendlich fremd – nach außen hin gastfreundlich, aber insgeheim wachsam und argwöhnisch. Ja, er bereute es sehr, sich verändert zu haben.

Die Nachricht hatte ihn betroffen gemacht, hätte jeden betroffen gemacht. Sie war eigentlich nur als Information gedacht, und es war nett, dass man ihn auf dem Laufenden hielt. Das Telegramm war am Mittwochvormittag gekommen: Traurige Nachricht stop Quinn tot stop Mordverdacht stop Brief folgt stop Bartlett. Doch ein weiteres Telegramm war heute Vormittag eingetroffen, und das hatte keine Unterschrift gehabt. Er hatte es sofort verbrannt, obgleich er wusste, dass niemand hier die wahre Bedeutung der wenigen Zeilen durchschauen konnte. Dabei war es eine Möglichkeit, mit der man immer hatte rechnen müssen, und er war auf alle Eventualitäten vorbereitet. Er ging an seinen Schreibtisch und holte seinen Pass heraus. Alles war in Ordnung. In dem Pass lag sein Ticket für den planmäßigen Flug nach Kairo am Mittag des nächsten Tages.

23

Vor Pinewood Close Nummer 1 stand ein Wagen, als Frank Greenaway in die Straße einbog, aber er erkannte ihn nicht und kümmerte sich nicht weiter darum. Er konnte Joyce vollauf verstehen. Auch er riss sich nicht darum, wieder dort zu wohnen, und er würde nie verlangen, dass sie in der Wohnung allein blieb, während er auf Schicht war. Gewiss, sie hatte den Kleinen, ganz allein war sie also nicht, aber ... Nein – er war ganz ihrer Meinung. Sie würden sich etwas anderes suchen, und vorläufig konnten sie bei seinen Eltern wohnen. Aber allzu lange mochte er dort nicht bleiben. Wie hieß es doch so schön? Fische und Logierbesuch fangen nach drei Tagen an zu riechen ... Ihre Habe konnten sie noch ein, zwei Wochen in der Pinewood Close stehen lassen, jetzt wollte er nur ein paar Sachen für Joyce holen, die morgen aus dem Krankenhaus kam. Die Polizei hatte nichts dagegen.

Als er aus dem Wagen stieg, sah er, dass die Straßenlaterne repariert worden war, und das Haus, in dem er und Joyce gelebt hatten und in dem Quinn ermordet aufgefunden worden war, kam ihm fast wieder normal vor. Das Gartentor stand offen. Er ging zur Haustür und suchte an seinem Schlüsselbund nach dem richtigen Schlüssel. Auch die Garagentür stand offen, fixiert durch zwei Backsteine. Frank machte leise die Haustür auf. Er war kein ängstlicher Mensch, aber unwillkürlich fröstelte er leicht, als er in die dunkle Diele trat. Er würde sich beeilen, allzu verlockend war die Vorstellung nicht, mutterseelenallein im Haus zu sein. Als er die Hand aufs Treppengeländer legte, sah er den schmalen Lichtstreifen unter der Küchentür. Die Polizei hatte wohl vergessen … Aber dann hörte er es ganz deutlich. Jemand war in der Küche, jemand ging leise darin herum … Der Dämon Angst packte ihn an der Schulter, und ohne bewusste Willensentscheidung fegte er Sekunden später über die Einfahrt zu seinem Wagen.

Morse hörte die Haustür klappen und schaute in die Diele hinaus. Nichts zu sehen. Da hatte er sich wohl wieder mal etwas eingebildet. Er ging zurück in die Küche und schaute sich an der Hintertür um. Es war so, wie er vermutet hatte. In den anderen Räumen im Erdgeschoss war kein Schmutz, sie waren ja auch erst eine Stunde vor Quinns geplanter Rückkehr gesaugt worden. Aber an der Hintertür waren Erdspuren, und Morse erkannte, dass jemand die Schuhe ausgezogen und neben den Fußabstreifer gestellt hatte. Seine Schritte knirschten auf dem körnig angetrockneten Schmutz, als trampele er auf Cornflakes herum.

Er verließ das Haus und stieg in seinen Lancia. Doch dann musste er noch einmal heraus, um die Garagentür zu schließen und das Gartentor hinter sich zuzumachen.

Zehn Minuten später hielt er vor dem dunklen Haus in der Walton Street, wo ein Constable vor der Tür Wache schob.

»Hat jemand versucht, ins Haus zu kommen, Constable?«

»Nein, Sir. Ein paar Neugierige drücken sich immer herum, aber drin war niemand.«

»Gut. Ich brauche nur zehn Minuten.«

Oglebys Schlafzimmer wirkte verlassen und kahl. Keine Bilder an den Wänden, keine Bücher am Bett, kein Zierrat auf dem Ankleidetisch, keine sichtbaren Anzeichen einer Raumheizung. Das große Doppelbett nahm fast den ganzen verfügbaren Raum ein. Morse schlug die Decke zurück. Nebeneinander lagen da zwei Kopfkissen, unter der Bettdecke lag ein hellgelber Pyjama. Morse griff nach dem nächstgelegenen Kopfkissen und fand darunter ein ordentlich gefaltetes Nachthemd. Schwarz, dünn, fast durchsichtig, Marke »St. Michael«.

Noch niemand hatte sich die Mühe gemacht, im Nebenzimmer zu putzen, und das Feuer, das gestern Abend lustig geflackert hatte, war jetzt nur kalte feine Asche im Kamin, in die irgendwelche Polizisten die Kippen ihrer Filterzigaretten geschnippt hatten. Es sah fast obszön aus. Morse musterte die Bücher in den hohen Regalen rechts und links vom Kamin. Es waren hauptsächlich Fachbücher über Oglebys Spezialgebiete. Morse interessierte nur eins: *Medizinische Jurisprudenz und Toxikologie* von Glaister und Rentoul. Ein alter Bekannter. Ein gefalteter Zettel ragte daraus hervor, und Morse schlug das Buch an der gekennzeichneten Seite auf. Seite 566. Fett gedruckt stand auf der oberen Hälfte: Kaliumzyanid.

In der Summertown Health Clinic wurde Morse gleich zu Dr. Parker geführt.

»Ja, Inspector, ich habe Mr Ogleby betreut. Sieben oder acht Jahre müssen es gewesen sein. Ein sehr trauriger Fall.

Möglich, dass man etwas entdeckt hätte, aber ich bezweifele es sehr. Eine außergewöhnlich seltene Blutkrankheit, wir tappen da alle noch ziemlich im Dunkeln.«

»Sie hätten ihm noch ein Jahr gegeben, sagen Sie?«

»Eineinhalb vielleicht, länger nicht.«

»Und das wusste er?«

»Aber ja. Er bestand darauf, alles zu erfahren. Und es wäre ja auch sinnlos gewesen, es ihm zu verschweigen. Medizinisch gesehen, war er vorzüglich im Bilde. Er wusste mehr über seine Krankheit als ich. Oder als die Spezialisten im Radcliffe.«

»Glauben Sie, dass er es jemandem gesagt hat?«

»Das möchte ich bezweifeln. Ein, zwei guten Freunden vielleicht. Aber ich weiß nichts über sein Privatleben. Vielleicht hatte er gar keine guten Freunde.«

»Warum sagen Sie das?«

»Er war … ja, er war so etwas wie ein Einzelgänger. Ziemlich verschlossen.«

»Hatte er starke Schmerzen?«

»Das glaube ich nicht. Gesagt hat er jedenfalls nichts davon.«

»Er war kein Selbstmordtyp, oder?«

»Kaum. Auf mich machte er einen ziemlich ausgeglichenen Eindruck. Hätte er sich umbringen wollen, hätte er einen schnellen, unkomplizierten Weg gewählt.«

»Und was ist Ihrer Meinung nach die schnellste und unkomplizierteste Möglichkeit?«

Parker zuckte die Schultern. »Ich selbst würde wahrscheinlich Zyankali nehmen.«

Morse ging nachdenklich zum Wagen. Das Gespräch hatte ihn traurig gemacht, ihm aber nicht viel weitergeholfen. Jetzt konnte er nur noch hoffen, dass Margaret Freeman an diesem Samstagabend nicht zum Tanzen gegangen war.

Lewis hatte zwar beim besten Willen nicht einzusehen vermocht, was der Chief Inspector diesmal im Schilde führte, aber die ihm übertragene Aufgabe war ihm durchaus nicht unsympathisch gewesen.

Joyce Greenaway war sehr nett und hilfsbereit und bemühte sich redlich, die seltsamen Fragen des Sergeants zu beantworten. Sie könnte, wie sie schon Inspector Morse gesagt hatte, nicht beschwören, dass der Name wirklich Bartlett gewesen war, und wieso sie versuchen sollte, sich daran zu erinnern (sie gab sich trotzdem große Mühe), ob er als Bartlett oder als Dr. Bartlett angesprochen worden war, wollte ihr nicht recht einleuchten. Und die Stimme würde sie nicht wiedererkennen, das wusste sie genau. Sie hörte sowieso nicht besonders gut, und … na ja, so ohne Weiteres erkannte man eben eine Stimme nicht wieder. Worüber sie gesprochen hatten? Es war wohl um eine Verabredung gegangen. Aber wann, wo, warum … nein, keine Ahnung.

Lewis notierte alles, und als er fertig war, schäkerte er noch pflichtschuldigst ein bisschen mit dem Säugling, der neben ihr im Bett lag.

»Haben Sie Kinder, Sergeant?«

»Zwei Töchter.«

»Einen Mädchennamen hatten wir schon.«

»Für Jungen gibt es aber auch eine Menge hübscher Namen.«

»Das stimmt, aber … Wie heißen Sie mit Vornamen, Sergeant?«

Lewis sagte es ihr. Er schätzte seinen Vornamen nicht sonderlich.

»Und der Inspector?«

Lewis runzelte die Stirn. Komisch eigentlich – dass Morse ja auch einen Vornamen haben musste, war ihm noch nie in den Sinn gekommen.

»Das weiß ich nicht. Ich hab noch nie erlebt, dass ihn jemand mit dem Vornamen angeredet hat.«

Vom John Radcliffe aus fuhr Lewis zum Bahnhof. Die Stadt hatte vier Taxiunternehmen, und Lewis bekam sehr widersprüchliche Ratschläge zur Lösung der ihm gestellten Aufgabe. Es hätte eigentlich relativ einfach sein müssen festzustellen, wer (wenn überhaupt) am 21. November gegen 16.20 Uhr Roope vom Bahnhof zur Geschäftsstelle gefahren hatte, aber es war nicht einfach. Und als Lewis seine Runde beendet hatte, dachte er bei sich, dass die Antwort, die er mitbrachte, bestimmt nicht die war, die Morse erwartet oder erhofft hatte.

Es war schon nach halb neun, als Lewis endlich im Littlemore Hospital eintraf.

Dr. Addison, der heute Nachtdienst hatte, war selbst kaum mit Richard Bartletts Fall befasst gewesen, wusste aber natürlich davon. Er holte die Akte, weigerte sich aber, sie Lewis zur Durchsicht zu überlassen. »Sie enthält bestimmte, sehr persönliche Daten, und vermutlich kann ich Ihnen die Auskunft, die Sie brauchen, auch geben, ohne dass –«

»Einzelheiten über Mr Bartletts Leiden interessieren mich eigentlich weniger. Ich brauche nur eine Aufstellung der Institutionen, in denen er in den letzten fünf Jahren war, über die Kliniken, die er aufgesucht, die Spezialisten, die er konsultiert hat – natürlich mit Datenangabe.«

Addison war sichtlich irritiert. »Das wollen Sie alles wissen? Na ja, wenn es wirklich sein muss ...« Die Akte war fünf Zentimeter dick, und Lewis machte sich geduldig seine Notizen. Sie brauchte fast eine Stunde. »Vielen Dank, Sir. Entschuldigen Sie bitte, dass ich Sie so lange aufgehalten habe.«

Addison schwieg.

Lewis stand auf, doch ehe er ging, stellte er noch eine letzte Frage, die nicht auf Morse' Liste stand.

»Was hat denn Mr Bartlett, Sir?«

»Schizophrenie.«

»Ach so.« Lewis bedankte sich noch einmal und machte sich davon.

Morse war nicht im Büro, als Lewis zurückkam. Sie hatten verabredet, sich, wenn es sich einrichten ließ, gegen zehn zu treffen. War Morse mit seinen Ermittlungen inzwischen fertig? Höchstwahrscheinlich hatte er Schluss gemacht und war auf ein Bier ausgegangen. Lewis sah auf die Uhr. Zehn nach zehn, er würde noch ein bisschen warten. Morse hatte offenbar etwas für sein Kreuzworträtsel nachgeschlagen, denn das *Chambers Dictionary* lag auf dem unordentlichen Schreibtisch. Lewis griff danach.

Ski-? Nein. *Sci-?* Nein. Orthografie war noch nie seine Stärke gewesen. Da war es: »*Schizophrenie, dementia praecox* und verwandte Krankheitszustände, gekennzeichnet durch Introversion und Verlust des Zusammenhangs zwischen Gedanken, Gefühlen und Handlungen.«

Lewis war bereits bei *dementia,* als Morse hereinkam, der ausnahmsweise mal nichts getrunken hatte. Er hörte sich aufmerksam an, was Lewis zu berichten hatte, schien aber weder überrascht noch sonderlich aufgeregt zu sein.

Um Viertel vor elf ließ er dann die Bombe platzen. »Ich habe eine Überraschung für Sie, alter Freund. Wir werden am Montagvormittag eine Verhaftung vornehmen.«

»Da ist doch die Leichenschau.«

»Eben. Da werden wir ihn festnehmen.«

»Geht so was bei einer Leichenschau, Sir? Ist es legal?«

»Legal? Gesetze sind noch nie mein Fall gewesen. Aber vielleicht haben Sie recht. Dann machen wir es direkt danach, wenn er gerade –«

»Und wenn er nicht da ist?«

»Er wird schon da sein.«

»Wer es ist, wollen Sie mir wohl nicht verraten?«

»Damit würde ich mir ja den Spaß verderben. Wie wärs mit einem schönen Bier? Zur Feier des Tages sozusagen.«

»Aber die Pubs sind zu, Sir.«

»Ach ja?«, sagte Morse mit gespielter Überraschung. Er ging zu einem Wandschrank und holte ein halbes Dutzend Bierflaschen, zwei Gläser und einen Öffner heraus.

»In unserem Job, Lewis, muss man auf alle Eventualitäten vorbereitet sein.«

Margaret Freeman hatte sich seit elf ruhelos im Bett herumgeworfen. Um halb zwei stand sie auf, ging auf Zehenspitzen am Zimmer ihrer Eltern vorbei in die Küche und setzte den Kessel auf. Sie hatte keine Angst mehr, wie Anfang der Woche, als sie froh gewesen war, nicht wie manche ihrer Freundinnen allein zu wohnen. Nein, jetzt war sie eher ratlos. Sie konnte sich auf die Frage, die Morse ihr gestellt hatte, keinen Reim machen. Die anderen Sekretärinnen fanden den Inspector ganz schön sexy. Ihr war er zu alt – und zu eitel. Als sie hereingekommen war, hatte er sich gekämmt und versucht, die kahle Stelle am Hinterkopf zu verdecken. Männer! Aber Mr Quinn hatte ihr gefallen – vielleicht zu sehr. Sie schenkte sich eine Tasse Tee ein und setzte sich an den Küchentisch. Warum hatte Morse ihr diese Frage gestellt? Er tat ja, als habe sie den Schlüssel zu einer ganz wichtigen Sache in der Hand. Ja, hatte er gesagt, es sei tatsächlich wichtig. Aber weshalb hatte er es wissen wollen? Sie hatte wach gelegen und darüber nachgegrübelt und immer wieder überlegt, weshalb er sie gerade das gefragt hatte. Warum war es für ihn so wichtig zu wissen, ob Mr Quinn auf den Zettel, den er ihr hingelegt hatte, ihre Initialen geschrieben hatte? Natürlich hatte er es getan, der Zettel war ja schließlich an sie gerichtet. Sie war seine Sekretärin. Oder vielmehr – war seine Sekretärin gewesen. Sie schenkte sich eine zweite Tasse

Tee ein, ging damit in ihr Zimmer und machte die Nacht-
tischlampe an. Drohende Schatten schienen an der hinteren Wand zu lauern, während sie sich wieder ins Bett legte.
Sie versuchte, ganz still zu liegen, und hatte plötzlich wieder große Angst.

24

Lewis wartete am Montagvormittag vor dem Büro von
Superintendent Strange. Als der Superintendent die Tür aufmachte, bekam er noch den letzten Zipfel des Gesprächs mit.

»... verrückt, aber ...«

»Habe ich Sie je enttäuscht, Sir?«

»Oft sogar.«

Morse zwinkerte Lewis zu und schloss die Tür hinter sich.
Es war halb elf, für elf war die Leichenschau angesetzt. Dickson wartete draußen mit dem Wagen. Zu dritt fuhren sie
nach Oxford.

Ort des Geschehens war der Gerichtssaal hinter dem Präsidium in der St. Aldates Street. Vor der Tür stand eine war-
tende Gruppe. Der Saal war noch besetzt. Lewis musterte
die Wartenden. Er hatte, von Morse genau instruiert, an
alle geschrieben, die irgendwie von dem Mord an Quinn
betroffen waren. Einige würden ohnehin eine Aussage machen müssen, andere nicht (»Wir wären Ihnen aber trotzdem
für Ihr Erscheinen dankbar ...«). Da stand, voll akademischer Ungeduld, der Präsident des Verbandes, die Hände tief
in den Taschen des teuren dunklen Mantels vergraben. Da
war Bartlett mit angemessen ernster Miene. Monica Height
wirkte attraktiv wie immer, trotz ihrer Blässe. Martin lief
wie eine nervöse Hyäne auf dem gepflasterten Hof hin und
her. Roope rauchte eine Zigarette und sah nachdenklich zu

Boden. Mr Quinn senior stand abseits und sah, wie Bunyans Pilger, in die Grube der Verzweiflung. Mrs Evans und Mrs Jardine – in der gesellschaftlichen Hierarchie durch Welten getrennt – unterhielten sich angeregt über die traurigen Ereignisse, die sie zusammengeführt hatten.

Es war zehn nach elf geworden, als sie im Gänsemarsch den Gerichtssaal betraten, wo der Assistent des Coroners unauffällig diskret die Sitzordnung nach seinem Geschmack regelte, durch eine hintere Tür entschwand und gleich darauf mit dem Coroner wiederkam. Alle erhoben sich, während der Assistent das juristische Ritual abspulte. Die Verhandlung hatte begonnen.

Zunächst bestätigte Mr Quinn senior die Identität des Toten, dann trat Mrs Jardine in den Zeugenstand, gefolgt von Martin, Bartlett, Sergeant Lewis und Constable Dickson. An den Aussagen, die dem Coroner vorlagen, brauchtes weder Ergänzungen noch Abstriche vorgenommen zu werden. Danach berichtete der hagere Polizeiarzt mit dem Rundrücken über die Autopsie. Dabei ratterte er seinen vorbereiteten Text in so atemberaubendem Tempo und unter Verwendung so vieler physiologischer Details herunter, dass er ebenso gut einer Sonderschulklasse das orthodoxe Glaubensbekenntnis hätte vorbeten können. Als der letzte Punkt abgehandelt war, überreichte er das Schriftstück ungerührt dem Coroner, verließ den Zeugenstand und verschwand mit größtmöglicher Beschleunigung aus dem Saal und aus dem Fall. Lewis überlegte müßig, was er wohl als Honorar kassiert haben mochte.

»Chief Inspector Morse, bitte.«

Morse betrat den Zeugenstand und leierte den Eid herunter.

»Sie leiten die Ermittlungen im Fall Nicholas Quinn?«

»Ja, Sir.«

Doch ehe der Coroner weitersprechen konnte, entstand Bewegung an der Tür, es wurde geflüstert, ein bärtiger junger

Mann wurde eingelassen und setzte sich neben Constable Dickson auf eine der niedrigen Bänke. Lewis fiel ein Stein vom Herzen. Er hatte schon Angst gehabt, sein Brief an Richard Bartlett sei vielleicht verloren gegangen.

Der Coroner fuhr fort: »Sind Sie bereit, dem Gericht über den derzeitigen Stand Ihrer Ermittlungen zu berichten?«

»Noch nicht, Sir. Mit Ihrer Erlaubnis, Euer Ehren, möchte ich beantragen, die Verhandlung um vierzehn Tage zu vertagen.«

»Darf ich daraus schließen, Chief Inspector, dass Sie damit rechnen, Ihre Ermittlungen in dieser Zeitspanne zum Abschluss bringen zu können?«

»Jawohl, Sir. In Kürze, wie ich hoffe.«

»Aha. Sie haben bisher noch keine Verhaftung vorgenommen?«

»Eine Verhaftung steht bevor.«

»Tatsächlich?«

Morse nahm einen Haftbefehl aus der Tasche und hielt ihn hoch. »Es ist vielleicht etwas ungewöhnlich, einen so melodramatischen Ton in die Verhandlung zu bringen, Euer Ehren. Aber falls Euer Ehren der Vertagung zustimmen, ist es meine Pflicht, unmittelbar danach eine Verhaftung vorzunehmen.«

Morse ließ seinen Blick über die erste Reihe wandern: Dickson, Richard Bartlett, Mrs Evans, Mrs Jardine, Dr. Bartlett, Monica Height, Roope, Lewis. Ja, da waren sie, alle miteinander, und der Mörder saß unter ihnen. Es lief alles nach Plan.

Der Coroner vertagte formell die Verhandlung um zwei Wochen, und das Gericht erhob sich, als der hohe Herr den Saal verließ, was er höchst ungern tat. Es wurde still, alle schienen den Atem anzuhalten, als Morse langsam den Zeugenstand verließ. Einen Augenblick blieb er vor Richard Bartlett stehen, dann ging er weiter. Vorbei an Mrs Evans.

An Mrs Jardine. An Martin. An Bartlett. An Monica Height. Vor Roope machte er halt.

»Christopher Algernon Roope, ich habe einen Haftbefehl für Sie im Zusammenhang mit dem Mord an Nicholas Quinn.« Die Worte hallten im Saal nach. Noch immer wagten die Anwesenden kaum zu atmen. »Es ist meine Pflicht, Ihnen mitzuteilen …«

Roope sah Morse fassungslos an. »Was, zum Teufel, soll das?« Sein Blick ging nach links und nach rechts, als schätze er die Chancen einer schnellen Flucht ab. Aber rechts stand der stämmige Constable Dickson, und von links legte ihm Lewis eine schwere Hand auf die Schulter.

»Sie sind hoffentlich vernünftig und kommen freiwillig mit, Sir.«

»Und Sie wissen hoffentlich, was für ein schwerer Missgriff Ihnen da unterlaufen ist«, krächzte Roope. »Ich weiß wirklich nicht –«

»Sparen Sie sich das für später«, sagte Morse scharf.

Aller Blicke waren auf Roope gerichtet, als er, flankiert von Dickson und Lewis, den Saal verließ. Noch immer sagte niemand etwas. Es war, als seien sie alle der Sprache beraubt, hätten ein Wunder erlebt oder der Gorgo ins Antlitz gesehen.

Bartlett war der Erste, in den wieder Bewegung kam. Mit ungläubigem Gesicht und automatenhaften Bewegungen ging er auf seinen Sohn zu. Monica ließ ihre Blicke schweifen und bemerkte, dass Donald Martin sie ansah. Man musste sehr genau hinsehen, um es zu erkennen – das kaum wahrnehmbare Kopfschütteln, den warnenden Blick. Halt den Mund, du Idiot, schien dieser Blick zu sagen.

25

Sie hatten in dieser bösen Geschichte Glück und Pech, Roope. Das Glück haben Sie nach Kräften ausgenutzt. Ihr Pech war, dass manches geschah, was niemand, nicht einmal Sie, hätte voraussehen können. Sie haben zwar geschickt agiert – ja, fast wäre es Ihnen gelungen, die Dinge zu Ihrem Vorteil zu wenden –, aber mit Ihrer Superschläue haben Sie sich doch ein bisschen übernommen. Dass ich es mit einem ungewöhnlich gerissenen, einfallsreichen Mörder zu tun hatte, war mir klar. Aber letzten Endes war es gerade Ihre Gerissenheit, die Sie verraten hat.«

Sie saßen zu dritt im Vernehmungsraum 1 – Morse, Lewis, Roope. Lewis, dem Morse nachdrücklich eingeschärft hatte, den Mund zu halten und sich auf keinen Fall provozieren zu lassen, saß an der Tür. Morse und Roope saßen sich an dem kleinen Tisch gegenüber. Morse, der Jäger, strahlte Selbstsicherheit aus, seine Stimme war gelassen, fast liebenswürdig. »Soll ich fortfahren?«

»Wenn es sein muss ... Ich habe Ihnen schon erklärt, dass Sie sich unheimlich lächerlich machen, aber Sie wollen sich ja nichts sagen lassen.«

Morse nickte. »Nun gut. Wir fangen am besten in der Mitte an, zu dem Zeitpunkt, als Sie die Geschäftsstelle betraten. Am vergangenen Freitag um 16.25 Uhr. Dort begegneten Sie zunächst Noakes, dem Hausmeister, der auf dem Gang eine Leuchtröhre auswechselte. Aber Sie merkten bald, dass sonst kein Mensch da war, erzählten etwas von Papieren, die Sie bei Dr. Bartlett abgeben wollten, und weil er nicht im Haus war, hatten Sie einen guten Grund vorzugeben, Sie wollten stattdessen einen seiner Mitarbeiter sprechen. Natürlich schauten Sie auch bei Quinn herein, und alles war so, wie

Sie es erwartet, wie Sie es geplant hatten. Alles war geschickt so arrangiert, dass man den Eindruck haben musste, Quinn sei im Büro oder würde zumindest in Kürze dort erscheinen. Den ganzen Freitag über hatte es – Glück für Sie – heftig geregnet; und über Quinns Sessel hing sein grüner Anorak. Wer hätte bei solchem Wetter das Haus ohne Mantel verlassen? Und die Schränke standen offen. In den Schränken waren Prüfungsunterlagen, und Bartlett pflegte Gift und Galle zu spucken, wenn einer seiner Mitarbeiter nachlässig in Sicherheitsfragen war. Quinn ist erst seit kurzer Zeit bei dem Verband tätig, die Notwendigkeit ständiger Wachsamkeit war ihm vermutlich bis zum Überdruss eingebläut worden. Doch was tut er, Roope? Er geht aus dem Haus, ohne seine Schränke abzuschließen. Gleichzeitig haben wir aber einen Hinweis darauf, dass sich Quinn gewissenhaft an die Anweisungen des Geschäftsführers gehalten hat. Bei Antritt seiner Stellung ist ihm gesagt worden, dass er ohne Weiteres tagsüber aus dem Haus gehen kann, sofern er hinterlässt, wo er zu erreichen ist. Das tut er. Im Klartext: Was Bartlett sagt, ist für Quinn Gesetz. Das Zusammentreffen dieser beiden Umstände ist recht aufschlussreich, Roope. Es gibt Leute, die sind faul und leichtsinnig, und dann gibt es welche, die sind pedantisch und gewissenhaft. Nur wenige sind beides gleichzeitig. Würden Sie mir da zustimmen?«

Roope sah aus dem Fenster auf den betonierten Hof hinaus. Er war aufmerksam und angespannt, erwiderte aber nichts.

»Der Hausmeister hat Ihnen gesagt, dass er nach oben gehen würde, um seinen Tee zu trinken, und bald waren Sie, wie Sie glaubten, im Erdgeschoss allein. Es war erst halb fünf. Ich nehme an, dass Sie ursprünglich geplant hatten, zu warten, bis niemand mehr im Haus war, aber so eine günstige Gelegenheit wollten Sie sich denn doch nicht entgehen lassen. Noakes hatte Ihnen, ohne es zu merken, wertvolle Informationen geliefert – die Sie sich allerdings ohne Weiteres auch selbst hätten beschaffen können. Der einzige Wagen, der noch auf dem hinteren Parkplatz stand, war der von Quinn. Und dann geschah in etwa Folgendes: Sie gingen noch einmal in Quinns Zimmer. Sie griffen sich seinen Anorak und zogen ihn an. Natürlich hatten Sie die Handschuhe anbehalten. Den Plastikregenmantel, den Sie angehabt hatten, falteten Sie zusammen. Dann sahen Sie sich noch einmal den Zettel an und beschlossen, ihn einzustecken. Quinn hätte ihn, wenn er zurückgekommen wäre, sicher nicht auf dem Schreibtisch liegen lassen, und von jetzt ab mussten Sie genauso denken und handeln, wie Quinn gedacht und gehandelt hätte. Sie gingen auf den hinteren Parkplatz. Quinns Autoschlüssel steckten, womit Sie gerechnet hatten, in der Tasche seines Anoraks. Weit und breit war kein Mensch zu sehen. Das Wetter war noch immer grauenhaft, allerdings für Ihre Zwecke ideal. Sie setzten sich in den Wagen und fuhren los. Noakes sah Sie von oben beim Teetrinken, aber er hielt Sie für Quinn, was man ihm nicht verdenken kann, er sah ja nur das Wagendach. Bis dahin hatten Sie das Glück auf Ihrer Seite, und Sie nutzten das weidlich aus. Der erste Teil des großen Täuschungsmanövers war vorbei, und es war alles glattgegangen.«

Roope rutschte unbehaglich auf dem harten Stuhl herum. In seinen Augen lag ein gefährliches Lauern, aber er sagte noch immer nichts.

»Sie fuhren nach Kidlington und stellten den Wagen in der Pinewood Close ab. Wieder lagen für Sie Glück und Pech nah beieinander. Zuerst das Glück. Es goss noch immer in Strömen, und es war kaum damit zu rechnen, dass sich jemand den Mann, der aus Quinns Wagen stieg, um die Garage aufzuschließen, genau anschauen würde. Außerdem war es dunkel, und die Ecke Pinewood Close war noch dunkler als sonst, weil jemand – *jemand,* Roope! – dafür gesorgt hatte, dass die Straßenlaterne vor dem Haus zu Bruch gegangen war. Ich formuliere hier keine bestimmten Vorwürfe, aber ein privater Verdacht sei mir gestattet. Selbst wenn jemand Sie in Quinns grünem Anorak gesehen hätte, den Kopf eingezogen zum Schutz vor dem strömenden Regen, bezweifele ich, ob ihm etwas aufgefallen wäre. Sie waren von der Figur her Quinn sehr ähnlich und hatten einen Bart – wie er. Aber dann wendete sich das Blatt. Zufällig stand eine Frau am vorderen Fenster der Wohnung im ersten Stock, und das haben Sie bemerkt, mussten Sie bemerken. Sie wartete schon geraume Zeit und hatte Angst, ihr Kind könne vorzeitig zur Welt kommen. Sie hatte mehrmals ihren Mann in Cowley angerufen und rechnete jeden Augenblick mit seinem Eintreffen. Nun war das kein großes Unglück, denn sie wäre nie auf die Idee gekommen, der Mann im grünen Anorak könne nicht Quinn sein. Auch Sie müssen sich das überlegt und danach gehandelt haben. Immerhin – die Frau hatte Sie ins Haus gehen sehen, wo Sie feststellten, dass Mrs Evans – Sie müssen sich genau über die häuslichen Gepflogenheiten informiert haben – ausgerechnet an diesem Tag mit dem Putzen nicht fertig geworden war. Schlimmer noch, Mrs Evans hatte Quinn auf einem Zettel wissen lassen, sie würde noch einmal vorbeikommen. Das war nun wirklich Pech. Trotzdem sahen Sie auch hier Ihre Chance. Sie lasen den Zettel, knüllten ihn zusammen und warfen ihn in den Papierkorb. Sie zündeten den Gasofen an, wobei Sie das dafür verwendete Streichholz sorgsam wieder in der Schachtel verstauten. Das hätten Sie nicht tun sollen, Roope, aber jeder macht eben mal einen Fehler. Und dann – Ihre Meisterleistung. Sie hatten einen Zettel in der Tasche, den Quinn höchstpersönlich geschrieben hatte, der nicht nur echt aussah, sondern es auch war. Jeder Handschriftenexperte hätte praktisch auf den ersten Blick bestätigt, dass der Zettel von Quinns Hand stammte. Die Nachricht war Margaret Freeman, seiner Sekretärin, zugedacht. Aber er hatte nicht ihren Namen, sondern nur ihre Initialen, M. F., draufgeschrieben. Sie fanden in Quinns Anorak einen schwarzen Kugelschreiber mit Feinstrichmine und änderten die Initialen, was nicht weiter schwer war. Ein Schnörkel nach dem M, ein zusätzlicher Strich am unteren Ende des F – und schon war aus M. F. eine Mrs Evans geworden. Die Nachricht war unbestimmt genug für die Täuschung. Sie müssen zufrieden gefeixt haben, als Sie den Zettel auf das Sideboard legten. Und dann gingen Sie wieder. Sie wollten allerdings nichts riskieren, also verließen Sie das Haus durch die Hintertür, stiegen durch die Lücke im Zaun und gingen zum *Quality*-Supermarkt. Sie kauften ein paar Lebensmittel, und noch während Sie an den Regalen entlanggingen, lief Ihr Denkapparat auf Hochtouren. Sie würden etwas kaufen, was den Eindruck aufkommen ließ, dass Quinn an diesem Abend einen Gast hatte. Ein geschickter Schachzug. Zwei Steaks und, und, und. Nur die Butter hätten Sie nicht kaufen dürfen, Roope, Sie hatten die falsche Marke erwischt, und er hatte noch genug im Kühlschrank. Es war, wie gesagt, schlau eingefädelt, Sie haben den Bogen nur ein bisschen überspannt.«

»So wie Sie, Inspector.« Jetzt endlich geriet Roope in Bewegung, er nahm eine Zigarette heraus, zündete sie an und legte das Streichholz sorgsam in den Aschenbecher. »Erwarten Sie im Ernst von mir, dass ich Ihnen diesen blühenden Unsinn abkaufe?«

Seine Stimme war ruhig, vernünftig, er schien mit sich selbst wieder im Reinen zu sein. »Wenn Sie nichts Besseres zu bieten haben als solche idiotischen Pfadfindergeschichten, würde ich vorschlagen, dass Sie mich unverzüglich wieder auf freien Fuß setzen. Wenn Sie aber in dieser Tonart weitermachen wollen, muss ich meinen Anwalt verständigen. Vorhin, als Sie mich über meine Rechte belehrten – über die ich mir durchaus im Klaren bin, Inspector! –, habe ich das abgelehnt. Meine Unschuld, habe ich mir gedacht, ist mir bestimmt eine bessere Hilfe als so ein Paragrafenreiter von Rechtsanwalt. Aber Sie gehen ein bisschen zu weit. Sie haben nicht die Spur eines Beweises für Ihre fantastischen Vorwürfe. Nicht die geringste. Und deshalb muss ich schon in Ihrem Interesse vorschlagen, dieses lächerliche Theater sofort zu beenden.«

»Sie leugnen also die Beschuldigung?«

»Ich höre immer Beschuldigung …«

»Sie leugnen, dass die Abfolge der Ereignisse –«

»Natürlich leugne ich das. Weshalb sollte sich jemand so viel Mühe machen …«

»Quinns Mörder musste versuchen, sich ein Alibi zu verschaffen. Und das ist ihm gelungen. Es ist ein sehr geschicktes Alibi. Alles in diesem Fall schien darauf hinzudeuten, dass Quinn am Abend des Freitags – zumindest am frühen Abend – noch am Leben war, und es war von entscheidender Bedeutung –«

»Sie meinen, Quinn hätte am Freitagabend nicht mehr gelebt?«

»Nein«, sagte Morse langsam. »Da war Quinn schon seit mehreren Stunden tot.«

Es blieb lange still in dem kleinen Raum. Dann wiederholte Roope: »Seit mehreren Stunden, sagen Sie?«

Morse nickte. »Wann genau Quinn ermordet wurde, weiß ich allerdings nicht. Ich hatte gehofft, das würden Sie mir sagen können.«

Roope lachte laut auf. Dann schüttelte er den Kopf. »Und Sie glauben, ich hätte Quinn umgebracht?«

»Deshalb sind Sie hier. Und deshalb bleiben Sie auch hier, bis Sie mir die Wahrheit gesagt haben.«

Roopes Stimme kletterte plötzlich gereizt in die Höhe. »Aber – aber ich war an diesem Freitag in London, das habe ich Ihnen doch schon gesagt. Ich bin um 16.15 Uhr nach

Oxford zurückgekommen, warum glauben Sie mir das nicht?«

»Nein, das kann ich nicht.«

»Dann will ich Ihnen mal was sagen, Inspector. Wo ich an dem bewussten Abend von fünf bis acht war, kann ich nicht beweisen, jedenfalls nicht zu Ihrer Zufriedenheit. Und Sie würden mir ja doch nicht glauben. Aber wenn Sie entschlossen sind, mich noch eine Weile in diesem Loch festzuhalten, erheben Sie wenigstens eine Anklage, die Hand und Fuß hat. Ich bin also mit Quinns Wagen gefahren und habe für ihn eingekauft und weiß der Geier was noch. Lassen wir das mal so stehen, wenns Ihnen Spaß macht. Aber dann legen Sie mir wenigstens auch den Mord an Quinn zur Last. Um zwanzig nach vier, oder wann Sie wollen. Um fünf, um sechs, um sieben, ganz nach Wunsch. Aber seien Sie vernünftig, Mann. Bis um drei war ich in London, danach im Zug. Warum geht das nicht in Ihren Schädel? Erfinden Sie von mir aus irgendwas, aber tun Sie mir einen Gefallen – verraten Sie mir, wann ich den Mann ermordet haben soll.«

Lewis hatte den Eindruck, dass Morse etwas von seiner Selbstsicherheit abhandengekommen war. Er griff nach den Papieren, die vor ihm lagen, und blätterte sinnlos darin herum. Irgendwas war gründlich danebengegangen.

»Ich habe nur Ihre Aussage dafür, Mr Roope«, (aha, jetzt hieß es plötzlich *Mr* Roope!), »– dass Sie mit diesem Zug nach Oxford gefahren sind. Ich weiß, Sie waren bei Ihrem Verleger, wir haben das nachgeprüft, aber Sie könnten –«

»Darf ich telefonieren, Inspector?«

Morse zuckte leicht pikiert die Schultern. »Es ist eigentlich nicht üblich, aber …«

Roope griff zum Telefonbuch, wählte eine Nummer, sprach ein paar Sätze und reichte Morse den Hörer. Am anderen Ende der Leitung waren Cabriolet Taxis Services. Morse hörte zu, nickte, stellte keine Fragen. »Alles klar.

Besten Dank.« Er legte auf und sah Roope an. »Sie hatten mehr Erfolg als wir, Mr Roope. Haben Sie auch mit dem Bahnsteigschaffner gesprochen?«

»Nein. Er hatte die Grippe, kommt aber diese Woche wieder in den Dienst.«

»Da waren Sie ja sehr aktiv.«

»Ich war beunruhigt, was Sie mir wohl kaum verdenken können. Ständig Ihre Fragen, wo ich war – da musste ich ja das Gefühl haben, Sie hätten es auf mich abgesehen. Ja, und da habe ich mir eben gesagt, es ist besser, wenn du dich mal umhörst. Wir haben alle einen gewissen Selbsterhaltungstrieb.«

»Hm.« Morse strich sich mit dem Zeigefinger der linken Hand über die Nase, wählte und ließ sich den Chefredakteur der *Oxford Mail* geben. »Verstehe. Da sind wir also zu spät dran. Seite 1, sagen Sie? Tja, da kann man nichts machen. Wie ist es unter Letzte Meldungen? Gut. Sagen wir – äh –, ›Mordverdächtiger auf freien Fuß gesetzt. Mr C. A. Roope (s. Seite 1), der heute im Zusammenhang mit dem Mord an Nicholas Quinn verhaftet worden war, wurde heute Nachmittag freigelassen. Chief Inspector –‹ Wie meinen Sie? Dafür ist kein Platz mehr? Na ja, besser als nichts. Tut mir leid, dass ich Ihnen zusätzliche Arbeit gemacht habe, so was kommt manchmal vor. Leider. Wiederhören.«

Morse wandte sich wieder an Roope. »Ja, wie gesagt, so was kommt manchmal vor …«

Roope stand auf. »Geschenkt. Für einen Tag haben Sie genug geredet. Ich darf also annehmen, dass ich frei bin?« Seine Stimme war ätzend.

»Ja, Sir. Und wie gesagt …« Er ließ den Satz in der Luft hängen, und Roope sah ihn verächtlich an. »Haben Sie einen Wagen hier, Sir?«

»Nein, ich besitze keinen Wagen.«

»Ach, richtig. Wenn Sie wollen, kann Sergeant Lewis –«

»Nein, danke. Ihre Gastfreundschaft habe ich heute schon lange genug genossen. Ich nehme den Bus.«

Und ehe Morse noch etwas sagen konnte, war er draußen, ging rasch über den Hof und in den sonnigen kalten Nachmittag hinein.

In den letzten zehn Minuten des Gesprächs wusste Lewis überhaupt nicht mehr, woran er war, ja, er hatte sich dabei ertappt, dass er Morse anstarrte, als sei der ein Kalb mit zwei Köpfen. Was hatte der Chief Inspector sich dabei eigentlich gedacht? Morse hatte sich über seine Papiere gebeugt. Jetzt sah er auf, und ein eigentümlich selbstzufriedenes Lächeln lag um seine Lippen. Er sah, dass Lewis ihn beobachtete, und zwinkerte ihm aufgeräumt zu.

26

Der Mann im Haus ist besorgt, aber einigermaßen ruhig. Mehrmals am späten Nachmittag und am frühen Abend läutet das Telefon. Durchdringend und gebieterisch. Er hebt nicht ab, denn er hat gesehen, dass ein Fernmeldetrupp an der Ecke Telefonleitungen repariert hat. Ungeschickt und auffällig. Sie müssen ihn für einen Trottel halten. Dabei weiß er, dass sie durchaus nicht dumm sind, und diese Überlegung geht ihm nach. Immer wieder sagt er sich, dass sie nichts wissen, dass sie nur mutmaßen können, dass sie keine Beweise haben. Vor diesem Labyrinth würde sogar die unermüdlichste Ariadne kapitulieren, das Wollknäuel führt nur in Sackgassen und zu vermauerten Zugängen. Dieses verdammte Telefon. Er wartet, bis die scheinbar unerschöpfliche Geduld des unverschämten Anrufers sich endlich doch erschöpft hat, und nimmt den Hörer ab. Aber er surrt weiter.

Unerträglich. Zehn vor sechs stellt er das Transistorradio an und hört – allerdings nur mit einem Bruchteil seiner bewussten Wahrnehmung –, wie der City-Korrespondent der BBC über die Schwankungen des *Financial-Times*-Index und das Schicksal des floatenden Pfundes berichtet. Er selbst hat keine Geldsorgen. Nein, wahrhaftig nicht.

Der Mann vor dem Haus hält Wache, wie schon seit dreieinhalb Stunden. Seine Füße sind nass und kalt. Er sieht auf die Leuchtziffern seiner Uhr. 17.40 Uhr. Zwanzig Minuten bis zur Ablösung. Noch immer keine Bewegung – nur der Schatten, der immer wieder hinter dem Fenstervorhang vorbeizieht.

Wenn Schlaf als Erschlaffen des Bewusstseins definiert werden kann, schläft der Mann im Haus in dieser Nacht nicht. Früh um sechs ist er bereits wieder angezogen und wartet. Um 6.45 Uhr hört er draußen auf der dunklen Straße das Klappern von Milchflaschen. Doch noch immer wartet er. Erst um 7.45 Uhr kommt der Zeitungsbote mit der *Times*. Es ist noch immer dunkel, und die kleine Transaktion ist schnell abgewickelt. Unkompliziert und ohne Zeugen.

Der Mann vor dem Haus hat fast die Hoffnung aufgegeben, als um 13.15 Uhr die Tür aufgeht, ein Mann herauskommt und ohne Eile in Richtung Oxford davongeht. Der Mann draußen schaltet auf Sendung und spricht in sein Funkgerät. Dann schaltet er auf Aufnahme. Die Anweisung ist kurz und knapp. »Folgen Sie ihm, Dickson. Und passen Sie auf, dass er Sie nicht sieht.«

Der Mann aus dem Haus geht zum Bahnhof, sieht sich um und betritt den Wartesaal. Er bestellt eine Tasse Kaffee, setzt sich ans Fenster und sieht hinaus auf den Parkplatz. Um

13.35 Uhr fährt langsam ein Wagen vorbei. Ein bekannter Wagen, der den Hang zum Parkplatz hinunterrollt. Die automatische Schranke hebt sich, der Wagen steuert die hinterste Ecke der Parkfläche an. Der Parkplatz ist fast voll. Der Mann im Wartesaal setzt seine halb geleerte Tasse ab, zündet sich eine Zigarette an, legt das abgebrannte Streichholz ordentlich in die Schachtel zurück und geht hinaus.

Um 14 Uhr hält das junge Mädchen in dem braunen Kleid es nicht mehr aus. Auch die wenigen Gäste mustern ihn schon seit einiger Zeit recht eigentümlich. Sie kommt hinter der Theke hervor und tippt ihm auf die Schulter. Er ist höchstens mittelgroß. »Entschuldigen Sie, Sir. Aber möchten Sie vielleicht einen Kaffee?«

»Nein, bringen Sie mir einen Tee, bitte«, sagt er liebenswürdig, und als er den starken Feldstecher absetzt, sieht sie, dass er hellgraue Augen hat.

Kurz nach fünf kommt Lewis nach Hause. Er ist müde, und seine Füße sind Eisklumpen.

»Bleibst du jetzt hier?«

»Ja, Schatz, Gott sei Dank. Ich bin total durchgefroren.«

»Dieses Ekel Morse will dir wohl eine Lungenentzündung anhängen, was?«

Lewis hat verstanden, was seine Frau gesagt hat, aber er denkt an etwas anderes. »Ein Schlitzohr, dieser Morse, alles, was recht ist. Aber ob er diesmal richtigliegt …« Doch seine Frau hört nicht mehr hin, und Lewis vernimmt das hochwillkommene Klappern der Bratpfanne in der Küche.

27

Am Mittwochvormittag legte Morse in der Geschäftsstelle des Verbandes Bartlett ganz offen dar, dass es bei der Durchführung der Prüfungen mit größter Wahrscheinlichkeit zu kriminellem Missbrauch gekommen war. Insbesondere äußerte er den Verdacht, dass Prüfungsfragen unerlaubt nach Al-jamara weitergegeben worden waren, und reichte Beweisstück Nummer 1 über den Tisch.

»Lieber George,
herzliche Grüße an alle in Oxford. Schönen Dank für Dein
Schreiben und für das Sommerprüfungs-Päckchen.
Melde- und Gebührenformulare sind angeblich bereit
zum endgültigen Versand an den Verband für Freitag,
den 20., oder allerspätestens, wie man mir sagt, den 21.
Hier klappts jetzt besser, doch ist dem Chaos noch immer Tür
und Tor geöffnet, wenn man nicht aufpasst. Aber in zwei, drei
Jahren werden wirs Euch schon zeigen. Bitte
sieh zu, dass Änderungen der Prüfungsordnung nicht sofort
vorgenommen werden, das könnte das Projekt total vernichten.
Schöne Grüße ...«

Bartlett las stirnrunzelnd, dann blätterte er kurz in seinem Schreibtischkalender. »Das ist – äh – doch alles Unsinn. Die Meldeformulare mussten bis zum 1. März bei uns sein. Wir machen das jetzt über Computer, und alles, was nach –«

»Sie meinen, dass die Meldeformulare aus Al-jamara schon da waren, als der Brief geschrieben wurde?«, fiel ihm Morse ins Wort.

»Aber ja. Sonst hätten wir die dortigen Kandidaten ja nicht prüfen können.«

»Und die haben Sie geprüft?«

»Selbstverständlich. Und dann diese Geschichte mit dem Sommerprüfungs-Päckchen. Das kann höchstens Anfang April eingetroffen sein. Die Hälfte der Prüfungsbögen war bis dahin noch gar nicht gedruckt. Und da ist noch eine Unstimmigkeit. Der 20. März ist kein Freitag – jedenfalls nicht nach meinem Kalender. Nein, nein, ich würde nicht zu viel auf diesen Brief geben, er ist bestimmt nicht von einem unserer –«

»Die Unterschrift erkennen Sie nicht?«

»Das wäre wohl zu viel verlangt. Sieht aus wie ein Stacheldrahtverhau.«

»Lesen Sie mal die rechte Seite des Briefes senkrecht von oben nach unten, Sir. Das letzte Wort auf jeder Zeile.«

Ausdruckslos las Bartlett: »Dein-Päckchen-bereit-Freitag-21.-Tür-drei-Bitte-sofort-vernichten.« Er nickte nachdenklich vor sich hin. »Jetzt wird mir einiges klar, Inspector. Von selbst wäre ich allerdings nie darauf gekommen. Sie glauben, dass George Bland …«

»… dass George Bland an der Sache gedreht hat, jawohl. Meiner Ansicht nach enthielt dieser Brief Anweisungen, wo und wann er sich das fällige Honorar abholen konnte.«

Bartlett holte tief Luft und konsultierte erneut seinen Kalender. »Nicht ausgeschlossen. Am Freitag, dem 21., war er nicht im Haus.«

»Wissen Sie, wo er war?«

Bartlett reichte Morse den Kalender. Eine der zahlreichen kurzen, sauber notierten Eintragungen unter dem 21. März lautete: GB nicht im Büro.

»Können Sie ihn erreichen, Sir?«

»Aber ja, ich habe ihm erst am Mittwoch ein Telegramm geschickt. Wegen Quinn. Sie hatten sich kennengelernt, als –«

»Hat er geantwortet?«

»Noch nicht.«

Morse gab sich einen Ruck. »Ich kann Ihnen natürlich nicht alles sagen, Sir, aber Sie sollten wissen, dass in meinen Augen der Tod von Quinn und Ogleby direkt mit Bland in Zusammenhang steht. Ich glaube, Bland war korrupt genug, um die Integrität des Verbandes bedenkenlos aufs Spiel zu setzen, sofern für ihn etwas dabei heraussprang. Aber auch hier – nicht unbedingt unter den akademischen Mitarbeitern, aber jedenfalls bei Ihnen im Hause – muss es jemanden geben, der eng mit Bland zusammenarbeitet, jemanden, der über die Tätigkeit in der Geschäftsstelle genau im Bilde ist. Für mich steht so gut wie fest, dass Quinn entdeckt hat, wer es war, und deshalb umgebracht wurde.«

Bartlett zeigte sich nur mäßig überrascht. »Etwas in der Richtung hatte ich erwartet, Inspector. Sie glauben, dass auch Ogleby der Sache auf die Spur gekommen ist und aus dem gleichen Grund ermordet wurde.«

»Es könnte sein, Sir. Es ist allerdings auch möglich, dass Sie einen falschen Schluss ziehen. Es kann sein, dass Nicholas Quinns Mörder bereits für sein Verbrechen bestraft worden ist.«

Jetzt war Bartlett ehrlich erschüttert. Die Augenbrauen schnellten in die Höhe, die randlose Brille rutschte in Richtung Nasenspitze. Morse fuhr fort:

»Ich fürchte, Sie können nicht mehr ausschließen, Sir, dass Quinns Mörder hier, direkt unter Ihrer Nase, gearbeitet hat. Dass es Ihr Vertreter, Philip Ogleby, war.«

Als zehn Minuten später Lewis kam, waren Morse und Bartlett schon dabei, Vorbereitungen für die Sitzung zu treffen. Bartlett sollte alle Mitglieder des Verbandes schriftlich oder telefonisch für Freitag um 10 Uhr zu einer außerordentlichen Generalversammlung einladen. Er sollte im Hinblick auf die Bedeutung dieser Zusammenkunft verlangen, dass die Eingeladenen alle anderen Verpflichtungen absagten, um teilnehmen zu können. Immerhin ging es um den Mord an zwei Mitarbeitern.

Draußen auf dem Gang flüsterte Lewis Morse zu: »Sie hatten recht, Sir. Es hat zwei Minuten geläutet, Noakes bestätigt das.«

»Sehr gut. Dann können wir wohl zuschlagen. Ist der Wagen draußen?«

»Ja, Sir. Soll ich mitkommen?«

»Nein. Gehen Sie schon voraus, wir kommen gleich nach.« Er ging ein paar Schritte weiter, klopfte leise und trat ein. Sie saß am Schreibtisch und unterschrieb Briefe, nahm aber rasch ihre Lesebrille ab, stand auf und lächelte erwartungsvoll. »Noch ein bisschen früh für einen Drink, nicht?«

»Fehlanzeige – leider. Der Wagen wartet draußen. Nehmen Sie bitte Ihren Mantel mit.«

Am Mittwochmorgen geht der Mann nicht aus dem Haus. Der Zeitungsbote bleibt noch ein paar Sekunden stehen, nachdem er die *Times* durch den Briefschlitz gesteckt hat, aber heute zeichnet sich kein lukratives Geschäft ab. Der Milchmann bringt einen halben Liter Milch, der Briefträger bringt keine Briefe, der Tag keine Besucher. Ein paarmal hat das Telefon geläutet, und um zwölf meldet es sich wieder. Vier Anschläge, Pause, dann fängt es wieder an zu läuten, und der Mann zählt mechanisch mit. Achtundzwanzig, neunundzwanzig, dreißig. Das Telefon verstummt, und der Mann lächelt vor sich hin. Es ist ein gutes System, sie benutzen es nicht zum ersten Mal.

Der Mann draußen wartet immer noch – voller Spannung, denn er glaubt, dass die Stunde der Abrechnung nah ist. Um 16.20 Uhr merkt er, dass sich hinter dem Haus etwas tut, und eine Minute später taucht der Mann mit einem

Fahrrad auf, strampelt rasch auf die Kreuzung zu und ist fünf Sekunden später verschwunden. Es ging zu schnell, war zu unerwartet. Constable Dickson flucht leise vor sich hin und ruft im Präsidium an, wo Sergeant Lewis deutlich sein Missfallen äußert.

Wieder ist der Parkplatz sehr voll, wieder steht Morse am Wartesaalfenster. Er fragt sich, was wohl passieren würde, wenn ein heftiger Schneeschauer die Wege mit einer weißen Decke überziehen würde. Dann müssten die verblüfften Autofahrer überlegen, wo sie ihre Wagen abgestellt haben, und genau diese Stelle ansteuern – und wiederfinden. So wie Morse jetzt die Stelle mit seinem Feldstecher wiederfindet. Aber es ist nichts zu sehen. Eine halbe Stunde später, um 17.15 Uhr, ist immer noch nichts zu sehen. Er gibt auf, spricht mit dem Bahnsteigschaffner und erfährt, dass Roope allem Anschein nach mit seiner Aussage nicht gelogen hat, er habe am Freitag, dem 21. November, die Sperre passiert, als sei er mit dem Zug um 15.05 Uhr von Paddington gekommen.

Als der Mann im Haus am nächsten Tag, Donnerstag, dem 4. Dezember, um halb zehn vor die Haustür tritt, wird er von Sergeant Lewis und Constable Dickson verhaftet. Er wird der Beihilfe zum Mord an Nicholas Quinn und Philip Ogleby angeklagt.

28

Der Fall war praktisch gelaufen, und Morse hatte – ein wenig betrunken und sehr selbstzufrieden – die Füße auf den Schreibtisch gelegt, als Lewis am Donnerstagnachmittag zu ihm ins Büro kam. »Ich habe ihn gefunden, Sir. Musste ihn aus dem Unterricht in der Cherwell School holen – aber es war genau, wie Sie gesagt haben.«

»Ja, damit haben wir wohl alles wasserdicht gemacht und …« Er unterbrach sich. »Sie machen keinen sehr glücklichen Eindruck. Was ist los mit Ihnen?«

»Ich verstehe immer noch nicht, was hier läuft.«

»Sie wollen mir doch morgen früh nicht den Spaß verderben?«

Lewis schüttelte widerstrebend den Kopf, aber er kam sich vor wie ein Examenskandidat, der soeben den Prüfungsraum mit dem Gefühl verlassen hat, dass er seine Sache sehr viel besser hätte machen müssen. »Sie müssen mich für ziemlich dämlich halten.«

»Keineswegs. Es war ein sehr gerissenes Verbrechen, Lewis. Ich habe einfach Glück gehabt.«

»Wahrscheinlich habe ich, wie immer, die offenkundigen Hinweise übersehen.«

»Weil sie eben nicht offenkundig waren, alter Freund. Tja, vielleicht …« Er nahm die Füße vom Schreibtisch und zündete sich eine Zigarette an. »Ich will Ihnen sagen, wie ich auf die richtige Spur gekommen bin. Ich glaube, das Wichtigste an dem Fall war Quinns Schwerhörigkeit. Es war nicht nur eine leichte Behinderung – Quinn war fast taub. Aber er war, wie wir wissen, ungewöhnlich bewandert in der Kunst des Lippenlesens, und ebendieser Kunst verdankte Quinn auch die Erkenntnis, dass einer seiner Kollegen ein Betrüger war. Für Leute, die mit staatlichen Prüfungen zu tun haben, ist es die größte Sünde wider den Heiligen Geist, vorab etwas über Prüfungsfragen verlauten zu lassen. Und genau das hatte einer von Quinns Kollegen getan, und er ist ihm draufgekommen. Ich hatte aber eine weitere offenkundige und sehr viel wichtigere Folge von Quinns Schwerhörigkeit nicht berücksichtigt. Dabei war die Sache sehr einfach, jeder Idiot hätte darauf kommen können. Quinn war ein

Genie, wenn es darum ging, den Leuten die Worte von den Lippen abzulesen. Aber er konnte gewissermaßen nur hören, was andere sagten, wenn er sie sehen konnte. Lippenlesen nutzt einem nichts, wenn der Gesprächspartner hinter einem steht, oder wenn draußen auf dem Gang jemand schreit, dass eine Bombe im Haus ist. Wenn jemand bei Quinn klopfte, merkte er es nicht. Aber sobald jemand die Tür aufmachte und etwas sagte, war alles in Ordnung. Noch einmal: Quinn konnte nicht hören, was er nicht sah.«

»Und darauf soll ich mir einen Reim machen, Sir?«

»Sollen Sie, Lewis. Und das werden Sie auch, wenn Sie sich mal den Freitag vor Augen halten, an dem Quinn ermordet wurde.«

»Dass er am Freitag ermordet wurde, steht also fest?«

»Wenns drauf ankäme, könnte ich Ihnen die Tatzeit wahrscheinlich sogar bis auf die Minute genau nennen.«

Morse wirkte sehr selbstzufrieden, und Lewis war hin- und hergerissen zwischen dem Wunsch, seine Neugier zu befriedigen, und einem gewissen Widerstreben, das bereits überaus gut entwickelte Ego seines Chefs noch mehr aufzublähen. Aber so langsam sah er Land. Ja, natürlich, Noakes hatte gesagt … Er nickte vor sich hin, und die Neugier siegte.

»Wie war das dann aber mit der Geschichte im Kino? War das einfach eine raffiniert gelegte falsche Spur?«

»Keineswegs. Sie war als falsche Spur gedacht, verhalf uns aber – vom Standpunkt des Mörders aus bedauerlicherweise – zu mehreren entscheidenden Hinweisen. Überlegen Sie mal. Mit jeder neuen Information über Quinns Tod rückte die Tatzeit immer weiter in den Abend hinein. Gegen 12.20 Uhr rief er in Bradford an. Um halb zwei ging er ins *Studio 2*, nachdem er seiner Sekretärin einen Zettel hingelegt hatte. Viertel nach fünf kam er wieder ins Büro zurück und fuhr nach Hause. Er legte seiner Putzfrau einen Zettel hin und ging einkaufen. Zehn nach fünf telefonierte er. Vor halb sieben – das heißt, bis Mrs Evans kam – hatte niemand das Haus betreten. Mrs Greenaway hatte die ganze Zeit die Einfahrt im Blick. Also muss Quinn später am Abend oder sogar erst am folgenden Vormittag ermordet worden sein. Der Obduktionsbericht hat uns da nicht viel gebracht, es blieb uns nichts anderes übrig, als unserer Nase zu folgen – was wir getan haben. Aber wenn man genau hinsieht, stellt sich heraus, dass nach Freitagmittag niemand mehr Quinn wirklich *gesehen* hat. Nehmen wir das Telefonat mit Bradford. Ein Lehrer – und alle akademischen Mitarbeiter des Verbandes waren mal im Schuldienst – weiß, dass 12.20 Uhr eine besonders ungünstige Zeit ist, jemanden vom Lehrpersonal ans Telefon zu bekommen. In den meisten Schulen wird da noch unterrichtet. Im Klartext: Der Anrufer hatte gar nicht die Absicht, seinen Gesprächspartner auch zu erreichen. Erreicht wurde nur – und leider sehr erfolgreich –, dass ich mich vergaloppiert habe. Jetzt zu dem Zettel, den Quinn auf seinen Schreibtisch gelegt hat. Wir wissen, dass Bartlett in seinem Laden ein ziemlich strenges Regiment führte. Zu seinen eisernen Regeln gehört, dass die Mitarbeiter eine Mitteilung hinterlassen, wenn sie aus dem Haus gehen. Quinn war seit einem Vierteljahr bei dem Verband, er war ein heller Kopf, der es seinem Chef recht machen wollte. Er muss in diesen drei Monaten Dutzende von Zetteln geschrieben haben. Für jemanden, der so was gut gebrauchen konnte, um ein Alibi zu festigen, war es ein Leichtes, irgendwann einen dieser Zettel an sich zu nehmen – und das hat dieser Jemand prompt getan. Wir kommen zu dem Telefongespräch, das Mrs Greenaway mitgehört hat. Auch hier ist wichtig, dass sie nicht *gesehen* hat, wie Quinn telefonierte. Sie ist nervös, sie glaubt, dass das Baby jeden Augenblick kommen kann, sie hat nicht das geringste Interesse an dem, was gesprochen wird, ihr geht es nur darum, dass die Telefonierenden endlich die Leitung frei machen. Sie hört Stimmen, nimmt sie aber nicht auf, wartet nur sehnsüchtig darauf, dass endlich Schluss ist. Und wenn der andere Gesprächspartner – der, den Quinn ihrer Meinung nach angerufen hat – gerade jetzt den größten Teil des Gesprächs bestreitet ... Begreifen Sie jetzt, worauf ich bei Roope hinauswollte, Lewis? Wenn es Roope war, der in der Leitung hing, der gelegentlich ein Ja oder Nein einschob, würde Mrs Greenaway, deren Gehör nach eigener Aussage ohnehin nicht besonders gut ist, ihn automatisch für Quinn halten. Quinn stammte, wie Roope, aus Bradford, beide hatten einen ziemlich breiten nordenglischen Akzent, und Mrs Greenaway erinnert sich nur noch daran, dass sich eine der Stimmen gebildet und professoral angehört hat. Zugegeben, sehr viel weiter kommen wir damit nicht. Allenfalls steht jetzt fest, dass das Gespräch nicht zwischen Quinn und Roope stattgefunden hat. Aber das wusste ich schon, Lewis, denn ich wusste, dass Quinn schon mehrere Stunden tot gewesen sein musste, als von Quinns Zimmer aus telefoniert wurde.«

»Da hat er ja Glück gehabt, dass Mrs Greenaway nicht ...«

Morse nickte. »Ja. Aber kein Glück ist vollkommen. Bedenken Sie, dass Mrs Evans –«

»Ja, so weit ist mir das jetzt klar. Nur bei der Sache mit *Studio 2* blicke ich nach wie vor nicht durch.«

»Kein Wunder – bei all den Lügengeschichten, die uns da aufgetischt wurden. Aber ich will Ihnen ein, zwei Tipps geben. Martin und Monica hatten sich entschlossen, am Freitagnachmittag ins Kino zu gehen, und versuchten dann erstaunlicherweise, von diesem guten auf ein oberfaules Alibi umzuschwenken. Was mag dahinterstecken, Lewis? Als einzige einigermaßen einleuchtende Antwort fiel mir ein, dass sie etwas gesehen hatten, worüber sie nicht sprechen wollten. Ich glaube, dass Monica zumindest in diesem Punkt bereit war, mir reinen Wein einzuschenken. Ich fragte sie, ob sie beim Hineinkommen jemanden gesehen habe, was sie verneinte.« Morse lächelte ein wenig. »Begreifen Sie jetzt?«

»Nein.«

»Nicht aufgeben, Lewis. Halten wir fest: Martin und Monica sind geblieben, um sich den Film anzusehen. Kapiert? Was immer die beiden – oder einen von ihnen – verunsichert hatte, aus dem Kino getrieben hat es sie nicht. Na? Dämmert es allmählich?«

Lewis war ratloser denn je, aber seine Neugier ließ ihn nicht ruhen. »Und was war mit Ogleby?«

»Jetzt kommen wir zum springenden Punkt, Lewis. Ogleby hat mich angeschwindelt. Er hat mir ein oder zwei Lügen erster Güte aufgetischt. Aber im Wesentlichen entsprach seine Aussage der Wahrheit. Sie waren ja dabei, als ich ihn vernommen habe, Lewis, und brauchen sich nur Ihre Notizen noch mal anzusehen. Er hat ein paar sehr interessante Bemerkungen gemacht. Zum Beispiel, dass er an dem bewussten Freitagnachmittag im Büro war.«

»Und Sie glauben, er war wirklich da?«

»Ich weiß es. Er musste einfach da sein, verstehen Sie?«

»Ah ja«, sagte Lewis, der nichts verstand. »Dann war er wohl auch im *Studio 2*?«

Morse nickte. »Ja, später. Und denken Sie daran, dass er sorgsam eine Kinokarte abgezeichnet hat, die ihm nicht gehörte. Die Karte, die wir in Quinns Tasche fanden. Kleine Quizfrage, Lewis: Wann und warum hat Ogleby das getan?«

»Ich weiß es nicht, Sir. Allmählich komme ich total ins Schleudern.«

Morse stand auf und begann, im Zimmer auf und ab zu gehen. »Dabei ist es im Grunde ganz einfach, Lewis. Überlegen Sie mal – warum hat er die Kinokarte nicht einfach an sich genommen? Er muss sie gesehen, muss sie in der Hand gehalten haben. Da gibt es doch nur eins.«

Lewis nickte hoffnungsvoll, und zu seiner großen Erleichterung fuhr Morse fort:

»Ganz recht. Ogleby hatte die Kinokarte gar nicht finden

sollen, aber er hat sie gefunden, und er wusste, dass sie aus einem ganz bestimmten Grund an der Stelle lag, wo er sie entdeckt hat. Und er wusste, dass er sie dort nicht wegnehmen konnte.«

Das Telefon läutete, Morse sagte, er werde gleich dort sein.

»Kommen Sie mit, Lewis. Sein Anwalt ist da.« Während sie zu den Haftzellen gingen, erkundigte sich Morse bei Lewis, ob er wüsste, wo die Langerhans-Inseln lägen.

»Kommt mir irgendwie bekannt vor. Ostsee?«

»Falsch. Pankreas – falls Ihnen das was sagt.«

»Doch. Der Pankreas ist eine große Drüse, die in den Zwölffingerdarm mündet.«

Morse sah seinen Mitarbeiter anerkennend an. Eins zu null für Lewis.

29

Als Morse sich die Schüler betrachtete, die am Donnerstagabend mit ihren privaten oder Krankenkassen-Hörhilfen beim Unterricht saßen, dachte er daran, dass in den vergangenen Wochen Quinn unter ihnen gesessen und an ihren Geheimnissen und lautlosen Manifestationen teilgehabt hatte. Acht waren es, die sich vor der Lehrerin aufgereiht hatten, und Morse kam es vor, als sähe er einen Fernseher mit abgestelltem Ton. Die Lehrerin sprach, denn ihre Lippen bewegten sich, und sie machte die beim Sprechen üblichen Bewegungen, aber kein Laut war zu hören. Als es Morse gelungen war, sich von dem jähen Verdacht zu befreien, er sei plötzlich taub geworden, beobachtete er die Lippen der Lehrerin genau und versuchte, die Worte zu erkennen. Ab und zu meldete sich einer der Schüler und stellte eine lautlose Frage, und dann schrieb die Lehrerin ein Wort an die Tafel.

Häufig handelte es sich bei den Stolpersteinen um Worte, die mit P, B oder M anfingen, gelegentlich auch mit T, D oder N. Lippenlesen war offenbar eine hohe Kunst.

Am Ende der Stunde bedankte sich Morse bei der Lehrerin, die ihm diese Gastrolle ermöglicht hatte, und erwähnte Quinn. Er war ihr bester Schüler gewesen, sie waren alle tief betroffen von seinem Tod. Ja, er war sehr schwerhörig gewesen, aber wenn man es nicht wusste, merkte man das kaum.

Es klingelte. Neun Uhr – das Haus wurde geschlossen.

»Konnte er das hören?«, fragte Morse.

Doch die Lehrerin hatte sich abgewandt, um etwas ins Klassenbuch zu schreiben. Die Glocke ging noch einmal.

»Hätte Quinn das hören können?«, fragte Morse.

Aber sie nahm noch immer keine Notiz von ihm, und erst jetzt ging Morse ein Licht auf. Als sie endlich aufsah, wiederholte er seine Frage. »Konnte Quinn die Glocke hören?«

»Konnte Quinn ... Wie meinten Sie?«

»Konnte Quinn die Glocke hören?«, wiederholte Morse mit übertrieben deutlichen Mundbewegungen.

»Ach so, die Glocke ... Läutet es? Nein, das hören wir leider alle nicht.«

Am Donnerstag war Gästeabend im Lonsdale College, aber nach ein paar Verdauungsdrinks verzog sich der Präsident des Verbandes für Auslandsprüfungen wieder in seine Räume. Es passte ihm gar nicht, seinen Terminplan für Freitagvormittag umwerfen zu müssen, denn eine der wenigen Obliegenheiten, an denen er wirklich Spaß hatte, war das Gespräch mit Studienbewerbern. Während er über den Hof ging, überlegte er missgelaunt, wie lange die Sitzung wohl dauern würde und warum Tom Bartlett es so dringend gemacht hatte. Die Sache wurde ihm sowieso allmählich zu viel. Er war einfach zu alt für so einen Posten und freute sich auf die Pensionierung in einem Jahr. Eins stand fest –

Vorfälle wie in den letzten vierzehn Tagen bekam er einfach nicht mehr in den Griff.

Er blätterte die Unterlagen auf seinem Schreibtisch durch und las die Lobeshymnen von Schulleitern und Schulleiterinnen, die sich verzweifelt bemühten, mit ihren Schulen auf der Tabelle der Oxbridge-Liga ein paar Plätze weiterzukommen. Offenbar hatten die Damen und Herren noch nicht erkannt, dass sie mit diesem Geschwätz eher das Gegenteil erreichten. Da war der Bericht einer Direktorin über eine Schülerin, die sich um einen der wenigen in Lonsdale vergebenen Studienplätze für Frauen bewarb. Selbstredend war das Mädchen die beste Schülerin ihres Jahrgangs und hatte einen ganzen Schrank voller Preise gewonnen. Unter »Persönlichkeit« hieß es: »Nicht unattraktiv und sehr lebhaft, mit einem eigenwilligen Sinn für Humor und treffsicherem Witz.« Der Präsident lächelte säuerlich. Was für ein Satz! Im Laufe der Jahre hatte er sich eine eigene Synonymliste zusammengestellt.

»nicht unattraktiv« = ausgesprochene Schreckschraube
»lebhaft« = meist angeheitert
»eigenwillig« = überspannt
»treffsicher« = absolut ruppig

Aber vielleicht war sie gar nicht so übel. Leider würde er sie nun nicht zu Gesicht bekommen, und daran war nur dieser blödsinnige Verband schuld. Er hätte gern wieder einmal seine Theorie getestet. Nur zu oft versuchten sich die Leute ganz anders zu geben, als sie in Wirklichkeit waren – was ja auch keine Schwierigkeit ist. Ein lächelndes Gesicht, ein Herz aus Stein. Auch das Gegenteil war denkbar. Ein steinernes Gesicht, und … Eine unbestimmte Erinnerung regte sich. Irgendwas in der Richtung hatte doch Chief Inspector Morse gesagt? Aber es wollte ihm nicht einfallen. Kein Beinbruch, so wichtig konnte es nicht gewesen sein.

Um acht rief Mrs Martin bei Bartlett an. Wusste er vielleicht, wo Donald steckte? Hatte er eine Sitzung? Ja, gewiss, manchmal arbeitete er noch lange im Büro, aber so spät war es noch nie geworden. Bartlett beruhigte sie, so gut es gehen wollte, und versprach zurückzurufen. Die Sache würde sich bestimmt als ganz harmlos herausstellen.

»Was ist, Tom?« Mrs Bartlett war in die Diele gekommen und sah ihn besorgt an. Er legte sanft die Hand auf die ihre und lächelte müde. »Wie oft soll ich es dir noch sagen? Hör meine Telefongespräche nicht mit. Du hast genug eigene –«

»Das tu ich nie, Tom, aber –«

»Schon gut. Es ist nicht dein, sondern mein Problem. Dafür werde ich schließlich bezahlt.«

Mrs Bartlett legte liebevoll einen Arm um ihn. »Ich weiß nicht, was sie dir zahlen, und ich will es auch gar nicht wissen. Ich finde, du wärst selbst mit einer Million nicht überbezahlt. Aber …«

Bartlett spürte, dass sie sich Sorgen machte. »Ich weiß. Man hat den Eindruck, dass die Welt plötzlich verrückt geworden ist. Das war Martins Frau. Er ist noch nicht zu Hause.«

»Ach, Tom …«

»Immer mit der Ruhe. Nur keine voreiligen Schlüsse.«

»Du glaubst doch nicht …«

»Setz dich und schenk dir einen Gin ein. Mir auch einen, bitte. Ich komme gleich nach.« Er suchte sich Monicas Nummer heraus. Wie jemand anders am Vortag zählte auch er mechanisch die Klingelzeichen. Zehn, zwanzig, fünfundzwanzig. Auch Sally war offenbar nicht zu Hause. Er ließ es noch ein paarmal läuten, dann legte er langsam auf. Brach jetzt alles über ihnen zusammen?

Er dachte daran, wie viel Zeit und Kraft er in die Jahre des Aufbaus gesteckt hatte. Irgendwann hatte das Fundament sich verschoben, und der Bau hatte Risse bekommen.

Er wusste auch ziemlich genau, wann das gewesen war – als sie Roope zum Ehrenamtlichen gewählt hatten. Ja, seit dieser Zeit knisterte es im Gebälk. Roope. Ein paar Minuten blieb Bartlett unentschlossen am Telefon stehen. Er hätte den Mann mit Wonne umbringen können. Stattdessen rief er Morse im Präsidium an, aber auch Morse war nicht da. Kein Unglück, er würde es ihm morgen früh sagen.

30

Um Viertel vor zehn betrat Mrs Seth das Haus und ging zum Vorstandsraum hinauf. Sie war die Erste. Unwillkürlich erinnerte sie sich an die letzte Sitzung in diesem Raum, als sie an ihren Vater gedacht hatte. Erinnerte sich an Roopes Rede, an die Entscheidung über die Einstellung von Quinn. Allmählich füllte sich der Raum, man begrüßte sich gedämpft, die Stimmung war gedrückt. Auch die anderen Ehrenamtlichen ließen ihre Gedanken zu der letzten Sitzung zurückgehen, genau wie sie. Manchmal nahm auch der eine oder andere Hauptamtliche an der Sitzung teil, aber nur auf besondere Einladung. Heute war nur Bartlett da, dessen müdes, eingefallenes Gesicht das allgemeine Klima widerspiegelte. Den Mann neben Bartlett kannte sie nicht. Er musste von der Polizei sein. Sah sympathisch aus, etwa ihr Alter, Mitte, Ende vierzig. Das Haar schon etwas dünn. Nette Augen, auch wenn sie einen gleichzeitig anzusehen und durch einen hindurchzublicken schienen. Ein zweiter Unbekannter – wahrscheinlich auch von der Polizei – stand, ein Notizbuch in der Hand, bescheiden außerhalb des inneren Kreises.

Zwei Minuten nach zehn, als nur noch ein Stuhl unbesetzt war, stand Bartlett auf und berichtete in einer bedrückten kleinen Rede von dem Verdacht der Polizei (den er teilte), dass dem Ruf ihrer Prüfungen im Ausland durch die kriminellen Machenschaften von ein oder zwei Persönlichkeiten, in die der Verband volles Vertrauen gesetzt hatte, irreparabler Schaden zugefügt worden sei. Nach Ansicht von Chief Inspector Morse (»rechts von mir«) bestehe ein direkter Zusammenhang zwischen dem Tod von Quinn und Ogleby und dieser Angelegenheit. Nach der Abwicklung der nicht sehr umfangreichen Herbstprüfungen müsse die Tätigkeit des Verbandes zunächst eingestellt werden, um eine gründliche Überprüfung zu ermöglichen. Die Implikationen einer Schließung seien weitreichend, und die Unterstützung aller Anwesenden sei unverzichtbar. Aber dies seien zunächst zweitrangige Erwägungen. Bei der heutigen Sitzung gehe es um ganz andere Dinge, wie sie gleich erfahren würden.

Der Präsident dankte dem Geschäftsführer und äußerte anschließend seine eigenen düsteren Gedanken zur Zukunft des Verbandes, und während er sich mit vielen Ähs und Hms über die Runden quälte, wurden die Vorstandsmitglieder sichtlich unruhig. Am Tisch wurde geflüstert. »Was hat Bartlett gesagt? Einer oder zwei?« »Wer war es, was meinen Sie?« »Warum ist die Polizei dabei?« »Die sind doch von der Polizei, nicht?«

Endlich war der Präsident fertig, und auch das Flüstern erstarb. Es war eine seltsame Umkehrung der natürlichen Abfolge, und Mrs Seth dachte, das müsse wohl an dem Mann zu Bartletts Rechter liegen, der bisher ungerührt dagesessen und sich gelegentlich mit dem Zeigefinger der Linken über die Nase gestrichen hatte. Sie sah, wie Bartlett sich Morse zuwandte und ihn fragend ansah. Morse nickte und erhob sich langsam.

»Meine Damen und Herren, ich habe den Geschäftsführer gebeten, diese Sitzung einzuberufen, weil ich es für angebracht hielt, Sie über die in diesem Hause durchgeführten

Manipulationen von Prüfungsunterlagen unterrichten zu lassen. Sie haben inzwischen einiges darüber erfahren. Damit ist die Sitzung offiziell beendet, und wenn der eine oder andere von Ihnen Termine wahrzunehmen hat, die sich nicht aufschieben lassen, steht es Ihnen frei zu gehen.« Er ließ seine kalten grauen Augen durch den Raum wandern, und die Spannung stieg spürbar. Keiner verzog eine Miene, und es war sehr still. »Vielleicht ist es aber auch angebracht, Sie über die Ermittlungen der Polizei im Mordfall Quinn und im Mordfall Ogleby zu informieren. Ich freue mich, Ihnen mitteilen zu können, dass der Fall inzwischen gelöst – oder so gut wie gelöst – ist. Lassen Sie es mich in unserem Jargon sagen: Ein Mann ist verhaftet worden und wird zur Vernehmung im Zusammenhang mit dem Mord an Quinn und dem Mord an Ogleby festgehalten.«

Nur das Rascheln, mit dem Lewis eine Seite seines Notizbuchs umschlug, unterbrach die Stille. Morse stand im Mittelpunkt, die Ehrenamtlichen hingen an seinen Lippen. »Sie wissen wohl – oder die meisten von Ihnen wissen es –, dass am Montag einer Ihrer Kollegen, Christopher Roope, im Zusammenhang mit dem Mord an Quinn kurz in Haft war. Sie wissen vermutlich auch, dass er wenig später wieder auf freien Fuß gesetzt wurde. Das Beweismaterial rechtfertigte es in unseren Augen nicht, ihn länger festzuhalten, und alles schien darauf hinzudeuten, dass für die Zeit, in der nach Ansicht der Polizei Quinn ermordet wurde, ein hieb- und stichfestes Alibi hatte. Allerdings kann leider kein Zweifel daran bestehen, dass es Roope war, der die Seele des Verbandes verkauft hat – ganz gewiss in Al-jamara, möglicherweise auch noch in anderen Auslandszentren.« Einige der Anwesenden schnappten nach Luft, der eine oder andere machte den Mund auf, aber keiner ließ Morse aus den Augen. »Sein wichtigster Helfershelfer, meine Damen und Herren, war Ihr früherer Kollege George Bland.« Wieder eine Mischung aus Schock und Überraschung, wieder eine Unterströmung gespannter Erwartung. »Ans Licht gekommen ist die Geschichte durch die Aufmerksamkeit und Integrität eines einzelnen Mannes. Dieser Mann war Nicholas Quinn. Wann Quinn seine Entdeckung machte, werden wir vielleicht nie genau erfahren. Denkbar ist es, dass der Anlass jener Empfang war, zu dem die Emissäre aus Al-jamara eingeladen hatten, als einige der Beteiligten es nach reichlichem Alkoholgenuss an Diskretion fehlen ließen und Quinn die Worte, die er dem einen oder anderen Gast von den Lippen ablas, so deutlich ›verstand‹, als habe der Betreffende sie in ein Megafon gesprochen. Der Mord an Quinn war, jedenfalls in meinen Augen, die direkte Konsequenz seiner folgenschweren Entdeckung. Man wollte ihn zum Schweigen bringen, um so sicherzustellen, dass diejenigen, die das Vertrauen der Öffentlichkeit getäuscht hatten, weiterhin ihren – zweifellos recht stattlichen – Lohn von ihren Komplizen im Ausland kassieren konnten. Quinn dürfte das, was er wusste oder zumindest argwöhnte, nicht nur dem Schuldigen erzählt haben, sondern auch noch einem Bekannten, von dem er glaubte, er habe mit den Schiebungen nicht das Mindeste zu tun. Es handelte sich um Philip Ogleby. Einiges lässt darauf schließen, dass Quinn an jenem Abend mehr trank, als ihm zuträglich war, und dass Ogleby ihm folgte, als er die Party verließ. Ich nehme an, dass Ogleby Quinn einholte und ihm sagte, es sei sträflicher Leichtsinn, sich in seinem Zustand ans Steuer zu setzen. Kann sein, dass er ihm angeboten hat, ihn heimzufahren – aber das kann ich natürlich nicht genau sagen. Fest steht für mich, dass Quinn Philip Ogleby erzählt hat, was er wusste. Wenn nun Ogleby selbst bei den Machenschaften mitgemischt hätte, würde das vieles erklären, was uns im Mordfall Quinn Kopfzerbrechen bereitet hat. Von Quinns Kollegen war Ogleby der Einzige, der für die kritische Zeit am Freitagnachmittag kein Alibi hatte. Er ging nach der Mittagspause noch einmal ins Büro und war nach seiner eigenen Aussage den ganzen Nachmittag dort. Quinns Mörder muss sowohl am späten Vormittag als auch zwischen halb fünf und fünf im Haus gewesen sein, und wenn Quinns Mörder einer der Mitarbeiter des Verbandes war, dann gab es nur einen echten Verdächtigen: Ogleby, den Mann, dem sich Quinn anvertraut hatte.«

Am Tisch erhob sich Gemurmel, und einige der Anwesenden rutschten unbehaglich auf ihren Sesseln herum. Als Morse weitersprach, erzielte er damit denselben Effekt wie ein Dirigent, der mit dem Stab ans Pult schlägt.

»Als ich Ogleby fragte, wo er am Freitagnachmittag gewesen sei, hat er mich angelogen. Ich habe die Aussage genau prüfen können, denn mein Sergeant …«, ein paar Köpfe drehten sich, und Lewis reagierte auf den plötzlichen Ruhm mit einiger Verlegenheit – »hat sich seinerzeit ausführliche Notizen gemacht. Ich weiß inzwischen, in welchem Punkt Ogleby mich angelogen hat, mich anlügen musste. Er hat behauptet, er sei gegen halb fünf im Büro gewesen. Hingegen schwören nicht nur Mr Roope, sondern auch Mr Noakes, der Hausmeister, Stein und Bein, er sei nicht da gewesen. Merkwürdig, nicht wahr? Ogleby hat mich in dem einen Punkt belogen, der seine Schuld zu beweisen schien. Und warum? Warum hat er behauptet, er sei den ganzen Nachmittag im Haus gewesen? Warum hat er sich selbst die Schlinge um den Hals gelegt? Keine leichte Frage, zugegeben. Aber es gibt eine Antwort, eine sehr simple Antwort. Ogleby hat gar nicht gelogen. An dieser Stelle jedenfalls hat er die Wahrheit gesagt. Er war tatsächlich hier, auch wenn Roope und Noakes ihn nicht gesehen haben. Und als ich seine Aussage noch einmal durchlas, fragte ich mich, ob die eine oder andere Bemerkung, die ich zunächst für eine Lüge gehalten hatte, nicht vielleicht doch die Wahrheit gewesen war. Allmählich wurde mir klar, was sich an jenem Freitagnachmittag abgespielt hatte, wurde mir klar, dass Ogleby den Mord an Nicholas Quinn nicht begangen hatte. Weil Ogleby am Freitag, dem 21. November, nachmittags im Büro gewesen war, wusste er auch, wer Quinn umgebracht hatte. Und weil er das wusste, wurde er selbst ermordet. Warum Ogleby mit seinem Verdacht, der fast eine Gewissheit war, nicht zu mir kam, werde ich nie mit Bestimmtheit wissen. Man kann es vermuten, aber ... Jedenfalls können wir froh sein, dass der Mörder verhaftet worden und in Polizeigewahrsam ist. Er hat ein rückhaltloses Geständnis abgelegt.« Morse deutete mit dramatischer Geste auf den leeren Stuhl. »Dies ist sein Stammplatz, nicht wahr? Ja, meine Damen und Herren, es handelt sich um Ihren Mitarbeiter Christopher Roope.«

Lautes Stimmengewirr erhob sich, und Mrs Seth weinte lautlos vor sich hin. Doch noch ehe die erste Aufregung sich gelegt hatte, kam es zu einem zweiten dramatischen Höhepunkt. Nach einer geflüsterten Beratung am Kopf des Vorstandstisches bat der Vizepräsident ums Wort, und Morse setzte sich und malte Schnörkel auf die vor ihm liegende Schreibunterlage.

»Mit Erlaubnis des Chief Inspector möchte ich auf einen Punkt zurückkommen. Habe ich recht verstanden, dass der Mörder Quinns sowohl am Vormittag als auch am späten Nachmittag im Haus gewesen sein musste?«

»Ganz recht, Sir. Ich möchte nicht alle Einzelheiten des Falles aufrollen. Aber Quinn wurde am Freitag, dem 21. November, gegen zwölf Uhr mittags – nein, ich will ganz genau sein – Schlag zwölf Uhr mittags ermordet. Seine Leiche wurde um etwa 16.45 Uhr aus dem Haus geschafft. Genügt Ihnen diese Erklärung?«

Der Vizepräsident hüstelte verlegen und machte ein äußerst betretenes Gesicht. »Äh – eigentlich nicht, Chief Inspector. Ich bin nämlich am Freitagvormittag auch in London gewesen und um 15.05 Uhr wieder nach Oxford gefahren. Ich kam zwischen Viertel und zwanzig nach vier hier an. Und Roope war in demselben Zug.«

Verblüfftes Schweigen folgte diesem neuen Hinweis. »Sie sind also mit ihm zurückgefahren?«, vergewisserte sich Morse.

»So direkt kann man das auch nicht sagen. Ich ging über den Bahnsteig und sah, dass Roope in ein Abteil erster Klasse einstieg. Ich habe mich nicht zu ihm gesetzt, weil ich zweiter gefahren bin.« Der Vizepräsident war heilfroh, dass er sich nicht näher zu dem Punkt auszulassen brauchte. Selbst wenn er ein Billett erster Klasse gehabt hätte, wäre er lieber in die zweite Klasse gestiegen, als sich zu Roope ins Abteil zu setzen. Er hatte Roope nie leiden können. Es war eine Ironie des Schicksals, dass ausgerechnet er diesen Mann von dem Mordverdacht befreite.

»Schade, dass Sie mir das nicht schon eher gesagt haben. Sie konnten es natürlich nicht wissen«, setzte Morse rasch hinzu, um eventuellen Missverständnissen vorzubeugen. »Aber es überrascht mich nicht. Ich wusste, dass Roope den Zug um 15.05 Uhr von Paddington genommen hat.«

Einige der Anwesenden sahen sich an, die allgemeine Ratlosigkeit war fast mit Händen zu greifen. Bartlett versuchte, die unausgesprochene Frage zu formulieren: »Aber Sie meinten doch gerade …«

»Nein, Sir. Ich weiß, was Sie sagen wollen, aber so stimmt es eben nicht. Ich habe gesagt, dass niemand Quinn hätte ermorden können, der nicht zu zwei entscheidenden Zeitpunkten im Haus war. Ich wiederhole – niemand hätte allein den teuflisch genialen Plan ausführen können.« Er sah sich um, und langsam begriffen die Vorstandsmitglieder, was er mit seinem letzten Satz hatte sagen wollen. Mrs Seth fand, dass seine Stimme sehr leise und fern klang, gleichzeitig aber eindringlich, angespannt, als sei die Lösung jetzt ganz nah. Sie sah, wie Morse über ihren Kopf hinweg jemandem zunickte. Sergeant Lewis ging lautlos zur Tür und verließ den Raum. Was ... Aber da sprach Morse schon weiter, wieder mit dieser leisen, stahlharten Stimme.

»Wir müssen, wie gesagt, davon ausgehen, dass niemand den Mord an Quinn allein begangen haben kann. Daraus folgt zwingend, meine Damen und Herren, dass wir zwei Täter suchen. Zwei Täter, die ein gemeinsames Motiv haben. Zwei Täter, für die Quinns Tod unverzichtbar ist. Zwei Täter, die eine enge Beziehung zueinander haben, zwei Täter, die die Möglichkeit gemeinsamer Arbeit und Planung hatten. Zwei Täter, die Ihnen gut bekannt sind. Sehr gut sogar ... Und ehe Sergeant Lewis zurückkommt, möchte ich nur noch eines betonen, denn ich habe den Eindruck, dass der eine oder andere von Ihnen mir nicht genau zugehört hat. Ich sagte, dass Roope verhaftet und unter Mordanklage gestellt worden ist. Ich habe nicht gesagt, um welchen Mord es sich handelt. Denn ich bin fest davon überzeugt, dass nicht Christopher Roope Nicholas Quinn ermordet hat.«

In Quinns früherem Büro hatten Monica Height und Donald Martin noch kein Wort gewechselt, obgleich es jetzt schon eine halbe Stunde her war, seit die beiden Constables sie geholt hatten. Monica hatte das Gefühl, sich durch eine kahle, wasserlose Wüste zu bewegen. Ihre Gedanken, ihre Gefühle, ja, selbst ihre Ängste waren verdorrt, leidenschaftslos, leer. Gleich zu Anfang hatte sie bemerkt, wie einer der Constables ihre Figur gemustert hatte, aber diesmal hatte sie das völlig kaltgelassen. Wie hatte sie sich je einbilden können, Morse würde nicht darauf kommen? Diesem klaren Denker entging so schnell nichts. Ja, er hatte die Wahrheit erraten. Wie er ihre Geschichte durchschaut hatte, das war ihr allerdings immer noch nicht recht klar. Dabei war es gar keine dicke Lüge gewesen. Im Gegensatz zu den anderen dummen Lügengeschichten, die sie und Donald ihm anfangs aufgetischt hatten. Donald … Was für ein Schwächling! Wie er da mürrisch, stumm, verachtenswert neben ihr saß, hoffnungslos wie sie, denn auch er hatte kaum noch eine Chance. Die Wahrheit musste ans Licht, die ganze Wahrheit. Die Gerichte, die Presse … Einen Moment lang empfand sie einen Hauch von Mitgefühl, denn im Grunde war es ihre Schuld, nicht die seine. Als er seine Stellung hier angetreten hatte, hatte sie sofort gewusst, dass sie mit ihm machen konnte, was sie wollte.

Die Tür ging auf, Lewis erschien. »Bitte kommen Sie mit, Miss Height.«

Sie erhob sich langsam und ging die hölzerne Treppe hinauf. Die Tür zum Vorstandsraum war geschlossen. Sie zögerte sekundenlang, als Lewis sie aufmachte und beiseitetrat, um ihr den Vortritt zu lassen. Das Gewicht, das auf ihr Gewissen drückte, war unerträglich geworden. Endlich würde sie es loswerden.

Mrs Seth wandte den Kopf, als die Tür hinter ihr aufging. Der Inspector hatte gerade vom *Studio 2* in der Walton Street gesprochen, aber sie war schon ganz benommen und hatte ihm kaum folgen können. Eine gedämpfte Männerstimme: »Nach Ihnen, Miss Height.« Monica Height? Nein, das durfte nicht wahr sein. Monica Height und Martin. Gewiss, sie hatte Gerüchte gehört, alle hatten wohl die Gerüchte gehört, aber … Monica saß jetzt auf Roopes Platz. Zwei Täter, hatte Morse gesagt. Hatte er Roope und Monica gemeint? Aber da sprach er schon weiter.

»Als ich Sie zu Beginn des Falles vernommen habe, Miss Height, behaupteten Sie, am Freitag, dem 21. November, den Nachmittag mit Mr Martin verbracht zu haben. Trifft das zu?«

»Ja.« Ihre Stimme war kaum zu verstehen.

»Sie sagten, Sie hätten den Nachmittag bei sich zu Hause verbracht?«

»Ja.«

»Und danach haben Sie zugegeben, dass das nicht stimmte?«

»Ja.«

»Sie sagten, dass Sie in Wirklichkeit den Nachmittag mit Mr Martin im *Studio 2* in der Walton Street verbracht haben.«

»Ja.«

»Als ich Sie zuerst danach fragte, wollte ich wissen, ob Sie in dem Kino außer Mr Martin sonst noch Bekannte gesehen hätten. Erinnern Sie sich?«

»Ja, ich erinnere mich.«

»Und Sie sagten, dies sei nicht der Fall gewesen.«

»Ja, und das stimmte auch.«

»Ich fragte dann, ob Sie irgendwelche Bekannte haben ins Kino gehen sehen.«

»Ja.«

»Und Ihre Antwort lautete nein.«

»Ja.«

»Und dabei bleiben Sie?«

»Ja.«

»Sie haben einen Film mit dem Titel *Die Nymphomanin* gesehen?«

»Ja.«

»Und Sie blieben bis zum Ende des Films mit Mr Martin zusammen?«

»Wir sind ein paar Minuten vor Schluss gegangen.«

»Trifft es zu, Miss Height, dass ich Ihnen auch eine andere Frage hätte stellen können? Eine Frage, die entscheidende Bedeutung für den Mord an Nicholas Quinn gehabt hätte?«

»Ja.«

»Und diese Frage wäre nicht gewesen: ›Wen haben Sie ins Kino gehen sehen?‹, sondern: ›Wen haben Sie aus dem Kino gehen sehen?‹«

»Ja.«

»Und da haben Sie in der Tat jemanden gesehen?«

»Ja.«

»Würden Sie die Person wiedererkennen, die Sie an diesem Tag aus dem *Studio 2* kommen sahen?«

»Ja.«

»Ist es jemand aus Ihrem Bekanntenkreis?«

»Ja.«

»Befindet sich diese Person zurzeit hier im Raum?«

»Ja.«

»Würden Sie uns die fragliche Person bitte zeigen.«

Monica Height hob den Arm. Es war fast wie eine Magnetnadel, die zum Pol zeigt und sich langsam auf den richtigen Kurs einpendelt. Zunächst dachte Mrs Seth, der Arm sei direkt auf Morse gerichtet, aber das konnte ja nicht sein. Und dann folgte sie dem anklagend gereckten Finger und glaubte, ihren Augen nicht zu trauen. Monicas Hand deutete direkt auf den Geschäftsführer des Verbandes.

31

Diesmal hatte man Lewis wunderbarerweise nicht im Dunkeln gelassen. Es war Lewis gewesen, der vor Roopes Haus Posten bezogen hatte. Es war Lewis gewesen, der beobachtet hatte, wie Roope das Haus verließ und langsam zu dem Parkplatz am Bahnhof ging. Es war Lewis gewesen, der den Zeitungsboten aufgestöbert und den Adressaten von Roopes kurzer, dringender Mitteilung ausfindig gemacht hatte. Es war Lewis gewesen, der Morse in den Wartesaal beordert und mit ihm die beiden Männer beobachtet hatte, die im hintersten Winkel des Parkplatzes auf den Vordersitzen eines dunkelbraunen Vanden Plas saßen. Es war Lewis gewesen, der Roope verhaftet hatte, als er sich gestern früh zum letzten Mal aus dem Haus gewagt hatte.

Gewiss, ganz im Dunkeln tappte Lewis also nicht, aber so, dass es ihn an die Küsten des Lichtes verschlagen hätte, war es nun auch wieder nicht. Und am Nachmittag nutzte er die günstige Gelegenheit, ein paar Punkte klarzustellen.

»Wie sind Sie eigentlich auf Bartlett gekommen, Sir?«

Morse hatte es sich in seinem schwarzen Ledersessel gemütlich gemacht und gab bereitwillig Auskunft. »Wir wussten relativ früh, Lewis, dass sich Bartlett und Roope nicht grün waren, und ich fragte mich, woran das wohl lag. Ganz allmählich dämmerte es mir. Ich hatte mir die falsche Frage gestellt, eine Nicht-Frage gewissermaßen. Es bestand gar keine Feindschaft zwischen den beiden, sie taten nur so. Sie arbeiteten in der Al-jamara-Sache Hand in Hand, wussten es aber so einzurichten, dass Außenstehende nichts von dem abgekarteten Spiel merkten. Das war ganz leicht: Hier und da ein gespielter Nadelstich oder eine kleine Szene vor den anderen Ehrenamtlichen. Ihren großen Auftritt hatten sie, als es um die Berufung eines Nachfolgers für Bland ging. Sie hatten alles genau geplant. Auf wen die Wahl fiel, war ihnen letztlich egal. Wichtig war, dass es aussah, als seien sie nicht einer Meinung, als seien sie sich öffentlich und heftig wegen der Berufung in die Haare geraten. Als Bartlett sich für den einen Kandidaten aussprach, entschied sich Roope prompt für den anderen. So leicht war das. Wäre Bartlett für Quinn gewesen, hätte eben Roope die Gegenposition bezogen.« Morse runzelte leicht die Stirn, fuhr aber dann scheinbar unbekümmert fort: »Und es lief wie geschmiert. Den anderen Ehrenamtlichen war der Streit zwischen ihrem jungen Kollegen Roope und dem von ihnen allen geschätzten Geschäftsführer merklich peinlich. Genau das hatten die beiden ja bezweckt. Keiner würde auf die Idee kommen, dass die beiden gemeinsame Interessen verfolgten. Erst war das sorgsam gepflegte Feindbild nur als Tarnung für die krummen Geschäfte mit dem Emirat gedacht. Als ihnen dann Quinn auf die Schliche kam, war die Konstellation ideal für seine Beseitigung. Verstehen Sie, worauf ich hinauswill?«

»Ja«, sagte Lewis nachdenklich. »Aber weshalb hat sich ausgerechnet Bartlett auf so etwas eingelassen?«

»Eine berechtigte Frage. Normalerweise hätte vermutlich nichts und niemand ihn dazu bewegen können, sich auf Kosten des Verbandes zu bereichern. Aber er hatte einen Sohn, Richard. Es war sein Einziger. Ein vielversprechender junger Mann, auf dem die Hoffnungen einer stolzen Mutter und eines stolzen Vaters ruhten. Und plötzlich bricht für die Bartletts eine Welt zusammen: Richard hat sich überanstrengt, die an ihn gestellten Erwartungen waren zu hoch. Er hat einen Nervenzusammenbruch, muss ins Krankenhaus. Als er herauskommt, wird er für die Bartletts zum Problem. Sie schicken ihn von einem Spezialisten zum anderen. Überall dieselbe Antwort: Eine längere Behandlung verspricht möglicherweise Heilung.

Sie, Lewis, haben selbst ermittelt, dass Richard Bartlett die letzten fünf Jahre in den fortschrittlichsten und teuersten psychiatrischen Kliniken Europas zugebracht hat – Genf, Wien, London, Gott weiß wo. Und da ist die Behandlung wahrhaftig nicht gratis. Es muss Bartlett Tausende gekostet haben, und ich glaube nicht, dass er so gut betucht ist. Sein Gehalt ist recht ordentlich, aber … Roope muss das gewusst haben. Wie alles im Einzelnen gekommen ist, wissen wir nicht, jedenfalls haben die beiden ein Geschäft miteinander gemacht. Ursprünglich hatten wohl Bland und Roope zusammengearbeitet. Aber Bland wandte sich noch fetteren Weiden zu, und Roope brauchte jemanden im Verband selbst, damit die Gans weiterhin goldene Eier legen konnte. Wie sie es arrangiert hatten, weiß ich nicht, aber …«

»Wissen Sie genau, wie Bartlett Quinn umgebracht hat?«

»Genau nicht, nein. Aber ich kann es mir denken, denn nur so konnte die Täuschung funktionieren. Sie beschafften sich eine tüchtige Dosis Zyankali. Das dürfte Roope übernommen haben. Wenn die Menge groß genug ist, tritt der Tod auf der Stelle ein, die Tat selbst ist also eigentlich kein Problem. Ich denke mir, dass Bartlett ihn in sein Büro bat und ihm etwas zu trinken anbot. Er wusste, dass Quinn sehr gern trockenen Sherry trank, und sagte ihm, er solle sich ein Glas einschenken – und Bartlett auch. Vermutlich hatte er vorher schon die Sherryflasche und die Gläser abgewischt, sodass …«

»Aber hätte Quinn das Zyankali nicht gerochen?«

»Normalerweise vielleicht, aber Bartlett hatte fast sekundengenau geplant. Alles war mit teuflischem Geschick auf die nächsten Minuten abgestellt.«

»Sie meinen die Feuerübung.«

»Ja. Noakes hatte Anweisung, um 12 Uhr mittags Alarm zu geben, dazu aber das Startzeichen des Chefs abzuwarten. Sobald Quinn den Sherry einschenkt, greift Bartlett zum Telefon, wendet Quinn vermutlich den Rücken zu und sagt: Okay, Noakes. Ein, zwei Sekunden später schrillt die Alarmglocke. Aber – und das ist der springende Punkt, Lewis – Quinn kann sie nicht hören. Sie ist gleich in der Eingangshalle angebracht und laut genug, aber Quinn hört sie nicht, und damit hat Bartlett den kleinen Spielraum, den er braucht. Als Quinn eingeschenkt hat, sagt er etwa: ›Ach, die Alarmglocke, das hatte ich ja ganz vergessen. Trinken Sie schnell aus, wir reden nachher weiter.‹ Quinn muss die Hälfte des kleinen Glases auf einen Zug geleert und sofort gemerkt haben, dass irgendwas nicht stimmt. Er ringt nach Atem, windet sich in Krämpfen. Eine, allenfalls zwei Minuten später ist er tot.«

»Warum hat er aber nicht um Hilfe gerufen? Es muss doch –«

»Sie haben offenbar die Raffinesse von Bartletts Plan noch nicht völlig durchschaut. Was geschieht draußen? Eine Feuerübung. Wie Sie selbst herausgefunden haben, hatte Noakes Anweisung, die Alarmglocke zwei Minuten läuten zu lassen. Zwei Minuten sind eine lange Zeit, Lewis. In dieser Zeit läuft alles lachend und schwatzend die Treppe hinunter und den Gang entlang. Vielleicht hat Bartlett dafür gesorgt, dass Quinn nicht um Hilfe rief. Aber selbst wenn er einen Schrei herausgebracht hätte, ist es sehr fraglich, ob er von jemandem gehört worden wäre. Und bedenken Sie noch eins: Niemand betritt unaufgefordert Bartletts Büro. Draußen brennt das rote Lämpchen, und die Mitarbeiter wissen sehr wohl, dass man nicht ungestraft gegen die goldene Regel verstößt. Und selbst im schlimmsten Fall, Lewis, selbst wenn jemand ins Zimmer gekommen wäre – ich möchte allerdings annehmen, dass Bartlett abgeschlossen hatte –, sind auf der Flasche und den Gläsern nur Quinns Fingerabdrücke, und die Ermittlungen der Polizei werden sich auf die grundsätzliche Frage konzentrieren, wer Bartletts Sherry vergiftet und somit versucht hat, Bartlett – nicht Quinn! – umzubringen. Quinn ist also tot, das Haus ist leer. Bartlett zieht sich Handschuhe an, gießt seinen und den Rest von Quinns Sherry in das Waschbecken seiner kleinen Privattoilette – Sie erinnern sich, Lewis? – und steckt die Sherryflasche und Quinns Glas in eine Aktentasche. So weit, so gut. Quinn war ziemlich schmächtig, es kann sein, dass Bartlett ihn sich über die Schulter gelegt oder in einen dieser großen Müllsäcke gesteckt und ihn über den gebohnerten Boden geschleift hat. Wahrscheinlich hat er ihn getragen, da wir an Quinns Körper weder Kratzer noch Abschürfungen gefunden haben. Es waren nur wenige Meter zum Hinterausgang, und Quinns Parkplatz war direkt vor der Tür. Bartlett, der bereits die Wagenschlüssel und die Hausschlüssel aus Quinns Tasche genommen hat, verstaut die Leiche und die Aktentasche im Kofferraum, schließt ab, und die Sache ist erledigt.«

»Wir hätten wohl den Kofferraum untersuchen sollen, Sir.«

»Das habe ich getan, habe aber keine Spuren gefunden. Deshalb denke ich mir, dass Bartlett irgendeinen Behälter benutzt haben muss.«

»Dann geht er zu seinen Mitarbeitern …«

Morse nickte. »… die brav draußen in der Kälte stehen. Er nimmt die Liste an sich, die inzwischen bei den etwa dreißig Leuten vom ständigen Personal herumgegangen ist, hakt sich und Quinn als anwesend ab und konstatiert, dass alle da sind.«

»Dann war es also Bartlett, der die Schule in Bradford angerufen hat?«

»Allerdings. Er hatte sich natürlich Möglichkeiten überlegt, um die unvermeidlichen Ermittlungen auf eine falsche Spur zu lenken. Den Brief, der in Quinns Eingangskorb lag, muss er Anfang der Woche in der Poststelle gesehen haben. Abgestempelt war er am Montag, dem 17. November.«

»Dann ging er nach Hause und ließ sich sein Mittagessen schmecken.«

»Das wage ich zu bezweifeln«, sagte Morse. »Bartlett ist ein cleverer Typ, aber bei Weitem nicht so skrupellos wie Roope. Außerdem war er ja noch nicht aus dem Schneider. Gewiss, der heikelste Teil des Unternehmens war überstanden, aber abgeschlossen war es noch nicht. Er muss etwa zehn nach eins von zu Hause weggegangen sein, wobei er seiner Frau sagte – was ja auch stimmte –, dass er noch einmal ins Büro müsse, ehe er zu seiner Sitzung nach Banbury fuhr. Aber vorher …«

»… ging er ins *Studio 2*.«

»Genau. Bartlett kaufte eine Kinokarte, ließ sie abreißen, fragte die Platzanweiserin nach der Herrentoilette, wartete dort ein paar Minuten und schlich sich hinaus, als das Mädchen an der Kasse durch Besucher in Anspruch genommen war. Doch danach lief einiges schief. Damit meine ich nicht, dass Bartlett Monica Height gesehen hat – das hat er nämlich meiner Meinung nach nicht. Aber sie sah ihn, als sie das Kino verließ. Monica und Donald Martin wollen den Nachmittag zusammen verbringen. Zu ihr können sie nicht gehen, weil ihre Tochter zu Hause ist. Bei ihm geht es auch nicht, seine Frau ist ständig daheim. Eine Spazierfahrt also? An einem regnerischen Novembernachmittag hat das wenig Reiz. Also beschließen sie, ins Kino zu gehen. Aber man darf sie nicht zusammen sehen. Deshalb kommt Martin ziemlich früh, kauft eine Karte, Parkett hinten, setzt sich in die letzte Reihe und wartet. Monica soll ein paar Minuten später nachkommen. Er spitzt die Ohren und beobachtet alle, die hereinkommen. Eins ist klar, Lewis: Wäre Quinn an diesem Nachmittag ins *Studio 2* gegangen, hätte Martin ihn mit Sicherheit gesehen. Und er hätte auch Bartlett gesehen. Und hätte er die beiden gesehen, wäre er nicht dageblieben. Er hätte sich sofort wieder davongemacht, hätte draußen Monica abgefangen und ihr Bescheid gesagt. Aber das tat er nicht. Jetzt versetzen Sie sich mal in Monicas Lage. Als wir sie und Martin verhörten, wurde eins klar: Sie hatten sich den Film angesehen, und das hätten sie bestimmt nicht getan, wenn irgendeiner ihrer Kollegen aus dem Verband hereingekommen wäre. Es gab nur eine Erklärung. Monica hatte etwas gesehen, was ihr im Lichte der späteren Entwicklung sehr nachging, was sie aber nicht daran hinderte, sich zu Martin in den Zuschauerraum zu setzen. Das lässt nur einen Schluss zu: Sie hat jemanden gesehen, der aus dem Kino kam. Und dieser Jemand war Bartlett. Er geht zur Geschäftsstelle zurück, stolzer Besitzer einer Kinokarte. Aber wo soll er sie lassen? Er kann sie in Quinns Zimmer deponieren, weil er sowieso dorthin muss, um einen Zettel für Margaret Freeman hinzulegen und die Schränke aufzumachen. Wenn man es sich recht überlegt, war das ein bisschen leichtsinnig von Bartlett …« Morse schüttelte den Kopf, als habe eine Fliege die kahle Stelle auf seinem Schädel angeflogen, schob aber den Gedanken, der ihm offenbar gekommen war, beiseite. »Bedenken Sie, dass alles penibel im Voraus geplant werden musste, und von diesem Punkt an musste Bartlett auch an Roope denken. Roope hatte sich pflichtschuldigst bis zum späten Nachmittag ein hieb- und stichfestes Alibi besorgt, aber jetzt brauchte er einen plausiblen Grund für einen Besuch in der Geschäftsstelle. Weder er noch Bartlett konnten ahnen, dass keiner der akademischen Mitarbeiter im Haus sein würde. Sie verabreden also, dass er einige Unterlagen in Bartletts Büro hinterlegt. Er muss später noch in Quinns Zimmer, um den Anorak zu holen, aber inzwischen hat er die Lage peilen können, da wird ihm schon etwas einfallen. Die Kinokarte und Quinns Schlüssel sollen auf Bartletts Schreibtisch deponiert werden. Roope klopft bei Bartlett, bekommt keine Antwort, geht hinein, legt seine Unterlagen ab, greift sich die Karte und die Schlüssel. Kinderleicht. Ursprünglich war wohl geplant, dass er irgendwo, wahrscheinlich an den Bäumen hinter dem Haus, warten sollte, bis die übrigen Hauptamtlichen nach Hause gegangen sind. Dann hätte er nur noch einmal von hinten ins Haus gehen, sich den Anorak aus Quinns Büro holen und in Quinns Wagen davonfahren müssen.

Aber die Sache ging dann noch glatter, als er zu hoffen gewagt hatte. Gewiss, Noakes war ein unvorhergesehenes Problem, erwies sich letztlich aber als große Hilfe. Noakes konnte bestätigen, dass keiner der Hauptamtlichen an diesem Nachmittag im Haus gewesen war. Und als er Roope verkündete, er würde jetzt nach oben gehen, um Tee zu trinken, war die Luft rein – und zwar eine halbe Stunde eher als erwartet.«

»Die Fortsetzung war dann wohl in etwa so, wie Sie es mir schon erklärt hatten.«

»Mit einer Ausnahme. Als wir Roope zum ersten Mal verhafteten, sagte ich, dass er den Zettel von Quinns Schreibtisch genommen habe, aber ich glaube, das kann nicht stimmen. Sonst hätte er ja nicht Bartlett anzurufen brauchen, als er zu seinem Schrecken las, dass Mrs Evans noch einmal wiederkommen würde. Das muss für ihn der schlimmste Moment des ganzen Unternehmens gewesen sein, und Roope war drauf und dran, die Nerven zu verlieren. Draußen goss es in Strömen, er konnte den Toten nicht einfach ablegen und sich davonmachen. Mrs Greenaway – er muss sie gesehen haben – saß bei zurückgezogenen Vorhängen für alle sichtbar im Obergeschoss, und es gab nur eine Möglichkeit, den toten Quinn ins Haus zu schaffen – nämlich durch die Garagentür. Es half nichts, er musste warten.

Aber nicht dort, wo er war. Er war wohl ziemlich am Ende mit seinem Latein, als er Bartlett anrief, aber Bartlett hatte eine geniale Idee: der Zettel auf Quinns Schreibtisch! Es war wirklich enormer Dusel, und, weiß Gott!, den hatten sie in diesem Moment auch nötig. Bartlett war gerade erst aus Banbury gekommen, aber er fuhr gleich noch mal los, holte sich in der Geschäftsstelle den Zettel und traf sich verabredungsgemäß mit Roope in dem Supermarkt hinter der Pinewood Close, wo Roope bereits die Lebensmittel erstanden hatte. Ich schätze, dass Bartlett mindestens zwanzig Minuten gebraucht hat, aber noch lief alles nach Plan. Roope ging zurück in Quinns Haus, zog die schmutzigen Stiefel aus, deponierte den Zettel und postierte sich wieder auf der Straße. Er muss nass bis auf die Haut geworden sein, aber man stelle sich seine enorme Erleichterung vor, als er beobachtete, wie zunächst Mrs Evans das Haus betrat und sich wieder davonmachte und dann – es muss ihm wie ein Wunder vorgekommen sein – ein Krankenwagen vorfuhr und Mrs Greenaway zur Entbindung brachte. Das Haus lag im Dunkeln, weit und breit war kein Mensch zu sehen, die

Straßenlaterne war kaputt, der letzte Akt konnte beginnen. Er schleppt Quinns Leiche ins Haus, legt sie auf den Teppich neben dem Sessel im Wohnzimmer, stellt die Sherryflasche und das Glas auf den Beistelltisch, zündet den Gasofen an – und die Sache ist gelaufen. Durch die Hintertür verlässt er das Haus und fährt mit dem Bus zurück nach Oxford.«

Lewis überlegte. Ja, so musste es sich abgespielt haben, aber eines konnte er sich noch immer nicht erklären. »Und was für eine Rolle hat Ogleby bei der ganzen Sache gespielt?«

»Ich muss noch einmal betonen, Lewis – vieles von dem, was Ogleby uns gesagt hat, stimmte, und ich schätze, er war so gut wie sicher, dass Bartlett Quinn umgebracht hatte, längst ehe ich …«

»Aber warum hat er es für sich behalten?«

»Keine Ahnung. Er wollte wohl sich selbst beweisen, dass …«

»Klingt nicht sehr überzeugend!«

»Mag sein.« Morse sah auf den Hof hinaus und überlegte wieder einmal, warum bloß Ogleby … Hm. Ein paar Stücke wollten sich einfach nicht in das Puzzle einfügen, aber die waren wohl nicht weiter wichtig … Lewis unterbrach seinen Gedankengang. »Ogleby muss ein sehr kluger Kopf gewesen sein.«

»Ich weiß nicht recht. Immerhin hatte er ein paar Meilen Vorsprung vor mir.«

»Wie meinen Sie das, Sir?«

»Wie oft soll ich Ihnen das noch sagen? Er war an dem Nachmittag im Büro!«

»Dann muss er oben gewesen sein, denn …«

»Irrtum! Er muss unten gewesen sein! Wir wissen sogar genau, wo er war und wann er da war. Als er vom Essen zurückkam, muss ihm klar geworden sein, dass er der einzige Hauptamtliche im Büro war und dass das eine ideale Gelegenheit war, sich mal in Bartletts Zimmer umzusehen.

Ob Quinn in Zusammenhang mit seinem Verdacht nur den Namen Bartlett oder auch den Namen Roope genannt hat, wissen wir nicht genau. Jedenfalls aber hatte Ogleby allen Grund, bei Bartlett Unrat zu wittern, und beschloss, auf eigene Faust ein bisschen Detektiv zu spielen. Niemand wird ihn stören, denn es ist ja niemand da. Um halb fünf hört er draußen Stimmen – die Stimmen von Roope und Noakes. Da er keinen gesteigerten Wert darauf legt, von den beiden ertappt zu werden, sucht er nach einem Versteck und entscheidet sich – wofür wohl, Lewis? – für die kleine Toilette hinter Bartletts Schreibtisch, die ich an dem ersten Nachmittag benutzt habe. Ideal. Dort bleibt er stehen und wartet. Es dauert nicht lange. Und was sieht Ogleby, als er herauskommt? Die Kinokarte und die Schlüssel, die vorhin auf dem Schreibtisch lagen, sind weg. Das dürfte ihn sehr gewundert haben. Noch traut er sich nicht aus dem Zimmer. Er hört Noakes draußen auf dem Gang, später hört er jemanden herumlaufen, hört Türen schlagen – und muss zunächst noch bleiben, wo er ist. Als er sich schließlich hervorwagt, sieht er sofort, dass Quinns Wagen weg ist. Vielleicht schaut er in Quinns Zimmer, ich weiß es nicht. War Quinn da? Ist er gleich wieder gegangen? Wie viel er in diesem Moment erraten hat, ahne ich nicht. Vielleicht nicht sehr viel. Aber er weiß, dass Roope Schlüssel und eine geheimnisvolle Kinokarte an sich genommen hat, eine Kinokarte, die er sorgsam in seinen Taschenkalender gezeichnet hat. Es ist sein einziges Beweisstück, und er macht es wie ich – er ruft im *Studio 2* an und versucht festzustellen …«

»Aber er kriegt nichts heraus und geht selber hin!«

Morse nickte. »Und erfährt nur eins, der arme Kerl. Dass die Karte, die er gefunden hat, aller Wahrscheinlichkeit nach am gleichen Nachmittag gekauft worden ist.«

»Komisch, nicht? Sie waren alle an dem Nachmittag da.«

»Alle außer Quinn«, verbesserte Morse düster. »Haben Sie Ihren Wagen hier?«

»Wohin fahren wir, Sir?«

»Ich meine, wir sollten Oglebys Beispiel folgen und uns mal in Bartletts Büro umsehen.«

Während Lewis ihn zum letzten Mal zur Geschäftsstelle des Verbandes fuhr, beschäftigte sich Morse mit den wenigen (wirklich geringfügigen) Unstimmigkeiten, die noch geblieben waren. Die Menschheit verhielt sich oft sonderbar. Man konnte kaum hinter jeder Handlung ein logisches Motiv erwarten. Die Maschine lief, kein Zweifel, die Zahnräder griffen genau und kräftig. Es war nur eine Spur Sand im Getriebe.

In Zelle 2 saß Bartlett auf dem kahlen Bett, und sein Geist schwamm, wie Yeats' langbeinige Fliege, auf der Stille.

WER?

32

Die Geschäftsstelle war abgeschlossen, das Personal bis auf Weiteres nach Hause geschickt worden. Nur Noakes tat seine Arbeit wie bisher und ließ die beiden Beamten ein.

Morse setzte sich an Bartletts Schreibtisch und amüsierte sich damit, das rote und grüne Licht ein- und auszuschalten. Er war wie ein kleiner Junge mit einem neuen Spielzeug, und Lewis fand sich damit ab, dass die eigentliche Arbeit mal wieder an ihm hängen bleiben würde.

Über eine halbe Stunde später, nachdem Lewis systematisch den Safe durchsucht und nichts Interessantes gefunden hatte, geruhte Morse, der sich bisher nur vage umgesehen hatte, auch tätig zu werden. Die oberste Schreibtischschublade rechts enthielt nur sauber ausgerichtete Briefpapierstapel. Müßig holte Morse einen Bogen hervor und besah sich die dezimierte Mannschaft:

T. G. Bartlett, Dr. phil., M. A., Geschäftsführer
P. Ogleby, M. A., stellvertr. Geschäftsführer
G. Bland, M. A.
Miss M. M. Height, M. A.
D. J. Martin, B. A.

Hm. Die Sekretärinnen hatten Anweisung, Blands Namen durchzustreichen und Quinns Namen ans Ende zu tippen.

Das war ja nun nicht mehr nötig, jetzt brauchten sie nur die obersten drei Namen durchzustreichen, das ging viel schneller. Blieben zwei … Würde man Miss Height die Leitung antragen? Per Anzeige neues Personal suchen? Oder würde der Verband seine Tätigkeit einstellen? Donald Martin, diesen Jammerlappen, konnte man sich als stellvertretenden Geschäftsführer schlecht vorstellen. Morse holte seinen Parker-Kugelschreiber heraus und strich langsam die Namen Dr. Bartlett, Philip Ogleby, George Bland durch. Da waren es nur noch zwei … Und jetzt konnten sie es ein paar Monate nach Herzenslust miteinander treiben. Ein paar Monate … länger war Quinn nicht da gewesen, nicht mal lange genug, um als gedruckter Name auf dem Briefkopf zu erscheinen. Morse dachte an den Lippenlesen-Unterricht. Hätte Quinn sich hier halten können, wenn sein Gehör ganz ausgefallen wäre? Vielleicht doch nicht. Lippenlesen war eine wunderbare Sache, aber selbst die Lehrerin hatte einen Fehler gemacht, als er sie gefragt hatte …

Morse erstarrte zur Salzsäule, das Blut schien aus seinen Armen und Schultern zu weichen, sein Oberkörper fühlte sich plötzlich wie taub an und kribbelte. Nein, das durfte nicht wahr sein! Lieber Gott und Heilige Mutter Maria, bitte nicht …! Mit zitternder Hand schrieb er die beiden Namen auf das Blatt. Seine Stimme schwankte.

»Lewis! Lassen Sie alles stehen und liegen! Stellen Sie sich an die Tür, nehmen Sie das Blatt hier mit!«

Verblüfft tat Lewis, was ihm gesagt wurde. »Und was jetzt, Sir?«

»Lesen Sie mir die beiden Namen vor – nur mit den Lippen. Nicht flüstern, nur die Lippen bewegen. Klar?«

Lewis gab sich die größte Mühe.

»Noch mal!«, sagte Morse. Lewis gehorchte.

»Noch einmal … und noch einmal … und noch einmal …« Morse nickte und nickte und nickte. In seiner

Stimme schwang tiefe Erregung. »Schnappen Sie sich Ihren Mantel, Lewis, wir sind hier fertig!«

Zuerst wollte sie nichts sagen, aber Morse kannte kein Erbarmen. »Haben Sie das Blut abgeputzt?« Er hatte die Frage schon ein Dutzend Mal gestellt. »Herrgott, Sie müssen blind sein, wenn Sie nicht begreifen, was geschehen ist! Wie viele Frauen hat er sonst noch gehabt? Bei wem war er gestern Abend? Wissen Sie das nicht? Haben Sie nie Verdacht geschöpft? Haben Sie das Blut abgeputzt? Raus mit der Sprache! Oder hat er es getan? Verstehen Sie nicht, was ich sage? Ich muss es wissen! Haben Sie das Blut abgeputzt? Ich muss es wissen!«

Plötzlich brach sie völlig zusammen und begann, hysterisch zu schluchzen. »Er hat gesagt … es hätte einen … einen … Unfall gegeben. Und er … er hat gesagt … er hat helfen wollen … bis … bis der Krankenwagen da war. Es war … es war in der Broad Street … gegenüber von Blackwells … und …«

Die Tür ging auf, und ein Mann kam herein. »Was ist denn hier los?« Seine Stimme peitschte, und in seinen Augen glühte ein primitiver, flammender Wahnsinn. »Was hat dieser Scheißkerl Roope Ihnen erzählt, Sie Schnüffler?« Er stürzte sich auf Morse und schlug wild zu, während Mrs Martin kreischend aus dem Zimmer floh.

»Sie sollten mal was für sich tun, Morse, Sie sind ganz schön abgeschlafft.«

»Kommt vom Bier«, murmelte Morse. »Au!«

»Das ist der letzte. Kommen Sie in einer Woche wieder, dann ziehen wir die Fäden. Alles okay?«

»Ein Glück, dass ich Lewis dabeihatte! Sonst hätten Sie gleich die nächste Leiche am Hals gehabt.«

»Guter Mann, wie?«

Morse grinste schief und nickte. »Den hätten Sie erleben sollen, Doktor!«

Am nächsten Morgen in Morse' Büro war es Lewis, der grinste. »Das Reden muss ein bisschen schwierig sein mit dem genähten Mund, Sir!«

»Hm.«

»Na, dann erzählen Sie mal!«

»Was wollen Sie wissen?«

»Wie Sie auf Martin gekommen sind.«

»Ich habe Ihnen gesagt, dass der Schlüssel zu dem Fall in der Tatsache lag, dass Quinn schwerhörig war. Aber ich habe immer nur daran gedacht, wie großartig er das Lippenlesen gelernt hatte, und übersah dabei das Naheliegendste: dass selbst der beste Lippenleser hie und da mal einen Fehler macht. Und genau das ist Quinn passiert. Er sah, wie Roope mit dem Scheich sprach, und las einen Namen falsch von seinen Lippen ab. Im Lippenlesen-Unterricht habe ich gelernt, dass Schwerhörige die größten Schwierigkeiten haben, zwischen den Konsonanten P, B und M zu unterscheiden, und bei den Namen Bartlett und Martin gibt es kaum Unterschiede in der Lippenstellung. B und M sind völlig identisch, und der zweite Teil des Namens verschwindet irgendwo in der Mundhöhle. Aber das ist nicht alles. Es hieß *Doktor* Bartlett und *Donald* Martin. Versuchen Sies mal. Kaum ein Unterschied, nicht? Wenn man die beiden Namen nebeneinanderstellt, ist es durchaus verständlich, wenn ein Schwerhöriger sie verwechselt. Roope hätte den Geschäftsführer nie Tom genannt, so gut, dass sie sich mit Vornamen angeredet hätten, standen sie nicht zueinander, er hätte Bartlett oder Dr. Bartlett gesagt. Und der Scheich hätte ihm bestimmt seinen vollen Titel gegönnt. Aber Martin war einer von ihnen, er gehörte zur Clique. Er war *Donald* Martin.«

»Bisschen gewagte Schlussfolgerung, wie?«

»Finde ich eigentlich nicht. Es gab da ein paar Teile, die sich nicht in das Puzzle einfügen wollten, und ich hatte so das ungemütliche Gefühl, dass ich da vielleicht was in die falsche Kehle gekriegt hatte. Es passte einfach nicht zu ihm, da hatten Sie natürlich recht. Bartlett betrachtete den Verband praktisch als sein Lebenswerk, es fiel schwer, sich vorzustellen, dass er sich zu Schiebungen, ja, sogar zu einem Mord hergeben würde. Aber erst vorhin in Bartletts Büro ging mir ein Licht auf, und dann rückte automatisch alles an die richtige Stelle. Quinn glaubte, entdeckt zu haben, dass Bartlett bei betrügerischen Machenschaften mitspielte, und er rief ihn an. Er rief ihn an, Lewis – obgleich es ihn, wie Sie sich vorstellen können, jedes Mal große Überwindung kostete, zum Hörer zu greifen. Er rief ihn an, weil er es nicht fertigbrachte, Bartlett persönlich damit zu konfrontieren, denn er konnte sich einfach nicht vorstellen, dass Bartlett sich schuldig gemacht hatte.«

»Hat Quinn Bartlett von seinem Verdacht Roope gegenüber erzählt?«

»Das möchte ich annehmen. Quinn muss ein ungewöhnlich geradliniger Mensch gewesen sein, und er hat vermutlich bei Bartlett wie auch bei Roope alle Karten auf den Tisch gelegt.«

»Und warum hat Bartlett nichts unternommen?«

»Ich denke mir, er hat einfach geglaubt, Quinn hätte sich da irgendwie vertan. Man denke – er, Bartlett, sollte den Verband hintergangen haben? Und wenn Quinn sich in seiner Person geirrt hatte, konnte es dann nicht sein, dass auch der Verdacht gegen Roope ungerechtfertigt war?«

Lewis schüttelte nachdenklich den Kopf. »Alles ein bisschen dünn, wenn Sie mich fragen.«

»Für sich allein genommen schon. Aber wenden wir uns jetzt mal Monica Height zu. Wie sollen wir uns die Lügengeschichten erklären, die sie uns aufgetischt hat? Es ist jetzt durchaus verständlich, weshalb Martin, nachdem Monica ihm erzählt hatte, sie habe Bartlett aus dem Kino kommen sehen, bei dem Schwindel bereitwillig mitgemacht hat. Vielleicht ist die Sache sogar von ihm ausgegangen. Es passte ihm natürlich sehr gut in den Kram, dass man ihn nicht mit *Studio 2* in Verbindung brachte. Als Monica erfuhr, dass Quinn möglicherweise am gleichen Nachmittag auch in dem Kino gewesen war, begriff sie sofort, dass es schlecht für Bartlett aussah, wenn sie sagte, sie habe ihn dort gesehen. Also rückte sie noch immer mit der Wahrheit nicht heraus. Warum nicht, Lewis? Weil sie, ebenso wie Quinn, sich nicht vorstellen konnte, dass Bartlett sich schuldig gemacht hatte.«

Lewis nickte. Allmählich hörte sich die Sache schon einleuchtender an.

»Und dann war da Ogleby«, fuhr Morse fort. »Er hat mir am meisten zu schaffen gemacht, Lewis, und Sie haben die kritische Frage selbst gestellt. Warum hat er mir nicht gesagt, was er wusste? Ich glaube, dafür gibt es zwei mögliche Erklärungen. Erstens war Ogleby als typischer Einzelgänger durchaus nicht abgeneigt, den Fall allein anzugehen. Er wusste, dass er ohnehin nicht mehr lange zu leben hatte, und vielleicht hatte es für ihn einen besonderen Reiz, auf eigene Faust die merkwürdige Situation aufzuklären, in die er da geraten war. Dass er sich in Gefahr begab, mag ihm gleichgültig gewesen sein, er lebte sowieso gefährlich. Aber lassen wir das mal dahingestellt. Meiner Meinung nach gab es noch einen zweiten und sehr viel zwingenderen Grund für seine Handlungsweise. Er hatte Beweismaterial gefunden, das allem Anschein nach Bartlett, einen Mann, den er seit vierzehn Jahren kannte, schwer belastete, und er konnte einfach nicht glauben, dass er sich schuldig gemacht hatte. Er war fest entschlossen, mit keinem Wort den Verdacht gegen ihn zu bestärken. Zumindest nicht, ehe er Beweise gegen ihn in der Hand hatte.«

»Aber dazu kam es nicht mehr.«

»Nein«, sagte Morse leise. Er lehnte sich zurück und strich sich vorsichtig über die verschwollenen Lippen. »Sonst noch was, mein Sohn?«

Lewis überdachte noch einmal den komplizierten Fall. So ganz klar war einiges immer noch nicht. »Dann war es Martin, der all das getan hat, was Sie mir über Bartlett erzählt haben?«

»Ganz recht! Martin hat Quinn genau zum gleichen Zeitpunkt und fast auf die gleiche Art getötet. Der Mord geschah in Martins Büro, und Martin hatte die gleichen Möglichkeiten wie Bartlett. Zugegeben, sein Risiko war etwas größer, aber er hatte die Tat – zumindest bis zu diesem Zeitpunkt – sehr sorgfältig vorbereitet. In groben Umrissen muss der Plan entstanden sein, nachdem Bartlett für Freitag die Feuerübung angesetzt hatte. Die Mitarbeiter hatten erst am Montag davon erfahren, allzu viel Zeit blieb also nicht. Ein bisschen improvisieren mussten sie sowieso. Alles in allem haben sie ihre Chance gut genutzt, haben es aber ein bisschen zu schlau angestellt, besonders im Hinblick auf die Kinokarten, was ihnen durchaus vermeidliche Unannehmlichkeiten einbrachte.«

»Bitte seien Sie mir nicht böse, aber können Sie mir das vielleicht noch mal erklären? Ich kann immer noch nicht …«

»Ich glaube, *Studio 2* kam in dem ursprünglichen Plan gar nicht vor. Ich kann mich natürlich auch irren. An sich ging es ihnen wohl nur darum, eventuelle Besucher von Quinn davon zu überzeugen, dass dieser am Freitagnachmittag irgendwo im Hause war. Es war alles ein bisschen ungelenk, aber gerade noch annehmbar – der Zettel für die Sekretärin, der Anorak, die Schränke und so weiter. Vermutlich war Martin mit den Nerven total am Ende, nachdem er Quinn umgebracht hatte, und ihm muss ein Stein vom Herzen gefallen sein, als er Monica dazu überreden konnte, den Nachmittag mit ihm zu verbringen. Je spärlicher die Geschäftsstelle an dem Nachmittag besetzt war, desto besser, und das Zusammensein mit Monica verschaffte ihm ein gutes Alibi, falls was schiefging. Zu diesem Zeitpunkt war, wie gesagt, meiner Meinung nach nicht daran gedacht, die abgerissene Kinokarte Quinn zuzustecken. Aber bedenken Sie, wie es dann weiterging. Martin und Monica beschlossen, den Kinobesuch zu unterschlagen, und Martin muss eingesehen haben, dass der komplizierte Versuch, den Eindruck zu erwecken, Quinn befinde sich wohlbehalten in der Geschäftsstelle, sinnlos war. Es war niemand da, den man davon hätte überzeugen müssen. Bartlett war in Banbury, er und Monica waren nicht im Hause, Quinn war tot, und Ogleby aß mit den Leuten von der Oxford University Press zu Mittag und würde vielleicht gar nicht mehr in die Geschäftsstelle zurückkommen. Und da hat er seinen Gedankenblitz: Er wird Roope veranlassen, die Kinokarte Quinn in die Tasche zu stecken.«

»Aber wann …«

»Moment noch! Nachdem sie das Kino verlassen hatten – da hat übrigens Martin geschwindelt, und eigentlich hätte mir das schon früher auffallen müssen. Er versuchte, sein Alibi zu erweitern, indem er sagte, er sei Viertel vor vier gegangen. Aber wie wir von Monica wissen, sind beide kurz vor Ende des Films gegangen, also um Viertel nach drei. Sie wollten natürlich weg, ehe der allgemeine Ansturm einsetzte, um nicht gesehen zu werden. Als sie draußen waren, ging jeder seiner Wege. Monica fuhr nach Hause, Martin desgleichen, nur fuhr er auf dem Heimweg noch mal bei der Geschäftsstelle vorbei – das war so um 15.20 Uhr –, sah niemanden, auch nicht Ogleby, und legte die Kinokarte in Bartletts Zimmer, wo Roope sie abholen sollte.«

»Aber Roope konnte doch nicht wissen …«

»Bitte lassen Sie mich ausreden, Lewis! Martin muss einen

Zettel geschrieben haben – ›Steck ihm das in die Tasche!‹ oder so was in der Richtung –, den er zu der Karte und den Schlüsseln legte. Zehn Minuten später kam Ogleby zurück und fand, dass dies eine gute Gelegenheit sei, sich mal bei Bartlett umzusehen. Und was er dort sah, verblüffte ihn so, dass er die Kinokarte in seinen Taschenkalender zeichnete.«

»Und dann fuhr Martin heim.«

Morse nickte. »Und sorgte dafür, dass er gesehen wurde, insbesondere in der entscheidenden Phase zwischen halb fünf und fünf, wo Roope die Operation zu Ende führte. Er hatte wohl gehofft, sich etwas entspannen zu können, doch dann rief ihn Roope kurz nach fünf von Quinns Wohnung aus an mit der vernichtenden Mitteilung, dass Quinns Putzfrau … Aber die Fortsetzung kennen Sie ja.«

Lewis überlegte, und allmählich wurde ihm alles klar. »Und was war mit dem Zeitungsjungen? Hat Roope ihn nur deshalb mit dem Brief zu Bartlett geschickt, um …«

»… um Bartlett das Leben schwer zu machen, jawohl. Roope muss geschrieben haben, er müsse dringend mit ihm über den Verdacht der Polizei sprechen oder so was in der Art. Roope wusste natürlich, dass wir ihn scharf beobachteten, deshalb ging er langsam zum Bahnhof und ließ uns hinterherlaufen.«

»Sie haben nicht mit Bartlett darüber gesprochen?«

»Noch nicht. Wir wollten dem armen Kerl nach seiner Entlassung erst eine Atempause gönnen.«

Lewis zögerte. »Da wäre nur noch eines, Sir …«

»Ja?«

»Etwas hat Bartlett doch zu vertuschen. Er war wirklich im *Studio 2*, nicht?«

Morse feixte so breit, wie es sein geschwollener Mund zuließ. »Wissen Sie, Lewis, Bartlett ist auch nur ein Mensch, und vielleicht ist es lange her, seit er gesehen hat, wie eine Inga Nielsson ihre Bluse aufknöpft. Der Film fing um halb zwei an, und da er erst um halb drei nach Banbury fahren musste, wollte er sich mal eine schöne Stunde machen. Aber brechen Sie nicht den Stab über ihn, Lewis! Er geht hinein, setzt sich nach hinten, und als seine Augen sich an das Dämmerlicht gewöhnt haben, sieht er Martin hereinkommen. Aber Martin hatte ihn nicht bemerkt, und Bartlett tut, was jeder in seiner Lage tun würde – er macht, dass er wieder rauskommt.«

»Und da ist er Monica ins Visier gelaufen?«

»Genau!«

»Er hat sich also den Film gar nicht angesehen?«

Morse schüttelte bedauernd den Kopf. »Und was Sie sonst noch an Fragen haben, hat bestimmt Zeit bis morgen. Ich habe eine Überraschung für Sie!«

»Aber ich habe meiner Frau versprochen …«

Morse schob ihm das Telefon hin. »Sagen Sie ihr, dass es ein bisschen später wird!«

Sie saßen nebeneinander in dem gut besuchten Saal. Die »Ausgang«-Schilder leuchteten grün im Dämmerlicht. Morse hatte die Karten spendiert. Parkett hinten. Zur Feier des Tages gewissermaßen.

»Jetzt schauen Sie sich das an!«, flüsterte Morse, als die Kamera auf die dralle blonde Schönheit zufuhr, deren Brüste aus dem tief ausgeschnittenen, eng anliegenden Gewand zu quellen drohten.

»Ausziehen!«, brüllte jemand weiter vorn, und die zum größten Teil männlichen Kinobesucher prusteten zustimmend. Morse setzte sich behaglich in seinem Sessel zurecht und machte sich daran, seine niederen Instinkte zu befriedigen. Nach einigen Anstandsminuten tat Lewis es ihm nach.

EPILOG

Der Verband war genötigt, gleich nach der Veröffentlichung der Herbst-Prüfungsergebnisse seine Tätigkeit einzustellen. Die Auslandszentren wurden unter den anderen Prüfungsgremien aufgeteilt. In das Haus ist das Finanzamt eingezogen, und heute klappern die Absätze weiblicher Angestellter über die gebohnerten Gänge, und in den Räumen, wo einst der kleine Bartlett und seine Mitarbeiter Prüfungen vorbereiteten, wird über weibliche Themen geschwatzt.

Von ihrem nicht unbeträchtlichen eigenen Einkommen kaufte Mrs Bartlett eine Farm in Hampshire, wo Richard endlich Lebensumstände vorfand, die seiner gequälten Seele guttaten, und wo sein Vater gelegentlich wieder jungenhaft hinter der randlosen Brille blinzelt.

Bis zu Sallys Schulabschluss – mit dem sie sich keine besonderen Lorbeeren erwarb – blieb Miss Height in Oxford und nahm eine Teilzeitstellung als Lehrerin an. In den Monaten nach der Verurteilung der Mörder war sie mehrmals im *Horse and Trumpet* – alter Zeiten eingedenk, wie sie sagte. Sie hätte ihn so gern wiedergesehen. Er hatte noch einen Drink bei ihr gut, und sie wollte sich revanchieren. Aber sosehr sie ihn auch herbeisehnte – er kam nie!

Es fand sich genug Beweismaterial, um den sofortigen Ausschluss des Schülers Muhammad Dubal von allen Prüfungen zu rechtfertigen. Sechs Wochen später galt sein Vater, der Scheich, nach einem »unblutigen« Putsch im Emirat als vermisst.

George Bland war zwar angeblich in verschiedenen östlichen Hauptstädten gesehen worden, aber bisher hat ihn seine Strafe nicht ereilt. Gottes Mühlen mahlen langsam!

Beide Wohnungen in der Pinewood Close 1 sind mittlerweile wieder vermietet, und Mrs Jardine überlegt, ob sie sich neue Garderobe kaufen soll. Mit der traurigen Berühmtheit war es nach wenigen Wochen wieder vorbei, sie hatte es sich ja gleich gedacht. So ist das Leben!

Kurz nach Weihnachten tauchte bei einer Taufe in Ost-Oxford der Pfarrer behutsam einen Finger in das Taufbecken und nahm im Namen der Heiligen Dreifaltigkeit den kleinen Erdenbürger in den Schoß der Kirche auf. Doch das Wasser war eiskalt, und Nicholas John Greenaway brüllte empört. Über den Namen hatte schließlich Frank das letzte Wort gesprochen. Er habe sich allmählich daran gewöhnt, sagte er. Aber während Joyce den Kleinen auf den Arm nahm und ihn mit zärtlichen Lauten tröstete, dachte sie an den Tag, als Nicholas, ihr Sohn, geboren wurde und ein anderer Nicholas sein Leben verlor.

Colin Dexter wurde am 29.09.1930 in Stamford, England, geboren. Er studierte Klassische Altertumswissenschaft am Christs College in Cambridge. Seine anschließende 13-jährige Lehrtätigkeit musste er wegen eintretender Taubheit beenden, woraufhin er eine Stelle in einer Prüfungskommission an der Oxford-Universität annahm. 1973 schrieb er während eines verregneten Familienurlaubs in Wales seinen ersten Kriminalroman, *Der letzte Bus nach Woodstock.* Es folgten zwölf weitere Fälle für Inspector Morse sowie ein Erzählband, die in England immens erfolgreich waren und als Fernsehserie unter dem Titel *Inspektor Morse, Mordkommission Oxford* verfilmt wurden. Basierend auf Dexters Figuren wurden 2007 und 2012 zwei weitere Fernsehserien *(Lewis – der Oxford Krimi* und *Der junge Inspektor Morse)* ins Leben gerufen.

Mit seinem Ermittler verbindet ihn die Liebe zu Kreuzworträtseln, Wagner, Ale und Whisky. Seine Werke wurden mehrfach ausgezeichnet, u. a. mehrmals mit dem CWA Silver und Gold Dagger. Für sein Lebenswerk wurde Dexter mit dem CWA Diamond Dagger, dem Theakstons Old Peculier Outstanding Contribution to Crime Fiction Award und dem Order of the British Empire für Verdienste um die Literatur ausgezeichnet. Er starb 2017 im Alter von sechsundachtzig Jahren in Oxford.

»Kaum ein Krimiautor schreibt so intelligent und behaglich beunruhigend wie Colin Dexter. Brillant webt er dichte, gewitzte Handlungen, gespickt mit literarischen Bezügen und falschen Fährten.« *The Washington Times*

»Ein Meister des Kriminalromans, an den kaum einer heranreicht.« *Publishers Weekly*

Mehr über Autor und Werk auf *www.unionsverlag.com*

Colin Dexter im Unionsverlag

»Inspector Morse wird zweifellos als einer der beliebtesten Detektive in die Geschichte eingehen.« *P. D. James*

»Einesteils hängt Dexter am alten Rätselkrimi, andererseits zwingt er seine Figuren hinaus aus der gut überschaubaren Isolation in verklärten Inseln der Landjunkerseligkeit. Immer setzt er voraus, dass seine Leser anderes suchen als billige Lacher, Brechreiz-Mutproben und Sadismus-Ventile. Er steht für jene schizophrene Tradition des Kriminalromans, die einerseits hinführt zu den schrecklichen Entgleisungsmöglichkeiten des Zusammenlebens und andererseits doch wieder ganz weit weg von der konkreten Alltagswelt.« *Stuttgarter Zeitung*

Mehr über Autor und Werk auf *www.unionsverlag.com*

ATTICA LOCKE *Bluebird, Bluebird*
In der gespaltenen Kleinstadt Lark abseits des Highway 59 schwelen die Konflikte. Als im nahe gelegenen Bayou die Leiche eines schwarzen Mannes und einer weißen Frau gefunden werden, vermutet Texas Ranger Darren Mathews ein Hassverbrechen. Und mit jedem Tag, den das Verbrechen ungeklärt bleibt, wird die Stimmung gefährlicher.

STEPH CHA *Brandsätze*
Als die Polizei einen schwarzen Teenager erschießt, brechen in L.A. Unruhen aus, die Erinnerungen an den Fall Rodney King wachrufen. Inmitten der aufgeheizten Atmosphäre müssen sich zwei junge Menschen den Schatten ihrer Vergangenheit stellen. Ein auf wahren Begebenheiten beruhender Roman um Polizeigewalt, Rassismus und den Amerikanischen Albtraum.

CARL NIXON *Kerbholz*
Eine britische Familie stürzt an der einsamen Westküste Neuseelands mit dem Auto über eine Klippe. Allein unter moosbehangenen Felswänden schlagen sich die Kinder durch, als sie von zwei Outlaws gefunden werden – denen günstige Arbeitskräfte sehr gelegen kommen. Bald führt jedes der Kinder seinen ganz eigenen Kampf um Freiheit und ums Überleben.

CLAUDIA PIÑEIRO *Die Zeit der Fliegen*
Vor fünfzehn Jahren brachte Inés die Geliebte ihres Mannes um, jetzt ist sie frisch aus dem Gefängnis raus und gründet ein Unternehmen: *FFF, Frauen, Fliegen, Finale* – ökologische Schädlingsbekämpfung und Privatdetektei, von Frauen für Frauen. Doch eine reiche Kundin will mehr loswerden als nur Ungeziefer – denn auch ihr Mann hat eine Geliebte.

Spannung im Unionsverlag

LEONARDO PADURA *Anständige Leute*
Havanna im Ausnahmezustand: Nicht nur Obama, auch die
Rolling Stones sind in der Stadt. Conde aber wird ein unlieb-
samer Fall übertragen: Ein verhasster Kunst-Zensor wurde ermordet. Gleichzeitig vertieft sich Conde in einen legendären
Rotlichtmord von 1909. In einem Havanna zwischen Rausch
und Verzweiflung entfaltet sich ein epischer Kriminalfall.

CHERIE JONES
Wie die einarmige Schwester das Haus fegt
In Baxter's Beach träumt Lala von einem anderen Leben, weit
weg von ihrem undichten Haus, weit weg von Adan, ihrem
brutalen Mann. Doch ein Schuss, den niemand hätte hören
sollen, verändert alles und führt Lala an einen Wendepunkt.
Eindringlich und lyrisch erzählt Cherie Jones, wie Liebe und
Verbrechen ein Leben auf dramatische Weise verändern.

PETRA IVANOV *KRYO – Die Verheißung*
Blutplasma-Verjüngungskuren oder die Konservierung des Kör-
pers für ein Leben nach dem Tod: Das Geschäft mit der Opti-
mierung des Menschen boomt. Als der junge Chirurg Michael
Wild beginnt, Fragen zu stellen, verschwindet er spurlos. Seine
Mutter Julia ist fest entschlossen, ihn zu finden – doch ihre
Gegner sind weitaus mächtiger, als sie denkt.

TONY HILLERMAN *Tanzplatz der Toten*
Lieutenant Joe Leaphorn von der Navajo-Police hält sich aus
den Angelegenheiten der Zuñi eigentlich raus. Dann aber verschwindet dort ein Navajo-Junge, der fasziniert war von den
rachsüchtigen Göttern der Zuñi. Und die zeigen sich der Le-
gende nach nur jenen, auf die der Tod wartet. Der Auftakt zu
einer einzigartigen, stimmungsvollen Krimireihe.

Mehr über alle Autorinnen und Autoren auf
www.unionsverlag.com

Unionsverlag Taschenbuch

Mehr über alle Bücher auf *www.unionsverlag.com*

Praise for *Don't Burn Anyone at the Stake Today*

'You know how the best writers pinpoint
something you've felt for ages but haven't been
able to articulate? This is like that. It's so good.
She should give Radio 4's next *Reith Lectures*'
Guardian

'Original, witty and profound . . . makes sense of our
turbulent age with verve and wisdom' Rafael Behr

'The best book about the internet I've ever read.
Changed how I think about human history,
the people I fight with on social media AND my
own relationship with my phone, which is
quite a lot for 150 pages' Jonn Elledge

'Nobody who surveys today's toxic internet
can doubt that something is badly
wrong. But now those of us who want to
come through the information crisis wiser,
better and more deeply connected to other
human beings have a trusted guide
we can rely on' Bill Thompson

'Naomi Alderman has done more than
write a Protect and Survive manual for
the toxic fallout of the social media
age: this is a book that will help you to live,
hopefully, in the one thing that none of
us can escape – the historical moment'
Matthew Sweet

'In *Don't Burn Anyone at the Stake Today*,
Naomi Alderman maps the torrid terrain of
the digital age and its implications for humanity
with tenderness and clarity'
Mandu Reid

'Wise and compassionate, acknowledging that humans change, and make mistakes, and sometimes even grow beyond them' Joanne Harris

'*Don't Burn Anyone at the Stake Today* is the product of really deep thinking and a tremendously generous mind. It is the antidote to doomscrolling: a book that made me think in an entirely new way about the age we live in and which will make you excited about our era rather than merely terrified of it' Ian Dunt

'*Don't Burn Anyone at the Stake Today* is a serious – and also very funny – history of how we got to this point in the information revolution and a wise guide to navigating our way through it' Erica Wagner

ABOUT THE AUTHOR

Naomi Alderman has a degree in politics, philosophy and economics and another one in classical studies. Also an MA in Creative Writing and another MA in Classics. She's an award-winning novelist, broadcaster, TV producer and videogames creator. She has worked in technology startups for more than twenty years, since the time when people in tech still felt utopian about 'making the world a better place'. Which now makes her feel slightly embarrassed about her naivety. She is the author of the bestselling, multi-award-winning *The Power*, which was chosen as a Book of the Year by both Bill Gates and Barack Obama and became a TV series for Amazon Prime. Her other books include *The Future*, *The Liars' Gospel*, *The Lessons* and *Disobedience*. She is the co-creator of the fitness game and audio adventure *Zombies, Run!* which has more than ten million players. Naomi writes and presents *Human Intelligence*, a history of thinking on BBC Radio 4.